VERHAFTUNG DES EISHOCKEYSPIELERS

EISIGE ROMANTIK AUF DEM SPIELFELD

WILLOW FOX

SLOWBURN
PUBLISHING

Verhaftung des Eishockeyspielers

Eisige Romantik auf dem Spielfeld – Buch 3

Von Willow Fox

Veröffentlicht von Slow Burn Publishing

Cover Design by GetCovers

© 2023

VI

übersetzt von Daniel T.

ÜBER DIESES BUCH

Er hätte nie gedacht, dass das Mädchen, dessen Herz er gestohlen hat, ihn hinter Gitter bringen würde ...

Jeder hat seine Geheimnisse. Meine hätte mit einem Warnhinweis versehen werden müssen: *Kann Herzschmerz und emotionales Trauma verursachen.*

Ich war bisher nur einmal verliebt. Als sie mich verließ und einen anderen Spieler aus der Liga heiratete, riss sie mir das Herz aus der Brust.

Nach einem unglaublichen ersten Date, und einer perfekten Nacht mit Charlotte taucht meine Ex-Freundin mitten in der Nacht vor meiner Wohnungstür auf.

Ich sollte sie nicht reinlassen, und einfach

wegjagen, aber es ist der etwa einen halben Meter große, blauäugige Junge, der mich in seinen Bann zieht.

Und er könnte mein Sohn sein.

Profi-Eishockeyspieler, ja.

Vater?

Ich warte auf den Vaterschaftstest, um das Ergebnis zu erfahren.

Keiner weiß von ihm. Nicht einmal meine besten Freunde. Nicht mein Team.

Und schon gar nicht meine neue Freundin Charlotte. Sie ist perfekt. Zumindest scheint es so, bis sie die Polizei ruft und mich in den Knast bringen lässt.

Und jetzt kann ich ihr nicht verzeihen.

Verhaftung des Eishockeyspielers ist das dritte Buch der *Ice Dragons*-Reihe, kann aber auch als eigenständiges Buch gelesen werden. Kein Schummeln. Kein Cliffhanger. Happy End für alle.

EINS

CHARLOTTE

„Schwörst du, dass das kein Scherz ist?", frage ich meine beste Freundin Amber. Sie liegt in meiner Wohnung auf dem Bett, das Kinn auf die Hände gestützt und die Füße von hinten hochgezogen.

„Kein Scherz. Jasper hat mir erzählt, dass Noah ständig von der heißen Rothaarigen schwärmt, mit der ich abhänge. Also du", sagt sie und starrt mich an, ohne ein Lachen im Gesicht.

Ich verzeihe meinen Mund. „Ich habe nichts zum Anziehen!"

Ich bin normalerweise nicht das hektische, nervöse Mädchen, das vor einem Date in Panik verfällt. Ich habe mich schon oft verabredet, aber meistens mit College-Jungs und nicht mit professionellen Eishockeyspielern.

Seit ich ihn das erste Mal auf dem Eis sah, habe ich ein Auge auf Noah Reece geworfen. Zum Glück ist Jasper Greyson die große Liebe von Amber und sie spielen beide für die *Ice Dragons*, sodass es keine Rivalität unter Freunden gibt.

„Du hast einen ganzen Schrank voller Kleider, ich wäre glücklich, wenn ich nur einen Teil davon hätte", sagt Amber.

„Ja, aber da ist nichts *Neues* dabei. Ich habe das alles schon bei Dutzenden von anderen Dates mit Typen getragen, an die ich gar nicht denken will."

Amber grinst und setzt sich auf mein Bett. „Zieh einfach etwas Legeres an. Es ist eine Verabredung zum Kaffee mit Noah Reece, du brauchst keine extravagante Abendgarderobe."

„Ich bin kein Gelegenheitsmensch." Weiß meine Freundin das nicht? Ich ziehe mich gerne sexy an, aber im Moment verhöhnt und verspottet mich jedes Outfit in meinem Kleiderschrank mit meiner Vergangenheit.

Amber schnaubt auf meine Bemerkung hin, und ich greife nach einem Kissen auf dem Bett und werfe es ihr ins Gesicht.

„Alles, was du tust, ist lässig", sagt sie. „Du hast keinen Freund."

Sie hat recht, aber ich mag Noah, und allein der Gedanke daran lässt Schmetterlinge in meinem Bauch flattern. Lässig ist einfach, es verhindert, dass die Dinge chaotisch und kompliziert werden. Ich habe schon genug Probleme mit der NYU und meinem Job, der mich auf Trab hält. Wann habe ich schon Zeit für einen Freund?

Ich fahre mir mit einer Hand durch die Haare.

Wer sagt denn, dass Noah überhaupt etwas Ernstes will? Er ist ein professioneller Eishockeyspieler. Vielleicht ist er auf der Suche nach einer guten Zeit mit einer neuen Affäre? Ich könnte dieses Mädchen sein. So zu sein, bin ich gewohnt.

Ich schaue Amber an. „Du färbst auf mich ab."

Sie zieht die Stirn in Falten. „Was? Wie?"

Ich sage ihr nicht, dass ihre Angst wie ein lästiger Parasit auf mich übergesprungen ist und mir den Verstand raubt.

„Such mir etwas zum Anziehen", sage ich.

Sie stößt sich vom Bett ab, kramt in meinem Schrank und holt eine schwarze Lederjacke, ein dunkelgrünes Shirt und einen kurzen schwarzen

Minirock hervor. „Zieh dazu diese heißen Schnürstiefeln an."

„Ich dachte, es wäre ein lockeres Date?", frage ich und starre auf das Outfit, das Amber ausgesucht hat. Es hat nichts seriöses an sich, sondern schreit förmlich nach *einer Verabredung*. Zumindest habe ich es deshalb in der Vergangenheit getragen. Will ich mit Noah Reece rummachen?

Ja, natürlich.

Ich würde mich auf ihn stürzen, wenn ich dafür keine einstweilige Verfügung bekäme.

Er ist eine Zehn. Er ist heiß, ein professioneller Eishockeyspieler und Single.

Warum sollte er an mir interessiert sein?

Ich bin ein normales Mädchen, niemand Interessantes, zumindest nicht in seiner Welt der Profisportler und Superstars. Der Mann hat sich mit Models verabredet. Ich weiß nicht, ob er mit ihnen ausgegangen ist oder sie nur zu Veranstaltungen mitgenommen hat, aber er hat immer eine hübsche Blondine im Arm.

Ich?

Ich bin rothaarig, feurig und kämpferisch und ich spiele keine Spielchen.

Schnell ziehe ich mich an und trage eine große Menge Eyeliner und Make-up auf. Ich fahre mir mit den Fingern durch mein dichtes Haar und starre in den Spiegel, während ich versuche, sexy auszusehen, ohne es zu übertreiben. Ich will sexy sein, vor allem, wenn ich weiß, mit wem ich es zu tun habe, und ich bin sicher, dass es für eine seiner Model-Freundinnen einfacher ist. Sie haben wahrscheinlich ein ganzes Team, das sie einkleidet und ihre Haare und ihr Make-up macht.

Ich liebe meine beste Freundin Amber, aber ich würde ihr niemals einen Eyeliner-Stift anvertrauen, wenn es um mein Leben ginge. Sie benötigt nur wenig, oder gar kein Make-up. Sie hat einen natürlichen Look. Manchmal bin ich neidisch auf sie. Sie kann aus dem Bett aufstehen und sieht wie ein *sexy Mädchen aus*. Ich? Ich muss dafür arbeiten.

Es klopft an der Tür.

„Ich mache auf!" Amber springt vom Bett auf und eilt aus meinem Schlafzimmer. Es ist kein weiter Weg. Ich habe eine Einzimmerwohnung. Die Nähe zur NYU kostet eine Stange Geld, aber ich muss nichts dafür bezahlen, und das ist es wert.

Meinem Vater gehören die *Island Bruisers*, das *andere* professionelle New Yorker Eishockeyteam. Nicht einmal meine beste Freundin weiß, wer mein Vater ist. Sie hat ihn noch nie getroffen. Ich habe mich bewusst bemüht, ihn nicht zu erwähnen, vor allem, als wir zu den Spielen der *Ice Dragons* gingen und sie anfing, mit einem Spieler des *Ice Dragons*-Teams auszugehen.

„Hey, Hübscher", hallt Ambers Stimme durch den Flur meiner kleinen Einzimmerwohnung und ich hole zittrig Luft. Warum flirtet Amber mit Noah?

Ich werfe einen Blick aus der Schlafzimmertür, und Noah steht neben Jasper.

Jasper, Ambers Freund, zieht sie in seine Umarmung und schlingt seine Arme um ihre Taille. „Hey, Süße", flüstert er und ich wende meinen Blick ab, als sie sich einen Kuss geben.

Ich schleiche zurück ins Schlafzimmer.

„Ist sie bald fertig?", hallt Jaspers Stimme durch den Flur.

„Ja", sagt Amber. „Ich helfe ihr nur, die Stiefel zu schnüren."

Ihre Schuhe klappern auf dem Holzboden, als sie wieder zu mir ins Schlafzimmer kommt. Ich sitze am Rand des Bettes und schnüre meine Stiefel, ich brauche eine Ewigkeit, um sie anzuziehen.

„Bereit für dein heißes Date?"

Meine Augen weiten sich. Ist ihr klar, dass sie uns hören können? „Sprich leise", flüstere ich.

Amber zuckt mit den Schultern und lächelt. „Du

siehst gut aus", sagt sie und schaut zu mir herüber. „Es wird ihm gefallen."

Ich stoße sie an, damit sie nicht so laut wird, aber sie scheint nicht übermäßig besorgt zu sein. Ich schleiche aus dem Schlafzimmer und bleibe stehen, als ich sehe, dass Noah mit Ambers Freund Jasper an der Tür steht.

„Wir gehen", sagt Amber und schnappt sich auf dem Weg zur Tür ihre Handtasche. Sie und Jasper gehen hinaus und lassen Noah und mich für einen Moment allein in meiner Wohnung zurück.

Mit einem jungenhaften Grinsen strahlt er mich mit seinen braunen Augen an. „Du siehst gut aus", sagt er und lässt seinen Blick über meinen Körper gleiten.

Mein Inneres wird warm, als sein Blick über mich streift.

„Genau wie du", sage ich und rümpfe die Nase. Nett wird seinem guten Aussehen nicht gerecht. Er ist glattrasiert, riecht umwerfend und ist perfekt gekleidet, mit einer schwarzen Hose und einem dunkelblauen Hemd. „Du siehst gut aus."

Diese Verabredung zum *Kaffee* fühlt sich sehr förmlich an: Er holt mich in meiner Wohnung ab und ich sehe, was er anhat. Es fühlt sich nicht so lässig an, wie man mir weismachen wollte. „Soll ich mich umziehen?", frage ich und ziehe meine Unterlippe zwischen die Zähne.

„In was auch immer du dich zum Kaffee am wohlsten fühlst", sagt Noah und schenkt mir dieses jungenhafte Lächeln. „Aber ich finde, du siehst toll aus."

Ich bin mir sicher, dass ich rot werde. „Danke." Es kommt selten vor, dass ein Mann mir ein Kompliment macht und mich nicht gleich anbaggern will.

„Bist du bereit?", fragt er und ich schnappe mir meine Schlüssel, neben der Tür liegen und meine Clutch, in der sich mein Handy, mein Portemonnaie und ein paar Dollar Bargeld befinden.

Ich bin unsicher, was mich erwartet, als wir zur U-Bahn gehen. Unten steht kein wartender Wagen, kein schickes Auto. Es ist ganz normal, und von einem professionellen Hockeyspieler hatte ich wohl etwas Extravaganteres erwartet. Aber es ist *nur ein Kaffee*.

Wir steigen um und ich bin neugierig, als er mich durch das U-Bahn-System der Stadt führt. „Du weißt schon, dass es auf dem Campus gute Cafés gibt?", sage ich mit einem schiefen Lächeln.

„Ja, aber ich kann dich an diesen Orten nicht beeindrucken."

Ich bin mir nicht sicher, was er meint, als wir an der nächsten Haltestelle aussteigen und ich feststelle, dass wir an der Eishalle sind. Wir verlassen die U-Bahn-Station, er nimmt meine Hand und führt mich die Treppe hinauf zur Hauptstraße. „Gibt es in der Nähe der Eishalle ein richtig gutes Café?", frage ich ihn.

Er lächelt mich an. „So in etwa." Noah führt mich um die Eishockey-Arena herum zu einem Hintereingang, wo er seinen Ausweis herausholt und uns der Zutritt gewährt wird.

Ich frage nicht, ob das erlaubt ist.

Natürlich hat das Sicherheitsteam ihn reingelassen, weil er einer der *Ice Dragons* Spieler ist, aber er ist nicht zum Training hier oder um etwas aus der Umkleide zu holen.

„Komm schon", sagt er und führt mich durch die Gänge zu einer verschlossenen Tür. Er holt eine elektronische Schlüsselkarte aus seiner Brieftasche und öffnet die Tür. Das Licht geht automatisch an, und ich nehme den Anblick in mich auf. Es ist nicht das erste Mal, dass ich hinter die Kulissen eines Stadions schaue. Aber das hier ist nicht der Umkleideraum oder der Geräteraum.

Es gibt an der Wand eine Kaffeebar und Holztische, an denen man sitzen kann. An der

Wand hängen Fotos von den Spielern und es gibt gerahmte Presseartikel, die sich darüber freuen, dass die *Ice Dragons* zwei Jahre in Folge den Stanley Cup gewonnen haben. An der gegenüberliegenden Wand sind hinter Glasvitrinen signierte Trikots von ehemaligen Spielern angebracht.

„Die Mitarbeiter, Agenten und manchmal auch die Presse nutzen die Kaffeebar für Interviews", sagt Noah.

„Ich dachte, das wäre eine *Verabredung zum Kaffee* und kein Vorstellungsgespräch", sage ich und grinse.

Noah gluckst. „Ich verspreche dir, dass ich dich nicht verhöre, wie es manche von der Presse gerne tun. Ich dachte nur, du würdest gerne sehen, wo ich arbeite."

Er geht direkt zur Kaffeebar und holt sich einen Becher. „Was kann ich dir bringen? Es gibt Cappuccino, Milchkaffee, Kaffee, oder ich kann dir einen Eiskaffee oder eine Eismischung machen."

„Arbeitest du nebenbei als Barista?" stichele ich.

„Wie hast du das erraten?"

„Ein Cappuccino klingt wunderbar."

Er bereitet einen Cappuccino zu, während ich mich an einen der Tische setze. Nach ein paar

Minuten kommt er herüber und bringt zwei dampfende Becher für uns beide.

„Ich habe das Gefühl, ich sollte dir Trinkgeld geben", scherze ich, während er die Becher vorsichtig auf den Tisch stellt.

Er lächelt und nimmt einen Schluck von seinem Getränk, ohne mir zu antworten.

„Als du ein *Kaffee-Date* vorgeschlagen hast, war das der entfernteste Gedanke, den ich hatte."

„Gut", sagt Noah. „Ich wollte dich beeindrucken."

Ich nehme einen Schluck von dem kochend heißen Kaffee. „Lass mich raten, du bist von Natur aus wettbewerbsorientiert."

„Das gehört zum Sport dazu. Du bist ein wunderschönes Mädchen. Es wäre dumm zu denken, dass dies dein erstes Date ist. Ich wollte dir klarmachen, was ich zu bieten habe."

„Backstage-Zugang zu einer Kaffeebar?" Ich grinse und schaue zu ihm hoch. „Du musst nicht versuchen, mich zu beeindrucken. Sieh dich nur an." Ich winke ihm mit der Hand zu.

Er setzt sich neben mich an den kleinen Holztisch. „Das Gleiche könnte ich über dich sagen." Noah legt den Kopf schief und starrt mich an. Er kreuzt in der Luft mit seinen Fingern Kästchen an, während er die Liste durchgeht. „Klug, ehrgeizig, witzig, wunderschön."

„Das sind nur vier Dinge." Ich nicke in Richtung seines Daumens, der immer noch gekrümmt ist. „Was machst du gerne zum Spaß? Abgesehen vom Eishockeyspielen?"

„Hast du schon mal gespielt?", fragt er.

„Ich habe es ausprobiert, als ich jünger war." Ich erwähne nicht, dass es erst ein paar Jahre her ist, wenn ich jünger sage. Ich habe in der High-School Eishockey gespielt, und wir haben es bis zur Meisterschaft geschafft und gewonnen. Ich überschätze mein Können nicht, vor allem, weil er ein professioneller Eishockeyspieler ist. Bei jedem anderen würde ich prahlen, aber das fühlt sich bei ihm nicht richtig an.

Seine Augen glitzern. „Trink deinen Kaffee aus, dann leihst du dir ein Paar Schlittschuhe aus und wir gehen aufs Eis."

Zwanzig Minuten später habe ich ein Paar Schlittschuhe an meinen Füßen befestigt. Er gibt mir einen Eishockeyschläger und nimmt seinen eigenen, zusammen mit einem Puck.

Mein Lederrock ist kürzer, als mir lieb ist, aber ich schätze meine Lederjacke, denn es ist kühl.

Ich gleite mühelos über das Eis, was am

nächsten Morgen sicher nicht gerne gesehen wird, aber sie müssen das Eis vor jedem Spiel sowieso mit Zamboni bearbeiten.

Es gibt zwei Tore, eines an jedem Ende der Eisarena.

„Die Besucher dürfen zuerst", sagt er, als würde er mir einen Gefallen tun, während er den Puck in meine Richtung wirft. Er gleitet über das Eis.

Ich beiße mir auf die Zunge und fahre über das Eis, um den Puck an Noah vorbei ins Tor zu befördern.

Er ist entweder schlecht vorbereitet oder völlig verblüfft, dass ich weiß, wie man spielt. Vielleicht lässt er mich punkten, aber das scheint nicht der Noah zu sein, den ich bei den Spielen der *Ice Dragons* beobachtet habe.

Ist er abgelenkt?

„Ich dachte, du wärst wettbewerbsfähig?", schreie ich ihn an.

Er schüttelt den Kopf und sein Blick strafft sich. „Wir wärmen uns nur auf. Es macht keinen Sinn, sich einen Muskel zu verrenken", sagt er und ich sehe zu, wie er sich auf dem Eis dehnt.

Ich laufe zur Bank und ziehe meine Lederjacke aus. Mir ist schon warm, und wir haben gerade erst angefangen. Ich werde schwitzen, wenn wir erst einmal knietief in einem Spiel stecken.

„Ich bin bereit", sagt er und steht auf. „Bist du sicher, dass du dich nicht erst dehnen willst?"

Er hat recht, ich sollte mich dehnen, bevor ich auf dem Eis herumlaufe und seinen Hintern jage, aber ich will das Spiel beginnen. „Mir geht's gut."

„Sag nicht, ich hätte dich nicht gewarnt." Er jagt dem Puck hinterher und mir wird klar, dass er das Spiel bereits begonnen hat.

Ich fluche leise vor mich hin und beeile mich, ihn einzuholen, aber jetzt, wo er den Puck hat, ist es das Beste, das Tor zu verteidigen, was nicht meine Stärke ist. Als ich das Tor erreiche, hat er den Puck schon ins Tor geschossen.

„Ich wärme mich nur auf", sagt er.

Ich zucke mit den Schultern. „Der Punktestand ist unentschieden", erinnere ich ihn. Ich habe das Spiel begonnen, bevor er ganz fertig war, aber er hat mir nicht gesagt, dass er sich strecken will. Ich dachte, wir würden spielen, als er mir den Puck zuwarf.

Er streitet nicht mit mir, weil er wahrscheinlich weiß, dass er mir beim Eishockey leicht in den Hintern treten kann. Aber ich werde nicht klein beigeben und ihn gewinnen lassen. Ich werde mein Bestes geben.

Er schießt mir den Puck zu, nachdem er ein Tor geschossen hat, und ich renne planlos mit ihm über das Eis und versuche alles, um ihn zu blockieren, als er auf mich zukommt. Ich stehe mit dem Rücken zu ihm. Ich bin kleiner und er hat es mit seinen langen Armen und Beinen schwerer nach dem Puck zu greifen. Ich trickse ihn aus und schleiche mich an ihm vorbei, während ich davoneile.

Aber mit seinen langen Schritten jagt er mir hinterher und unsere Beine verheddern sich, sodass wir beide auf das Eis fallen. Noah zuerst und ich falle unbeholfen mit meinem Körper auf ihn.

„Geht es dir gut?", frage ich und lege meinen Körper auf seinen. Er atmet schwer, und unsere Hockeyschläger liegen verlassen neben uns.

„Ja, mich hat es einfach umgehauen." Noah gluckst, als seine Hände meine Hüften berühren. „Bist du okay?"

„Ich glaube, du hast den größten Teil des Sturzes abbekommen." Ich sollte aufstehen und mich aus seinen Armen befreien. Aber mein Körper hat andere Vorstellungen. Er liegt unter mir auf dem Eis und ich traue mich nicht zuzugeben, dass die

Wärme und die Hitze, die er ausstrahlt, mich innerlich verbrennen lassen.

Er lächelt und starrt mich an, als ich meine Lippen auf seine presse.

Er nimmt meine Unterlippe zwischen seine Zähne, begierig und hungrig nach mehr. Seine Finger gleiten an meinem Rücken unter mein Shirt, berühren mich, und ziehen mich enger an sich. Es ist unmöglich, die wachsende Hitze zwischen uns zu übersehen, die sich an meine Oberschenkel schmiegt, während ich seine Hüften spreize.

Er versucht auch nicht, es zu verbergen. Warum sollte er auch?

Die Lichter in der Eishalle flackern und ich ziehe mich etwas zurück, weil ich Angst habe, dass jemand das Licht ausschaltet, ohne zu merken, dass wir hier drinnen sind.

Das Echo des Donners hallt durch die Arena und die Lichter flackern wider. Widerwillig steige ich von Noah herunter und reiche ihm die Hand.

Wir schnappen uns beide unsere Hockeyschläger und er schnappt sich den Puck, während wir zur Spielerbank zurücklaufen und zur Umkleidekabine gehen.

Es dauert ein paar Minuten, bis ich meine Stiefel

wieder geschnürt habe. Ich ziehe meine Lederjacke wieder an, während wir uns auf den Weg zum Ausgang machen. Noah reißt die Ausgangstür auf und bleibt stehen, um mich zu packen, bevor wir hinausgehen.

Es gießt in Strömen und der Regen prasselt auf den Bürgersteig. Keiner von uns hat daran gedacht, einen Regenschirm mitzunehmen. Als wir losfuhren, war der Himmel bedrohlich, aber es hat nicht geregnet.

„Ich kann uns eine Mitfahrgelegenheit bestellen", bietet Noah an. „Außer an Spielabenden werden wir wohl kaum ein Taxi sehen, es sei denn, wir gehen ein paar Blocks weiter und ..." Er deutet auf das Wetter draußen.

„Okay, danke." Ich schlurfe mit den Füßen, als er ein Auto für uns bestellt, und wir warten, bis der Fahrer da ist, bevor wir nach draußen gehen. Wir sind klatschnass, als wir das Auto erreichen und zusammen auf den Rücksitz klettern.

Die Fahrerin wirft einen Blick in den Rückspiegel auf uns. „Noah Reece. Oh mein Gott!", quietscht die Fahrerin vor Freude. „Ich habe dein Bild gesehen, als ich deine Bestellung angenommen habe, aber ich hätte nicht gedacht, dass du das wirklich bist. Bekomme ich ein Autogramm?" Die

Begeisterung sprudelt aus ihr heraus und Noah lächelt höflich.

Ich kann nicht sagen, ob er sich über die Aufmerksamkeit freut oder nur so tut, weil es zu seinem Job gehört, die Fans glücklich zu machen. „Klar, hast du etwas zum Unterschreiben für mich? Ich habe hier hinten keinen Stift."

„Oh, kein Problem! Hier, du kannst einfach mit einem Filzstift auf meinem Arm unterschreiben."

Er lacht, beugt sich vor und benutzt den Marker, den sie ihm gibt. Ich sollte erleichtert sein, dass die Frau nicht ihr Shirt hochhebt und ihn bittet, auf ihren Brüsten zu unterschreiben.

„Wenn du dir das tätowieren lassen willst, solltest du es vor dem Regen schützen", scherze ich.

„Gute Idee. Nachdem ich euch abgesetzt habe, gehe ich direkt zum Tattoo-Studio."

Das kann nicht ihr Ernst sein.

Ich werfe Noah einen Blick zu, er zuckt nur mit den Schultern und setzt sich wieder neben mich. Er streckt seinen Arm aus und legt ihn auf die Rückenlehne des Sitzes, seine Finger streifen sanft meine Schulter.

Ein Anflug von Eifersucht durchfährt mich, was ich nicht erklären kann. Noah ist nicht mein Freund

- wir kennen uns kaum -, aber ich will nicht, dass andere Frauen ihn anhimmeln.

Er lächelt, starrt mich an und beobachtet mich aufmerksam, während er einen Arm um meine Schulter legt und mich näher zu sich zieht. „Eifersüchtig?", flüstert er mir ins Ohr.

Ich atme scharf ein. „Nein. Warum sollte ich eifersüchtig sein?"

Er lächelt und zuckt mit den Schultern. „Kein Grund." Er öffnet den Mund und schließt ihn schnell wieder, als ob er etwas sagen wollte und es sich dann anders überlegt.

Ich dränge ihn nicht dazu, mir zu sagen, was er auf dem Herzen hat. Ich will ihm den perfekten Abend nicht verderben, abgesehen von dem Regen und dem Gewitter, das über uns tobt.

Die Fahrerin hält vor meinem Wohnkomplex an. Ich hoffte, dass der Regen aufhört, oder zumindest nachlässt, aber das war leider nicht der Fall. Als ich aus dem Fahrzeug steige, bin ich sofort durchnässt.

„Warte auf mich", sagt er der Fahrerin, „ich bin gleich wieder da. Ich möchte nur sichergehen, dass sie gut reinkommt."

Ich schaue ihn an und bin überrascht, dass er bereit ist, für einen Gute-Nacht-Kuss nass zu werden. Ihn nach oben einzuladen, erscheint mir ein bisschen dreist, vor allem, weil er der Fahrerin gesagt hat, sie solle auf ihn warten.

Ich eile aus dem Auto auf den Bürgersteig und die Eingangstreppe hinauf. Es schüttet wie aus Eimern, als ich meinen Schlüssel in die Eingangstür stecke, um hineinzukommen.

Noah steht direkt hinter mir, der Regen prasselt in Rinnsalen auf ihn herab und er blinzelt, um mich durch die Regenflut anzusehen.

„Willst du mit reinkommen?", frage ich. „Ich habe Kaffee." Ich lache unbeholfen über mein Angebot, denn schließlich sind wir ja hierhergekommen, um in eine Kaffeebar zugehen.

„Ich will, aber ich sollte nicht", sagt er und ich höre wie der Motor des Autos aufheult, um loszufahren, und ihn im Regen auf meiner Treppe zurücklässt.

Er flucht, und ich lächle still vor mich hin. „Komm schon rein. Wir können dir jederzeit ein Taxi rufen", sage ich, und schaffe es, den Schlüssel ins Schloss zu stecken und die Tür aufzuschließen.

Der Flur ist es hell, wenn man bedenkt, wie dunkel es draußen ist, weil die Gewitterwolken über uns hängen. Wir sind beide durchnässt, unsere Füße matschen und schwappen und hinterlassen ein

Chaos auf dem Boden, als wir zur Treppe gehen. „Es gibt keinen Aufzug", sage ich.

„Ich glaube, ich schaffe das schon."

Er ist ein Sportler, ein Profi. Natürlich kann er ein paar Treppenstufen bewältigen. Ich halte mich am Geländer fest, als ich tropfend die Treppe hinaufsteige.

Noah ist mir dicht auf den Fersen und ich hoffe, dass ich nicht ausrutsche und auf den Hintern falle und ihn mit in die Tiefe reiße. Zum Glück schaffe ich es in den dritten Stock und reiße die Tür zum Flur auf, damit Noah mir folgen kann.

Er wartet neben mir, bis ich ihn in den Flur führe. Nicht, dass er meinen Wohnkomplex nicht kennen würde. Er hat mich ein paar Stunden zuvor mit Jasper abgeholt. „Hier entlang", sage ich, während ich ihn den Flur entlangführe und wir uns meiner Wohnungstür nähern. Ich schließe die Tür auf, knipse das Licht an und fröstle. Die Heizung ist kaum an, obwohl es in den letzten Tagen draußen schon etwas kühl für Herbst ist.

Aber da der Regen mich durchnässt hat, ist mir kalt. Ich muss aus meinen nassen Klamotten raus. Ich stehe an der Eingangstür meiner Wohnung und arbeite   unermüdlich   daran,   meine   Stiefel aufzuschnüren, ohne mich an die Wand zu lehnen, da ich nass bin.

Noah schaut mir einen Moment lang zu, und zieht seine Schuhe aus, ohne dass ich etwas sage. Seine Socken sind durchnässt und hinterlassen einen Abdruck auf den Holzdielen. Als Nächstes zieht er sie aus, danach zieht er sein Hemd über den Kopf und lässt es auf den Boden fallen.

Als ich zu ihm aufschaue, während ich versuche meine Stiefel auszuziehen, kippe ich nach vorn. Er fängt mich auf, bevor ich auf dem Boden aufschlage, und das mit ungefähr so viel Anmut und Eleganz wie eine Kuh. Ich bin ein Wrack und ich kann mir nicht vorstellen, dass ihm ein einziger sexy Gedanke durch den Kopf geht, während er sich auszieht.

Doch meine Gedanken sind ganz bei ihm. Seine wohlgeformten Bauchmuskeln, sein nasses Haar und seine Haut, die im Licht glänzt. Eine vertraute Wärme durchströmt mein Inneres und das Zittern und Frösteln, das ich in der Kälte empfunden habe, verschwindet, als der Raum einige Grad wärmer wird.

„Vorsichtig", sagt Noah und legt seine Hände auf meine Schultern, damit ich nicht mit dem Gesicht auf den Boden falle. Seine Berührung ist warm und fest, und seine Finger wandern von meinen

Schultern über meine Arme. „Wie hast du die Stiefel überhaupt angezogen?", fragt er angesichts meiner misslichen Lage, als ich versuche, sie auszuziehen. Es ist ein offensichtlicher Kampf und ich bin dankbar, dass er nicht über mich lacht.

„Sie waren nicht nass." Ich habe nicht vor, mit nassen Klamotten in mein Schlafzimmer zu gehen, mich auf den Hintern zu setzen, und meine Schuhe auszuziehen. „Ich schwöre, sie sind im Regen eingelaufen", murmele ich vor mich hin, aber er lacht, weil er meine Bemerkung offenbar gehört hat.

„Lass mich", sagt er und kniet sich vor mich hin.

Ich keuche leise auf, weil seine Nase ganz nah an meinen Beinen ist und mein Lederrock leicht hochrutscht, da ich mich nach vorn gebeugt hatte und fast auf den Boden gefallen wäre.

Seine Stimme ist heiser, als er zu mir hochschaut. „Leg deine Hände auf meine Schultern", befiehlt Noah.

Ich bin ihm ausgeliefert, die Schnürsenkel sind locker, aber nicht weit genug geöffnet, um mich zu befreien. Er löst die Schnürsenkel und hilft mir, meinen Fuß aus dem Stiefel zu ziehen, wobei ich mich auf ihn stütze.

„Einer ist erledigt. Einer fehlt noch", sagt er und starrt einen Moment lang auf meinen Rock, direkt auf meine Muschi, bevor sein Blick nach oben wandert und meinen Blick trifft. „Du zitterst ja." Seine Augen sind dunkel, seine Stimme heiser, und ich atme scharf ein.

„Ich habe es nicht bemerkt." Hitze durchflutet meinen Körper, während er mich stützt. Ein Fuß steht auf dem kalten Boden, der andere ist fest in den Lederstiefel gepresst.

Noahs Hände streifen über meine Hüften, seine Finger sind fest und warm, als er sie über meinen nackten Oberschenkel führt und seine Berührung mich in Flammen setzt.

Seine Augen beobachten meine, seine Bewegungen sind langsam und methodisch, während er sich auf sein Ziel zubewegt, die Schnürsenkel meines Stiefels.

Ich presse meine Lippen aufeinander und unterdrücke ein Stöhnen und das Feuer, das mit einer ungebrochenen Hitze in mir lodert. Seine Berührung ist elektrisch, die Vibration zwischen uns magnetisch, und ich möchte ihn auf meine Füße ziehen, ihn küssen, berühren, schmecken.

Mit seinen dunklen Augen beobachtet er mich aufmerksam, während er den Schnürsenkel des Lederstiefels öffnet.

„Ich fühle mich wie Aschenputtel", scherze ich, „nur dass du mir die Glasschuhe ausziehst."

Noah lächelt und kichert, während er die Schnürsenkel von oben bis unten lockert. Meine Füße schmerzen von den Absätzen, aber der Schmerz wird durch seine Anwesenheit gedämpft.

„Halt dich fest", mahnt er, bevor er an den Schnürsenkeln zieht und den Stiefel sanft über mein Bein gleiten lässt, bis er sich von meinem Fuß löst.

„Beeindruckend."

„Ich frage mich, wie schaffen es Frauen, so etwas zu tragen und damit zu laufen?"

Bei unserer Verabredung zum Kaffee hatte ich nicht annähernd so viel Mühe, die Stiefel auszuziehen, als wir beschlossen, in ein Paar Schlittschuhe zu schlüpfen, aber der Regen wirkte wie ein Schraubstock und zog das kalte, nasse Leder um meine Beine und Füße zusammen.

„Mit viel Übung und Training."

Noah hat sich nicht vom Boden bewegt, seine Hände liegen auf meinen nackten Beinen. Seine Berührung ist warm und besitzergreifend, als er seine Handflächen über meine Waden zu meinen Oberschenkeln führt. Er zeichnet sanfte Muster über meine nackte Haut, mein Rock rutscht leicht nach oben, während er meine Beine weiter auseinanderführt.

Von seiner Position auf dem Boden aus kann er mein Höschen sehen, und meine Zunge fährt heraus und ich stoße ein leises Keuchen aus, als seine Lippen über die Innenseite meiner Schenkel wandern. „Süße, ich kann deinen Duft riechen. Du riechst so gut", flüstert er, küsst und leckt meine Oberschenkel und wandert weiter nach oben zu meinem Höschen. „Ich will dich schmecken."

Seine Zunge fährt heraus, schmeckt mich durch mein Höschen und ich bin mir sicher, dass ich bereits klatschnass bin, als seine Zunge meine Muschi durch den weichen Baumwollstoff fickt.

„Noah", flüstere ich, und mein Atem stockt, als er mit seiner Zunge die süße, empfindliche Stelle, findet. Meine Hüften schaukeln gegen seinen Mund und seine Finger drücken sich in meine Seiten, halten mich fest und führen mich, während er mich durch mein Höschen reizt.

Mein Herz klopft wie wild gegen meine Brust und ich höre nur das Geräusch, während ich schwer nach Luft schnappe und er mich bis ins Innerste wärmt. Ich fahre mit meinen Fingern durch sein dichtes, dunkles Haar, ziehe ihn näher zu mir heran, will mehr spüren, während ich mich zitternd an ihn schmiege.

„Braves Mädchen", flüstert er und zieht sich leicht zurück, gerade genug, um mein Höschen zur Seite zu schieben.

Meine Lippen öffnen sich und ich keuche, als seine Zunge meinen geschwollenen Kitzler streift. Ich greife nach der Wand hinter mir, weil ich etwas brauche, dass mir Halt gibt, da ich das Gefühl habe, zu schweben.

„Sieh mich an, Baby." Noahs Worte bringen mich zurück und ich starre nach unten, während er mich ansieht. Es ist intim und lässt mein Herz höherschlagen. Mein Inneres krampft sich zusammen und ich zittere und bebe in seiner Umarmung.

Er lässt nicht locker und wird nicht langsamer, bis ich keuchend und schwer atmend von dem Hochgefühl heruntergekommen bin.

Er zieht sich sanft zurück, fixiert meinen Lederrock und lässt ihn wieder über meine Oberschenkel fallen, während er aufsteht. „Das nächste Mal, wenn wir ausgehen, erwarte ich, dass du keinen Slip trägst."

Meine Wangen brennen und ich beiße mir auf die Unterlippe. Er drückt mich an die Wand, sein

Körper ist warm und stark, während er mich festhält und an sich drückt.

Ich zittere, meine Kleidung ist nass vom Regen und mein Inneres sehnt sich nach mehr. „Schlafzimmer", flüstere ich und fordere ihn auf, mir zu folgen, obwohl er derjenige ist, der das Sagen hat und mich gegen die Wand neben der Eingangstür drückt.

Wir haben es kaum in die Wohnung geschafft.

Ein schwaches Lächeln umspielt seine Lippen und er zieht mich an sich und lässt mich seinen Schwanz durch seine Hose spüren. „Geh voran."

Seine Hände liegen auf meiner Taille, und tasten jeden Zentimeter meiner Haut ab, ziehen mir die Jacke über die Schultern und entkleiden mich, bevor ich überhaupt ins Schlafzimmer komme.

Die Vorhänge sind geschlossen und ich schalte das Licht ein, weil Noah mich ablenkt. Ich bin nur mit Slip und BH bekleidet und drehe mich zu ihm um. Unsere Lippen prallen aufeinander, während ich nach der letzten Kleidungsschicht zwischen uns fasse. Er hat sein Hemd bereits ausgezogen, aber seine Hose ist noch feucht vom Regen.

Ich öffne den Knopf und stoße mit meinen Beinen gegen die Matratze, während ich ihm die Hose herunterziehe. Sein Schwanz ist in seiner

Boxershorts versteckt, und ich ziehe sie ihm vorsichtig aus, erfreut über den Anblick, der sich mir bietet. Er ist umwerfend, jeder Zentimeter von ihm, und mein Inneres schmerzt, wenn ich auf seinen Schwanz starre.

Ich atme zögernd ein.

Ich war schon mit vielen Männern zusammen, aber noch nie war einer von ihnen so gut bestückt. Mein Mund wird trocken und ich lecke mir über die Lippen, während ich ihn anstarre und meinen Blick nicht von ihm abwenden kann.

„Hast du Zweifel?", fragt Noah und legt seine Hände auf meine Hüften. Er streift den Gummizug meines Höschens, seine Finger gleiten an meiner Taille entlang und schieben den Stoff langsam nach unten.

Ich schüttele den Kopf, mein Blick ist auf seinen gerichtet. „Niemals." Ich stelle mich auf die Zehenspitzen, erreiche seine Lippen und ziehe ihn für einen weiteren heißen Kuss zu mir herunter, während ich ihn mit mir auf die Matratze ziehe.

Er spreizt meine Hüften und drückt mich mit seinem Gewicht an sich. „Dominiere mich", flüstere ich und starre ihn herausfordernd an, als er meine Arme packt und über meinen Kopf hebt. Er drückt sie gegen die Matratze und hält sie mit einer Hand zusammen, während er mit der anderen über meine Brüste streicht. „Hast du ein Kondom dabei?", frage ich, als ich merke, worauf das hinausläuft.

Er murrt und zieht sich zurück. „Lass mich in meiner Brieftasche nachsehen."

Ich vermisse die Wärme seines Körpers, als ich an den Rand des Bettes rutsche und beobachte, wie er in seiner Hosentasche nach seiner Brieftasche kramt. Er öffnet sie und wirft einen Blick hinein. „Ich habe das heute Abend nicht unbedingt geplant", gibt er zu.

„Ich auch nicht", sage ich und beiße mir auf die Unterlippe. „Ich meine, ich hatte es gehofft, aber in der Eile, mich fertig zu machen, habe ich vergessen, in die Drogerie um die Ecke zugehen.

„Ich kann in die Drogerie laufen."

„Im Regen?" Ich schüttele den Kopf. Würde er überhaupt zurückkommen? „Wir können andere Dinge tun. Ich kann mich revanchieren", sage ich und ziehe ihn zurück aufs Bett, um mich hinzulegen.

„Ich habe keinen Status quo erwartet", sagt er.

„Ein Status quo? So nennen wir das also?" Ich lache und schüttle meine Haare, während ich mich aufrichte.

„Ich habe eine bessere Idee. Dreh dich um. 69."

Er deutet mit dem Finger an, dass ich mich umdrehen und in die andere Richtung schauen soll.

„Ist das eine bessere Idee?", frage ich. Durch den Sturm flackert das Licht und geht aus.

Ich fluche leise vor mich hin. Nicht, dass ich es nicht schon im Dunkeln gemacht hätte, aber ich wollte den Anblick von Noahs Schwanz genießen und mir jedes Detail einprägen, für den Fall, dass es eine einmalige Sache ist. Normalerweise gehe ich nicht zweimal mit demselben Jungen aus, aber bei Noah könnte ich eine Ausnahme machen.

Vor allem, wenn diese Ausnahme Kondome für unser nächstes Treffen beinhaltet.

Der Donner grollt über uns und der Raum wird kurz von einem Blitz erhellt.

Ich rutsche auf dem Bett herum und versuche, ihn nicht in die Leistengegend zu treten, da ich nichts sehen kann. Seine Hände liegen auf meinen Hüften und helfen mir, mich zu bewegen. „Sag mir nicht, dass du Angst vor der Dunkelheit hast", sagt er.

„Angst? Nein, aber es hat mir Spaß gemacht, mir ein Bild von deinem Körperbau zu machen."

„Meinen Körper?"

Ich wünschte, das Licht wäre an, denn ich bin mir ziemlich sicher, dass er gerade lächelt. Ich kann das Lachen hören, die Belustigung über meine Bemerkung zu seinem nicht ganz so kleinen Paket.

Mein Magen knurrt so unangenehm, dass er unmöglich überhört haben kann, dass ich hungrig bin. Wir haben das Abendessen ausgelassen, obwohl ich vorhatte, etwas zu kochen, wenn ich nach unserem Kaffee-Date nach Hause komme. Aber dieser Plan wurde über den Haufen geworfen.

„Wir sollten etwas essen, bevor wir weitermachen", sagt Noah. Er gibt mir einen Klaps auf den Hintern und ich zucke bei der plötzlichen Berührung zusammen. Der Schmerz ist leicht und fühlt sich ziemlich angenehm an, ich würde ihm das aber niemals gestehen. „Nächstes Mal sagst du mir einfach, wenn du Hunger hast."

Ich lache leise vor mich hin. „Ich bin hungrig. Komm, wir bestellen etwas und vielleicht können wir sie überreden, uns auch eine Packung Kondome zu bringen."

Noah reißt mich herum und drückt mich an sich. „Ich mag es, wie du denkst, Red."

„Drei Spitznamen in knapp drei Stunden", schimpfe ich. Ich bin mir nicht sicher, wie lange wir dieses *Kaffee-Date schon haben,* aber ich kann nicht anders, als ihn zu necken.

„Ich probiere sie nur aus, um zu sehen, was hängen bleibt."

Noah besteht darauf, das Essen zu bezahlen. Wir bestellen indisches Essen und lassen es uns liefern. In weniger als einer Stunde ist unser Essen da. Noah zieht sich wieder an, und besteht darauf, das Essen unten abzuholen. Während dieser Zeit stelle ich im Wohnzimmer Kerzen auf, damit wir unser Essen und uns gegenseitig besser sehen können.

Ich schlüpfte in eine bequeme Jogginghose und ein weites T-Shirt. Vielleicht sollte ich mich anziehen, um Noah zu beeindrucken, aber er hat mich schon nackt gesehen und das Licht ist nach dem Sturm noch nicht wieder angegangen.

Es dauert ein paar Minuten, bis er zurückkommt und mir die Tüte mit der Lieferung und das spezielle Folienpaket zeigt, in dem sich eine versiegelte Kondompackung befindet.

„Das hast du nicht", schnaufe ich und bin schockiert, dass er den Lieferfahrer nach einem Kondom gefragt hat. „Ich bestelle jede Woche bei ihnen. Oh mein Gott! Die werden mich nie wieder so ansehen wie früher."

„Mach dir keine Sorgen. Ich habe ihm ein gutes Trinkgeld gegeben. Er hat mir sogar angeboten, eine ganze Kiste mitzubringen, wenn du das nächste Mal bestellst."

„Ich weiß, dass das ein Scherz ist." Ich starre ihn an und bete, dass der Fahrer das nicht gesagt hat. „Vielleicht sollte ich mir mein indisches Essen woanders bestellen", murmle ich.

„Was ist daran so lustig?" Noah scherzt. „Es sei denn, du willst, dass ich dir meinen Koch schicke?"

„Du hast einen Koch?"

Noah holt die Plastikbehälter aus der Tüte und stellt alles auf den Tisch, während ich zwei Gläser aus dem Schrank hole und sie mit Wasser fülle.

„Ich habe ein- oder zweimal einen Koch angeheuert ..."

Er lässt die Worte in der Luft hängen, während wir am Tisch Platz nehmen und uns jeweils eine Portion auf den Teller legen und die Gerichte teilen. „Was sind deine Eroberungen?", fragt Noah. Er mustert mich, dabei hält er die Gabel noch in seiner Hand.

„Was meinst du?", frage ich.

„Ich weiß, warum ich Single bin. Hockey ist mein Leben. Ich lebe nur für den Sport. Da bleibt nicht viel Zeit für einen Partner. Was ich nicht begreife, ist, warum du Single bist. Du bist süß, klug und witzig. Ganz zu schweigen davon, dass du verdammt sexy bist."

Ich nehme einen Bissen von meinem Abendessen, weil ich hungrig bin und gleichzeitig versuche ich, seine Frage nicht zu beantworten. Seine Schmeicheleien lassen mein Herz rasen. Ich weiche seinem intensiven Blick aus, während ich mit der Gabel in mein Hühnchen steche. „Wonach suchst du?", frage ich, um seiner Frage auszuweichen.

„Jemand, der ehrlich und loyal ist ..."

Ich halte meine Hand hoch und stoppe ihn, bevor er alle Punkte abhakt, die auf der Liste der Wünsche eines Mannes stehen.

„Willst du etwas Ernstes oder eine Affäre?" Ich muss wissen, was er erwartet, denn ihn mit in meine Wohnung zu nehmen, ist nicht gerade neu für mich, aber wenn er ein zweites Date will, bin ich das nicht gewöhnt.

Er rutscht auf seinem Sitz hin und her. „Du gehst direkt zu den schwierigen Fragen über", sagt er und ich schaue auf und begegne seinem intensiven Blick.

Vielleicht hätte ich nicht aufschauen und seinem Blick begegnen sollen, denn jetzt kann ich nicht mehr wegschauen, sosehr ich es auch möchte. Die Schmetterlinge in meinem Bauch werden immer größer, je länger er mich beobachtet. Es ist, als ob er durch mich hindurch blickt und alles in mir sieht, das ist mir etwas unangenehm. Nicht, dass ich ihm das sagen würde.

„Ich möchte nur wissen, was deine Erwartungen sind. Wir haben noch nicht darüber gesprochen", sage ich und nehme einen Bissen von meinem Essen.

„Ich würde gerne die Gelegenheit haben, mehr über dich zu erfahren", sagt er. „Nicht, dass das, was wir vorhin gemacht haben, keinen Spaß gemacht hätte." Sein jungenhaftes Grinsen lässt ihn unglaublich jugendlich und unschuldig aussehen. Obwohl ich weiß, dass er alles andere als das ist, wenn es darum geht, was im Schlafzimmer vor sich geht.

Er ist ein Profisportler. Ich bin mir sicher, dass er schon mit Dutzenden von Frauen zusammen war.

„Aber meine Karriere steht immer an erster Stelle", sagt Noah.

Das stört mich viel weniger, als ich dachte, als ich höre, wie die Worte über seine Lippen kommen. „Das ist okay für mich", sage ich. „Ich wusste, worauf ich mich einlasse, als du mich gefragt hast."

Er nimmt einen Bissen vom Essen und genießt

den Geschmack. „Das ist gut", sagt er und deutet mit der Gabel auf seinen Teller.

Ich kann nicht anders, als mich zu fragen, ob es noch etwas gibt, was ich nicht gesehen habe oder nicht über ihn weiß. Anders als meine beste Freundin habe ich ihn vor unserem Date nicht online gestalkt. „Wie kommt es, dass du immer noch Single bist? Keine Frau. Keine Kinder. Oder hast du eine geheime Familie?"

Er lächelt und schüttelt den Kopf. „Ich war nie verheiratet und habe keine Kinder", sagt Noah. „Versteh mich nicht falsch, ich mag Kinder. Hast du Kylers Tochter schon kennengelernt? Sie ist ganz schön anstrengend." Er lacht und sieht mich aufmerksam an.

„Wir wurden uns bei einem deiner Hockeyspiele vorgestellt. Bristol, ist ein kluges Kind." Das kleine Mädchen ist die Nichte meiner besten Freundin, also habe ich sie natürlich kennengelernt. Amber und ich sind wie Schwestern.

„Das Kind ist schlau und macht Kyler und Emerson ständig Ärger."

Der Sturm legt sich, und mitten beim Abendessen geht das Licht in der Wohnung wieder an. „Willst du einen Film sehen, wenn wir fertig sind?", frage ich und nehme noch einen Bissen von meinem Essen.

Mein grummeliger Magen hat zumindest aufgehört, mich zu blamieren.

„Ein Film klingt gut", stimmt Noah zu. „Ich lasse dich sogar den Film aussuchen. Versprich mir nur, dass es nicht einer dieser Mädchenfilme sein wird."

„Ein Weiberfilm? Keine Versprechungen, Hübscher."

„Komm schon, Red." Er grinst und starrt mich wieder an. Er legt den Kopf leicht schief und lässt seinen Blick über meinen Körper wandern.

Ich spüre förmlich, wie er mich auszieht und wende meinen Blick mit einem nervösen Lachen ab. „Du flirtest, mit wie vielen Mädchen hast du dich schon auf einen Kaffee in der Hockey-Arena verabredet?"

„Du bist die Erste", sagt er, und dieses Eingeständnis raubt mir den Atem.

Ich streiche mir die Haare hinters Ohr und versuche, nicht zu zappeln, während ich mir auf die Unterlippe beiße. „Ich habe dich nie für eine Jungfrau gehalten", scherze ich.

„Glaub mir, *Red*, wenn es um Sex geht, bin ich keine Jungfrau mehr."

ZWEI

NOAH

Charlotte ist wunderschön, witzig und vor allem bekomme ich sofort einen Steifen, sobald wir einen Fuß vor ihre Wohnung setzen, *denn* es war eine fantastische Idee, mit ihr zum *Kaffee in die* Arena zu gehen. Ich hätte nie erwartet, dass das Mädchen weiß, wie man Eishockey spielt.

Sie scheint perfekt zu sein.

Das war Jasmine natürlich auch, bis sie mich betrogen hat.

. . .

Ich lasse mich nicht auf Beziehungen ein. Nur auf eine Affäre. Sie sind einfach und viel weniger kompliziert. Aber Charlotte hat etwas an sich, das mich dazu bringt, dass ich sehen möchte, wohin das alles führt.

Es ist gefährlich.

Meine Karriere steht an erster Stelle und hat mich zu dem gemacht, was ich als Spieler für die *Ice Dragons* in der NHL bin. Ich bin nicht so gut geworden, weil ich auf meinem Hintern gesessen und heiße Mädels ins Kino und zu langen Dinner-Dates ausgeführt habe.

Nicht, dass ich nicht gerne ein wenig flirte und ein Vorspiel genieße, aber meine Zeit in eine Beziehung zu investieren, hat sich für mich noch nie gelohnt.

Dennoch sitze ich hier auf Charlottes Couch, den Arm um ihre Schultern gelegt, während wir uns einen Film ansehen, den sie ausgesucht hat und der hauptsächlich für Mädchen ist.

Aus irgendeinem Grund stört mich das nicht, obwohl die Handlung ziemlich einfach ist. Ein Junge trifft ein Mädchen. Der Junge verliebt sich in das Mädchen. Das Mädchen bricht ihm das Herz. Das Mädchen entschuldigt sich, und der Junge vergibt ihr schließlich.

Zumindest nehme ich an, dass die Geschichte so abläuft. Aber ich habe aufgehört, dem Bildschirm viel Aufmerksamkeit zu schenken, weil mich Charlottes rote Locken und ihr süßer Schmollmund, den sie immer wieder zwischen die Zähne zieht, anziehen.

Meinen Schwanz in der Hose zu behalten, ist schwierig. Nicht, dass ich ihn einfach rausholen würde, aber verdammt, ich habe dem Lieferfahrer hundert Dollar für sein letztes Kondom gegeben, was sich jetzt in meiner Brieftasche befindet. Es sieht nicht so aus, als würden wir es benutzen, zumindest nicht in den nächsten paar Stunden.

Was nicht das Schlimmste ist. Es ist reizvoll, Zeit mit einem schönen Mädchen zu verbringen. In Charlottes Nähe herrscht eine Ruhe, die mich von innen heraus wärmt. Sie schärft jeden meiner Sinne.

„Langweilst du dich?", fragt sie mit lieblicher Stimme und neigt ihren Kopf zu mir, wobei sie mich mit leuchtend blauen Augen anblickt, die wie Juwelen aus dem Meer aussehen.

„Ich liebe einfach vorhersehbare Liebesfilme." Meine Stimme trieft vor Sarkasmus und sie schmiegt sich an mich und lässt sich von mir näher heranziehen. Ich ziehe sie auf meinen Schoß, weil ich eine Pause von dem Film brauche, der mich in den Schlaf wiegt.

Zumindest weiß ich jetzt, was ich tun muss, wenn ich das nächste Mal einen Anfall von Schlaflosigkeit habe, was nicht allzu oft vorkommt. Meistens passiert das nach einem Spiel, wenn ich mich noch nicht ganz von einem Sieg erholt habe.

Sie greift nach der Fernbedienung und ich kann nur vermuten, dass sie mir die gerade geben will, als mein Handy in meiner Tasche summt. Ich dachte, ich hätte es komplett ausgeschaltet.

Charlottes Handy klingelt auf dem Beistelltisch neben dem Sofa. „Tut mir leid, ich wollte es auf lautlos stellen", sagt sie, klettert von mir herunter, greift nach ihrem Handy und schaltet den Anruf ab.

„Lass mich raten, es ist Amber." Mein Handy vibriert. Ich rutsche auf dem Sofa hin und her und krame in meiner Tasche, um Jaspers Namen auf dem Display zu sehen, der versucht, mich zu erreichen.

„Jasper", sagt sie mit einem Blick auf meinen Bildschirm und setzt sich wieder neben mich. Ich vermisse schon jetzt die Wärme ihres Körpers auf meinem Schoß. „Meinst du, sie wollen uns fragen, wie unser Kaffee-Date gelaufen ist?"

Ich klicke auf meinem Handy auf „Ignorieren", zucke mit den Schultern und lege mein Handy auf den Couchtisch. „Wahrscheinlich. Ich kann mir nicht vorstellen, dass er anruft, um zu erfahren, ob ich gut nach Hause gekommen bin."

Das Lachen vibriert in ihrer Brust, als sie sich auf dem Sofa zurücklehnt und mich meinen Arm um sie legen lässt. „Du bist lustig. Das mag ich an dir", sagt Charlotte. „Ich habe eine Idee."

„Oh oh. Diese vier Worte haben noch nie etwas Gutes gebracht."

Sie schnappt sich das Wurfkissen und schlägt es mir spielerisch gegen die Brust. „Wir sollten Amber und Jasper einen Streich spielen."

. . .

Ich schnappe mir das Kissen, bevor sie mich wieder damit schlagen kann. Ich greife es mir und halte es über meinen Kopf, damit sie es nicht erreichen kann. Ich bin ein ganzes Stück größer als Charlotte und im Sitzen hat sie keine Chance, es zu erreichen. Es sei denn, sie steht auf oder klettert auf alle Viere, was nicht das Schlimmste wäre, wenn sie sich dafür spreizen würde.

„Was für einen Streich?" Ich starre sie an, weil ich ihre Gedanken lesen will.

„Wir sagen ihnen, dass wir heiraten werden."

Ihre Worte verblüffen mich, und das Kissen, das ich über uns halte, fällt ungnädig auf meinen Schoß. „Das ist eine schreckliche Idee."

Sie greift nach dem weichen blauen Leinenkissen und streift dabei ungewollt meinen Schritt. Zumindest glaube ich nicht, dass es Absicht war, aber sie hat die Ehe nur als Streich vorgeschlagen. Ich bin mir nicht sicher, ob sie verrückt oder genial ist. Es würde mich überraschen, wenn Jasper darauf hereinfällt.

„Und? Warum nicht?" scherzt Charlotte und zieht eine Augenbraue hoch, während sie sich auf der Couch zurücklehnt und das Kissen bewacht. Sie drückt es an ihre Brust und platziert ihre ausgestreckten Beine neben mir. Für zwei Menschen, die sich gerade erst kennengelernt haben, ist das eine sehr intime Geste, aber aus irgendeinem Grund habe ich das Gefühl, dass ich sie schon mein ganzes Leben kenne.

„Erstens regnet es und das Gerichtsgebäude ist geschlossen. Niemand würde das glauben."

„*Wir* heiraten", betont Charlotte. „Das heißt nicht, dass wir heute geheiratet haben. Wir werden ihnen sagen, dass du mir bei unserem Date einen Antrag gemacht hast und ich Ja gesagt habe."

· · ·

Ich lehne meinen Kopf zurück und starre an die Decke. „Ich bin mit einer verrückten Person zusammen", murmele ich.

„Das habe ich gehört", sagt Charlotte und wirft mir das Kissen an den Kopf.

Ich sehe es aus dem Augenwinkel und hebe meinen Arm, um es zu verhindern. „Es war kein Geheimnis", sage ich.

„Wir sind also zusammen?" Sie starrt mich mit einem neugierigen Gesichtsausdruck an. Ihre blauen Augen sind eine Nuance dunkler als zuvor und ihre Wangen haben einen leicht rosigen Farbton, der langsam zu ihren feurigen Locken passt. Je länger ich sie beobachte und ihre Gesichtszüge studiere, desto genauer lerne ich sie kennen.

. . .

Sie hat ein paar Sommersprossen im Gesicht, die fast unsichtbar sind, als ob sie sie hinter Make-up verstecken würde.

„Wir sind nicht zusammen", sage ich und weiche der Frage aus. Der ganze Heiratsstreich ist allein ihre Idee. Ich finde es verrückt, aber es ist verlockend. Ich habe gehört, was Jasper seinem Bruder Kyler an Streichen angetan hat. Es wäre lustig, wenn Jasper darauf hereinfallen würde.

„Verabredungen beiseite", sagt sie und winkt mit der Hand vor mir, um auf ihren Punkt zurückzukommen. „Bist du dabei?"

„Mache ich bei dem Streich mit?", frage ich, um sicherzugehen, dass sie es mit dem Heiratsantrag nicht ernst meint. Denn ich heirate doch keine Frau, die ich erst vor ein paar Stunden kennengelernt habe. Ich meine, ich habe sie bei Hockeyspielen gesehen, aber wir haben uns bis jetzt noch nicht richtig kennengelernt.

· · ·

Das ist die Art von Vorschlag, die ein Puck Hase machen würde, wie Jasmin, aber in ihrem Fall würde sie erwarten, dass ich sie vor Mitternacht zum Altar führe, wie in einem abgefuckten Märchen.

Mein Handy auf dem Couchtisch surrt wieder und Charlotte hält ihren Blick auf mich gerichtet. „Bist du bei mir?"

„Nun, ich bin nicht gegen dich", sage ich und beuge mich vor, um nach meinem Handy zu greifen. „Du bist verrückt, und ich bin verrückt, weil ich mitmache." Ich starre Charlotte an, während ich den Anruf entgegennehme.

Ich kann hören, wie sie nach Luft schnappt, während sie zusieht, wie ich den Anruf entgegennehme, wie sich ihr Brustkorb hebt und senkt und ihre Atmung etwas schneller wird. Sind es die Nerven? Ihre Wangen röten sich. Sie wäre ein schrecklicher Pokerspieler. Ich kann alle ihre Tells sehen.

. . .

„Hey, Mann, ich habe tolle Neuigkeiten", sage ich.

„Ja? Ist das Date gut gelaufen? Amber hat versucht, Charlotte anzurufen, um zu erfahren, wie es gelaufen ist, aber sie geht nicht ran."

„Oh, das liegt daran, dass ich noch bei ihr Zuhause bin."

„Du bist?", sagt Jasper und gluckst. „Sie sind immer noch zusammen, Babe!", ruft er Amber zu.

„Oh! Dann lass sie in Ruhe", sagt Amber.

„Stell das Telefon auf Lautsprecher. Wir wollen euch beiden gleichzeitig die gute Nachricht mitteilen", sage ich.

Charlotte grinst verrucht und ihre Augen leuchten, während sie begeistert nickt.

.   .   .

Jasper hält einen Moment inne. „Okay. Was gibt's Neues? Gute Nachrichten?" Ich bin mir sicher, dass die beiden versuchen, es herauszufinden, bevor wir es ihnen mitteilen.

Charlotte und ich sehen uns gegenseitig an. „Wir werden heiraten!" Charlotte springt aufgeregt vom Sofa auf und tanzt herum, als ob die Nachricht echt wäre.

„Was?" Ambers Stimme ist viel lauter und schockierter als die von Jasper, der totenstill ist. „Wer hat wem einen Antrag gemacht?", fragt sie.

„Das habe ich", sage ich und versuche, es überzeugend klingen zu lassen. „Nach einer gemeinsamen Nacht wusste ich, dass wir füreinander bestimmt sind. Sie ist der Hockeyschläger zu meinem Puck."

.   .   .

„Ekelhaft", murmelt Jasper. „Ich glaube, du hast den Vergleich falsch verstanden, aber ich freue mich für euch beide. Obwohl ich völlig verwirrt bin - gut für dich, dass du weißt, was du willst, und den Mut hast, etwas dafür zu tun."

„Das kann doch nicht euer Ernst sein", sagt Amber. In ihrem Tonfall liegt keine Fröhlichkeit. Ich werfe einen Blick auf das Telefon zwischen uns und dann auf Charlotte und warte darauf, dass sie ihrer Freundin sagt, dass wir nur scherzen. „Keiner von euch will Kinder oder die Ehe. Und nach einem Date seid ihr plötzlich verlobt? Das kann ich nicht glauben."

Charlotte grinst. „Es war ein richtig gutes Kaffee-Date. Er nahm mich mit in die Arena und wir spielten Eishockey, nachdem wir eine Tasse Kaffee getrunken hatten."

„Du bist witzig", sagt Amber. „Mir gefällt, dass ihr beide dachtet, ihr könntet uns austricksen. Netter Versuch. Habt einen schönen Abend, ihr zwei."

. . .

Amber beendet das Gespräch und Charlotte lässt sich wieder neben mir auf das Sofa plumpsen.

„Das hat Spaß gemacht", sagt sie und stupst mich mit ihrem Arm an. „Gibt es noch jemanden, den wir versuchen können, zu überzeugen? Jasper hat mitgespielt."

„Ja", sage ich und zeige ihr das Emoji, mit dem er mir gerade per SMS den Mittelfinger gezeigt hat. „Er wird mich morgen beim Training wahrscheinlich anschnauzen, aber das ist es wert. Vor allem, wenn ich seinem Bruder erzähle, dass er darauf reingefallen ist."

„Hört sich an, als würdet ihr euch nahestehen."

„Ja, das müssen wir. Das gehört zum Sport."

. . .

„Stimmt", sagt Charlotte achselzuckend. „Ich nehme an, ihr müsst die Gedanken des anderen lesen."

„Körpersprache, Signale, solche Dinge für das Spiel."

Sie steht auf und geht zum Kühlschrank. „Kann ich dir etwas bringen? Wasser? Wein? Ich glaube, im Kühlschrank ist noch etwas Saft."

„Ich nehme das, was du nimmst", sage ich.

„Wein, das ist es. Ich bewahre meinen Rotwein im Kühlschrank auf. Manche Leute flippen deswegen aus, aber ich mag meinen Wein lieber kalt."

Ich hebe eine Augenbraue. „Du Monster", scherze ich, als sie die ungeöffnete Flasche Wein zusammen mit dem Korkenzieher ins Wohnzimmer bringt.

. . .

„Kannst du die für mich öffnen?", fragt sie und nimmt den Korkenzieher in die eine und die Weinflasche in die andere Hand. Sie schlendert zurück in die Küche, um zwei Weingläser zu holen.

Sie ist wie Feuer, mit ihren leuchtend roten Haaren und ihrem hypnotisierenden Blick. Ich habe heute Abend mit ihr mehr Zeit verbracht als mit den anderen Mädchen, die ich kenne.

„Ich glaube, das schaffe ich schon", sage ich, als sie mit den Weingläsern zurückkommt und sie auf den Couchtisch stellt. In wenigen Sekunden habe ich die Weinflasche geöffnet, schenke uns beiden ein Glas ein, eines davon reiche ich Charlotte.

Ich hebe mein Glas, bereit, einen Toast auszusprechen, als mein Handy aufleuchtet, obwohl es auf lautlos gestellt ist. Ich schaue auf das Display und zucke zusammen.

. . .

Jasmine.

Wenn ich nicht schnell genug antworte und der Anruf auf die Mailbox geht, ruft sie zurück.

Sie war schon immer sehr hartnäckig.

Ich nehme einen Schluck Wein und gieße etwas aus der Flasche nach.

Charlotte legt ihren Kopf schief und starrt mich an. „Alles in Ordnung?" Ihre Stimme ist ruhig und freundlich, sie hat keine Ahnung, dass ich gleich von einem Orkan überrollt werde.

Ich will den Anruf nicht annehmen. Wenn Jasmine sich an mich wendet, ist es ein neues Drama, in das sie verwickelt ist und Hilfe braucht. Ich drehe das Telefon um, den Bildschirm nach unten. Ich bin fertig mit ihr. Fertig mit dem Drama.

· · ·

„Es ist nichts. Nur ein *alter Freund*." Ich habe einen bitteren Geschmack auf meinen Lippen, als die Worte, meinen Mund verlassen.

„Ex-Freundin?", überlegt sie.

„Ja, aber mit uns ist es vorbei. Das ist schon seit Jahren vorbei. Sie ist verheiratet, also weiß ich nicht, warum sie mich anruft." Ich fahre mir mit der Hand durch die Haare, greife nach der Weinflasche und fülle mein Glas wieder auf.

„Klingt kompliziert." Charlotte lächelt, nicht eifersüchtig oder verunsichert durch das, was ich ihr sage. Es ist schön zu sehen, dass sie ein starkes Selbstvertrauen hat. Offen gesagt, ist sie heiß. „Erste Liebe?", vermutet sie.

Wenn es um Jasmine geht, bin ich leicht zu lesen. Es ist eine kurze Geschichte, und sie hat kein Happy End, was nicht ganz so schlimm ist, da mir eine wunderschöne Frau auf dem Sofa gegenübersitzt.

．　．　．

„Du willst es nicht hören", sage ich und erspare ihr die Details.

„Klar will ich", sagt Charlotte und rückt näher. Sie legt eine Hand auf meinen Schoß. „Wir alle haben eine Vergangenheit. Erzähl es mir. Was ist dein Gepäck?"

Sie hat die Macht, mich auf eine Weise zu beruhigen, die ich nie für möglich gehalten hätte. Ich atme leise aus. „Ich habe mich in sie verliebt, als ich in der NHL gedraftet wurde. Wir trafen uns, und sind miteinander ausgegangen, oder das, was ich dafür hielt, und dann hat sie mich abserviert. Ich nahm an, dass sie mit dem Druck des Rampenlichts nicht umgehen konnte, bis ich in den Nachrichten sah, dass sie einen anderen Eishockeyspieler geheiratet hat. Das ist eine ziemlich kurze Geschichte."

．　．　．

„Verdammt. Spielt er immer noch Eishockey?", fragt Charlotte. Sie legt den Kopf leicht schief, was ich absolut bezaubernd finde. Ihr Blick ist unentwegt auf mich gerichtet.

„Ja, er ist bei den *Island Bruisers*."

„Wie heißt er?", fragt sie und zieht neugierig eine Augenbraue hoch.

„Grant Brass. Du hast wahrscheinlich noch nie von ihm gehört. Er sitzt immer auf der Strafbank oder wird für fragwürdige Dinge, die er auf dem Eis macht, auf die Bank gesetzt."

Ihr Blick flackert. Der Name sagt ihr offensichtlich etwas, aber so schnell, wie ich das Aufblitzen der Vertrautheit erkenne, verschwindet es wieder.

„Und du hast seitdem nicht mehr mit deiner Ex-Freundin gesprochen?", fragt sie.

.   .   .

„Nein, ich war nicht zur Hochzeit eingeladen, drei Monate nachdem wir Schluss gemacht haben."

„Autsch. Nicht, dass du der Veranstaltung beiwohnen willst, aber drei Monate klingt wie ein Schnellschuss", sagt Charlotte.

„Genug von ihr." Ich greife nach Charlottes Händen und stelle unsere Weingläser auf den Tisch, bevor ich sie auf meinen Schoß ziehe. „Was ist mit dir?"

„Was ist mit mir?", fragt sie mit weicher, nachdenklicher Stimme, während sie sich auf meine Hüften spreizt. Ihre Finger kämmen durch mein Haar und streicheln meine Kopfhaut und meinen Nacken. „Ich bin ein offenes Buch. Frag mich alles."

„Alles", wiederhole ich, wobei mir die Worte kurzzeitig entfallen. Ich wüsste nicht einmal, was ich sie fragen sollte.

. . .

Es herrscht eine Stille, eine Stille, die uns umgibt. Der Sturm hat sich gelegt.

„Warst du jemals verliebt?", frage ich. Es ist eine einfache Frage, aber eine schwierige Antwort. Ich bin mir nicht sicher, warum ich etwas über ihre Vergangenheit erfahren möchte. Vielleicht spürt sie keinen Anflug von Eifersucht, aber das kann ich von mir nicht behaupten.

Charlotte lächelt und schüttelt den Kopf. „Niemals. Ich hebe mir mein Herz für die richtige Person auf."

Ich kichere über ihre Worte. „Dein Herz zu retten?"

„Nun, ich bin keine Jungfrau", sagt Charlotte.

Ich versuche, mich nicht an meinem Wein zu verschlucken, als sie es zugibt. Sie ist mutig und unverblümt. Das mag ich an ihr. Aber das ist nicht das Einzige, was ich mag. Ich bin ein Mann, und mein Schwanz erinnert mich immer wieder daran, dass sie die schönste Frau ist, die ich je gesehen habe.

„Willst du den Rest des Films sehen?", fragt sie und greift nach der Fernbedienung.

Einen Moment lang denke ich, dass ich eine Gnadenfrist bekomme, bis sie den Film wieder anwirft und ich innerlich aufstöhne.

„Ich schwöre, wenn du versuchst, mich als Freund zu gewinnen ..."

„Ich nicht. Wir können uns auch etwas anderes ansehen", sagt sie und reicht mir die Fernbedienung. Die Geste fühlt sich häuslich an und ich brauche eine Sekunde, um die Spinnweben aus meinem Kopf zu schütteln.

· · ·

Ich mache keine Hausarbeit.

Ich gehe nicht mit Frauen aus. Ich gehe mit ihnen etwas trinken, schlafe mit ihnen und ziehe dann in der Regel zur nächsten Frau weiter. Langfristige Verpflichtungen gehören nach Jasmine nicht mehr zu meinem Wortschatz. Genauso wenig wie das Übernachten oder Übernachten lassen. Ich war schon länger mit Charlotte zusammen als mit jedem anderen Mädchen, außer mit meiner Ex.

„Oder wir könnten etwas anderes machen", sagt Charlotte, rutscht auf dem Sofa hin und her und legt ihre Hand auf meine Brust, während sie mich anzüglich anschaut.

Ein schwaches Lächeln huscht über meine Züge. „Etwas anderes", sage ich und denke über ihre Worte nach. „Woran hast du denn gedacht?" Ich würde meine Ersparnisse darauf verwetten, dass *„etwas anderes" ein* Code für Sex ist, aber ich mag es, wenn ich es mit ihr hinauszuzögern kann.

. . .

Das Necken und Flirten ist eine Art des Vorspiels, die ich unterhaltsam finde. Ich bin es gewohnt, dass die Frauen zu mir kommen, mir zu verstehen geben, dass sie ficken wollen, und dann nach einem wilden Treiben im Bett wieder gehen.

Sie trinkt den letzten Schluck ihres Weines aus. Ihre Wangen sind rosig, aber ich mache mir keine Sorgen, dass sie zu betrunken oder berauscht ist, um Entscheidungen zu treffen. Es war nur ein Glas Wein, die offene Flasche auf dem Tisch ist noch nicht ausgetrunken.

Charlotte beißt sich auf die Unterlippe, kräuselt ihre Nase auf die bezauberndste Art und Weise und spreizt dann die Beine. Ihre Finger streicheln meinen Nacken und sie lehnt ihre Stirn gegen meine.

„Muss ich es für dich buchstabieren?", fragt sie mit leiser Stimme, die mich sofort hart werden lässt. Es könnte auch ihr weiblicher Duft sein, mit blumigen

Noten von Lavendel und etwas Moschusartigem und Erdigem.

Ihre Finger fahren in sanften Mustern über meinen Nacken und ich stelle mir vor, wie sie die Worte buchstabiert, aber es könnten auch nur die Ballen ihrer Finger sein, die über meine Haut tanzen.

Ich warte nicht darauf, mehr von ihr zu hören. Das Verlangen ist überwältigend, als sie sich an mir reibt und mir klarmacht, dass sie will, dass ich sie ficke. Unsere Lippen prallen aufeinander und ich weiß nicht, ob sie mich zuerst geküsst hat oder ob ich mich vorgebeugt und das Feuer zwischen uns entfacht habe, aber das ist auch egal.

Hitze leckt uns wie wilde Flammen, während meine Finger ihre Hüften festhalten und sie leicht von mir heben, um sie auszuziehen. Sie sieht nackt umwerfend aus, perfekter als jedes Gemälde oder Kunstwerk, das ich je gesehen habe.

. . .

Unsere Klamotten liegen schnell in einem Haufen auf dem Boden. Ich trage sie ins Schlafzimmer, unsere Lippen sind miteinander verschlungen wie unsere Körper, als ich über ihr weggeworfenes Shirt stolpere, das noch von vorhin auf dem Boden liegt, und meine Füße unsanft umknicke.

Fluchend versuche ich, mein Gleichgewicht wiederzufinden. Ich stehe nur wenige Meter vor dem Bett und schaffe es, sie auf das Bett zu legen, bevor ich den Halt verliere und mit dem Gesicht auf der Matratze lande, während meine Füße noch auf dem Boden stehen.

Charlotte kichert. „Tut mir leid, ich weiß, es ist nicht lustig." Sie lacht immer noch, als könnte sie nicht anders, und ich murre, schlenkere mit den Füßen und werfe das Shirt quer durch den Raum.

Ihre Handtasche liegt immer noch auf dem Boden. Es hat sich herausgestellt, dass ich über beide Gegenstände gestolpert bin.

· · ·

„Versuchst du, mich vor meinem nächsten Spiel zu töten? Vielleicht bist du *wirklich* ein Fan der *Island Bruisers*." Ich werfe ihr einen ärgerlichen Blick zu.

Sie schürzt die Lippen und setzt sich auf den Rand des Bettes. Sie streckt ihre Arme nach mir aus und bringt mich dazu, mich zu ihr zu setzen. Ich würde lieber ein Dutzend anderer Dinge tun, wenn ich mich nicht gerade fast zum Affen gemacht hätte.

Es hätte schlimmer sein können. Ich hätte mit dem Gesicht voran auf dem Boden landen können, mit einer gebrochenen Nase. Obwohl ich gerne geglaubt hätte, dass ich nach all der Zeit auf dem Eis ein bisschen mehr Anmut hätte. Aber ich bin schon öfter gestürzt, und zwar schwer.

Aus irgendeinem Grund habe ich das Gefühl, dass ich wieder falle, aber dieses Mal sind es nicht meine Füße, die sich in ihren ausrangierten Klamotten verheddern.

· · ·

„Hat dir dein Freund Jasper davon erzählt?", fragt sie. Mit ihren Zähnen beißt sie sich auf ihre Unterlippe. Ich streife mit dem Daumen ihre Lippe und will, dass sie sie loslässt.

„Ich habe es mit meinen eigenen Augen gesehen", sage ich. „Und ich habe gehört, dass du sie dazu ermutigt hast, das gegnerische Team zu unterstützen."

Ein Grinsen streift ihre Züge. „Magst du es, wenn ich das tue?"

Ich lache leise vor mich hin. „Nein, mein Schatz. Ich mag es, wenn du *mein* Team anfeuerst. Du solltest *mein* Trikot tragen, wenn du zu einem Eishockeyspiel gehst."

„Auch wenn es kein Spiel der *Ice Dragons* ist?", fragt sie mit einem wissenden Grinsen.

· · ·

„Ja. Auch wenn du bei einem Spiel mit zwei anderen Teams bist, zeigst du deine Loyalität zu den *Ice Dragons*."

Sie presst die Lippen zusammen und denkt über meine Aussage nach. „Das klingt etwas *besitzergreifend*", sagt sie. In ihren Augen funkelt es, ein Funke, der die Wärme und das Feuer in meinem Bauch direkt in meine Leistengegend schießen lässt.

Stimmt.

Das Grinsen geht mir nicht aus dem Gesicht. In diesem Moment gibt es nichts, was es wegwischen könnte. Die Freude, die mich durchströmt, lässt sich nicht verbergen.

„Gut, denn ich schlafe nicht mit *Island Bruiser*-Fans", sage ich und werfe ihr einen Blick zu, wobei ich mir jedes Detail ihres Körpers einpräge, für den Fall, dass sie mir das Herz bricht und mir sagt, dass sie keine *Ice Dragons*-Anhängerin ist.

. . .

Sie lacht, als sie sich zurück auf die Matratze legt. „Was, wenn ich dir sage, dass ich Hockey hasse?"

Ich betrachte sie, das Rouge auf ihren Wangen, die Röte, die sich auf ihren Brüsten ausbreitet, während sie es sich bequem macht. „Ist das deine Vorstellung von Bettgeflüster?", frage ich. Ich frage: „Weil es mir nicht gefällt."

Charlotte greift nach meiner Hand, und ich folge ihr langsam, als sie mich zu sich zieht. Ich lege mich auf die Seite und lege eine Hand auf ihre Hüfte, sodass sich unsere Stirn fast berührt. „Ich frage nur, was wäre, wenn ich Hockey hassen würde?"

„Aber das tust du nicht", sage ich. Ich bin mir sicher, dass sie den Sport nicht hasst. Ich habe sie mit ihrer besten Freundin Amber gesehen, wie sie die *Island Bruisers* angefeuert hat. Sie besitzt sogar ein Trikot *von ihnen*. Auf keinen Fall hasst sie Eishockey. „Ist das hypothetisch? Würde ich mit jemandem schlafen, der meinen Job nicht mag? Würdest du mit einem Typen schlafen, der das College nicht mag, auf dem du bist?" Ich drehe die Frage um.

„Das ist ein strittiger Punkt", entgegnet sie und stützt sich auf den Ellbogen, um mich anzusehen, während sie sich auf die Seite dreht. „Ich bin nicht ewig auf dem College."

„Ich werde vielleicht nicht ewig für die *Ice Dragons* spielen", sage ich. Ich habe einen Drei-Jahres-Vertrag. Danach kann alles passieren.

„Okay, ich *hasse* Hockey nicht", sagt Charlotte und zieht mich näher an sich heran, wobei sie ihre Arme um mich legt.

Ich ziehe sie fester an mich und drehe uns so, dass ich über ihr liege und ihre Hüften gespreizt sind. Mein Blick wird ernst und ich versuche, sie zu verstehen. Sie ist ein Rätsel für mich, das ich gerne lösen würde, aber ich habe Angst, dass es sich auflöst, wenn die Fäden nicht fest genug geknüpft sind.

„Liebst du es insgeheim?", frage ich und habe den Verdacht, dass sie mir nicht alles erzählt. Sie weiß, wie man Eishockey spielt und ist ziemlich gut darin, was nicht in das Profil von jemandem passt, der Eishockey hasst.

Sie küsst mich, und egal, ob sie mich zum Schweigen bringen oder mir leise sagen will, dass sie mit dem Reden fertig ist, ich bin ganz Ohr. Wir wälzen uns auf dem Bett und sie kämpft darum, oben zu sein. So sehr ich es auch liebe, im Schlafzimmer zu dominieren, so sehr macht es mich an, wenn ein Mädchen weiß, was ihr gefällt, und keine Angst hat, es auch durchzusetzen.

„Bist du schon mal gefesselt worden?", fragt sie und lächelt immer mehr.

. . .

Ich lache leise vor mich hin. „Das kommt darauf an", sage ich, lege meine Hände auf ihre Hüften und fahre sanft zu ihren Brüsten und dann wieder zu ihrem Bauchnabel hinunter.

Sie bewegt ihre Hüften und das Lächeln auf ihrem Gesicht wird immer breiter, während sie meine Berührung genießt. Ich lenke sie ab.

Gut.

Vielleicht mag ich es mehr, die Kontrolle zu haben, als ich mir eingestehe.

Ich drehe sie herum und drücke ihre Hände gegen die Matratze. Unsere Lippen und unsere Beine hängen aneinander, und jeder von uns ringt um die Kontrolle.

. . .

„Musst du immer die Kontrolle haben?", fragt sie zwischen zwei Küssen und beißt mir auf die Unterlippe.

Ich stöhne vor Schmerz, aber hinter dem oberflächlichen Schmerz, der mit jeder Sekunde verschwindet, steckt auch Freude.

Verdammt, sie weiß, was sie tut.

Ich mag sie. Ich sollte ihr die Zügel überlassen, wenn sie führen will, aber scheiß drauf. Ich weiß nicht, wie viel Kontrolle ich heute Abend haben werde, wenn sie irgendeine Art von Fesseln herausholt.

„Die meisten Frauen wehren sich nicht gegen mich, wenn ich sie im Schlafzimmer dominiere." Ich starre sie an, und ihr bleibt der Atem im Hals stecken. Sie blickt weg und lächelt verlegen. „Sieh mir in die Augen, Baby", sage ich.

. . .

Die Röte breitet sich von ihren Wangen über ihren Hals aus, als sie sich langsam umdreht und meinem Blick begegnet. „Ich bin nicht wie die anderen Frauen, die du mit nach Hause bringst", sagt sie, und dieses Mal liegt mehr Sicherheit in ihrer Stimme.

Charlotte drückt mich auf den Rücken und krabbelt an meinem Körper herunter.

„Vielleicht solltest du die Fesseln suchen", murmle ich.

„Was ist das?", fragt sie und schaut zu mir hoch, während ihr Mund direkt über meinem Schwanz schwebt, der darum bettelt, gesaugt zu werden.

Es pocht in mir und der Schmerz quält mich, während sie mich neugierig anstarrt und auf meine Antwort wartet.

. . .

Hat sie mich nicht gehört?

Ich atme aus, aber mein Herz hämmert in meiner Brust. „Du wirst mein Tod sein", sage ich.

Sie verzieht das Gesicht zu einem Grinsen. „Gut. Stirb nur nicht heute Nacht. Okay?"

Noch bevor ich reagieren kann, formen ihre üppigen Lippen das perfekte „O", als sie sie auf meine Schwanzspitze presst. Ihre Zunge neckt mich, schmeckt mich, und alle weiteren Gedanken verschwinden aus meinem Kopf.

Charlotte weiß, was sie tut. Sie braucht keine Anleitung und die Art und Weise, wie ihre Hände meine Eier streicheln, während ihre Lippen über meinen Schaft wandern, ist aufreizend.

Mir bleibt der Atem in der Kehle stecken. Ich habe seit Monaten keinen Blowjob mehr bekommen, jedenfalls keinen anständigen. In diesem Moment bringen mich ihr Mund, ihre Lippen, ihre Zunge und alles, was sie tut, näher an den Rand des Abgrunds.

Ich fahre mit den Fingern durch ihr Haar und will, dass sie mich tiefer nimmt.

Sie versteht es und ich spüre das leise Brummen in ihrer Kehle, während ich ihren Mund ficke. Es fühlt sich animalisch, roh und wild an. Es gibt nichts Süßes oder Hübsches außer ihrer Gestalt, die auf den Knien liegt, sich vorbeugt und meinen Schwanz lutscht.

„Scheiße", stöhne ich, als ich spüre, dass ich näherkomme und nicht mehr lange durchhalte. Ich klopfe ihr auf die Schulter, um sie sanft zurückzudrängen und sie zu warnen.

Ihre Lippen lassen meinen Schwanz los, dem verschmitzten Lächeln folgt ein Kichern. „Wie war das?"

Ich schnaufe schwer und versuche, zu Atem zu kommen. „Musst du das wirklich fragen?"

Charlotte schüttelt den Kopf und ich ziehe sie zu mir heran, rolle sie auf den Rücken und spreize ihre Hüften.

Wie sehr ich sie begehre, seit ich sie auf der Tribüne gesehen habe, wie sie die gegnerische Mannschaft anfeuert und *anspornt*. Sie ist eine perfekte Herausforderung, die ich nutzen und zu meiner machen will.

Die Besitzgier, die sich wie ein Panzer um mein Herz legt, schmerzt auf eine Art und Weise, wie ich es noch nie zuvor erlebt habe.

Sie ist nicht wie die *Puck Bunnies*, die Mädchen, mit denen ich mich nach einem Spiel treffe, um das

Adrenalin zu verbrennen und einen weiteren Schuss Endorphine durch mich fließen zu lassen.

Ihre roten Locken, die ihr wie ein Heiligenschein über die Schultern und den Rücken fallen, haben etwas Geheimnisvolles. „Bist du ein Schreihals?", frage ich grinsend, während ich ihr warme Küsse auf den Oberkörper gebe.

Sie windet sich unter meiner Berührung, und ich habe sie noch nicht einmal geleckt. Ich habe vor, sie zu verschlingen, jeden Atemzug ihres Körpers zu rauben.

Ihre Beine öffnen sich bereitwillig, als meine Lippen ihren Bauchnabel streifen und weiche, warme Küsse über ihren Bauch bis hinunter zu ihren Schenkeln drücken. Aber ich stille nicht ihr Verlangen, nach dem sie sucht. Meine Lippen necken sie, während ich die Innenseiten ihrer Oberschenkel küsse und ihr Bein hinunterfahre, während meine Finger sanfte Muster zeichnen, drücke ich sie an mich.

. . .

Schon jetzt ist sie atemlos und kribbelig, ein Anblick, der mir sehr gefällt. Die Blässe ihrer Haut hebt sich von ihrem roten Haar ab und die Röte breitet sich auf ihrer Brust aus.

„Du starrst mich an", keucht sie, und ich habe gerade erst begonnen, sie vor Verlangen brennen zu lassen. Ich kann die Bedürftigkeit in ihrem Blick sehen und wie sie darum kämpft, ihre Fassung zu bewahren.

Ich wünsche mir, dass sie sich in dem Gefühl verliert, und alles für einen Moment vergisst, um sich von dem Verlangen einhüllen zu lassen.

Sie hat ihren Blick auf mich gerichtet, sodass mein Schwanz schmerzt, aber ich werde meinen Verlockungen und Bedürfnissen nicht nachgeben, bis ihre Bedürfnisse erfüllt sind. Sie ist glitzernd und geschwollen, ihr Verlangen ist offensichtlich, als ich langsam zwischen ihre Schenkel krieche und meine Finger eine sanfte Spur entlang ihrer Falten ziehen.

· · ·

Sie wirft ihren Kopf nach hinten und ihr Atem wird schneller.

Ich kichere. „Noch nicht", sage ich mit einem verschlagenen Lächeln. Oh, ich will, dass sie sich losreißt und in die Vergessenheit stürzt, aber nicht bevor ich sie gekostet habe und ihr Blick auf mich gerichtet ist.

Es hat etwas Ursprüngliches, wenn sie mich anstarrt und zusieht, wie sie sich unter meiner Zunge auflöst.

Ich lecke langsam und methodisch an ihr, schmecke und reize ihre Knospe, während sie wimmert und ihre Finger sich in den Bettlaken neben ihr verfangen.

Sie ist unruhig und ich stelle mir vor, dass ihr Inneres genauso pulsiert, wie meines, während ich ihren Anblick genieße, wie sie zitternd und bedürftig ist.

.   .   .

Charlotte stöhnt, ihr Keuchen wird lauter und drängender, während sie darum kämpft, ihre Fassung zu bewahren.

Das Lächeln auf meinen Lippen wird immer breiter, während ich weiter lecke und sauge, einen, dann zwei Finger in ihre Wärme gleiten lasse und sie dehne.

Ich werde mit einem Stöhnen belohnt und ihr Atem wird schneller, als sie sich zitternd gegen die Matratze stemmt. Ihr Rücken wölbt sich und ich spüre, wie sie kurz vor dem Höhepunkt steht. Ihr Inneres bebt und krallt sich an meinen Fingern fest, während sie ihrem Orgasmus stöhnend hinterherjagt, und eine intensive, fesselnde Ekstase sie durchströmt.

Sie flucht, als sie auf dem Bett zusammensackt, und ich an ihrem Körper hochklettere. „Das war unglaublich", sagt sie.

. . .

Ich kichere und presse meine Lippen auf ihre, ich brauche einen Vorgeschmack, bin hungrig nach mehr. „Ich war mir nicht sicher", sage ich und scherze ein wenig, weil sie am Ende ihres Orgasmus geflucht hat. Ich habe schon einige Frauen gehört, die sich bei den Göttern und mir bedankt haben, aber normalerweise hebe ich mir das Fluchen für den Fall auf, dass ich sie reize und sie nicht abspritzen lasse.

Charlotte verwirrt mich immer wieder. Ich bin fasziniert und verzaubert von ihrer Komplexität und Schönheit.

Ihre Finger liegen auf mir, als ich unsere Lippen voneinander löse, um selbst zu Atem zu kommen. Sie drückt mich auf den Rücken, ihre Hand streichelt meinen Schwanz und neckt mich an ihrem Eingang.

„Warte", stoße ich hervor, die Worte kommen kaum über meine Lippen. „Kondom."

. . .

„Scheiße", flucht sie wieder und ihre Augen weiten sich, als sie merkt, was fast passiert wäre.

Ich brauche eine Minute, um das Kondom zu holen und es über mein Glied zu stülpen. Diesmal habe ich das Kommando und führe meine Länge in sie ein. Ich bewege mich langsam und lasse mir Zeit, um sie an meine Größe zu gewöhnen.

Ihre Lippen sind vom Küssen leicht geschwollen und ich beuge mich hinunter, um sie zu bedecken, weil ich noch einen weiteren Geschmack ihres Mundes brauche, während ich tiefer gehe.

Sie stöhnt, als ich sie ausfülle. „Okay?", frage ich und starre nach unten. Ich konzentriere mich darauf, mir Zeit zu lassen und mein Verlangen nicht überhandnehmen zu lassen. Ich muss wissen, ob sie noch an Bord ist.

Charlotte nickt und stößt einen schweren Atemzug aus, bevor sie ihre Beine um mich schlingt.

. . .

Sie ist eng und warm, aber es fühlt sich großartig an. Ihre Finger streifen meinen Rücken und ihre Nägel kratzen an meinem Hintern, sie zieht mich näher und fester. „Fester", flüstert sie mir ins Ohr.

Jeder Atemzug und jedes Keuchen ermutigt mich und lässt mich sie erneut befriedigen. Ich weiß, dass sie nahe dran ist, ihr Inneres klammert sich an mich, aber ich bin noch nicht bereit, dass es so schnell vorbei ist.

Aggressiv rollt sie mich auf den Rücken und reitet auf mir, ihre Hände auf meiner Brust, während sie ihren Kopf zurückwirft.

Verdammt, sie sieht heiß aus. Ihr Haar ist zerzaust, ihre Wangen sind rosig. Ihre Augen sind halb glasig und kämpfen damit, mich anzusehen, aber sie schaut nicht weg.

. . .

Meine Finger streicheln ihre Brüste und spielen mit ihren Nippeln. Ihre Lippen öffnen sich und formen ein perfektes kleines „O", das meinen Schwanz zucken lässt, und sie presst sich zusammen, und das ist alles, was ich brauche, um mich auf die Spitze zu stellen.

„Komm mit mir", sagt sie und ihre Hände liegen auf meiner Brust und dann auf meinen Armen, um mich festzuhalten, während sie mich reitet.

„Ich bin gleich da", sage ich, klopfe auf die Kante und warte darauf, zu fallen.

Die Sekunden dehnen sich, während sie zittert und sich zusammenzieht, ihre Wände wie ein Schraubstock um meinen Schwanz. Sie stöhnt meinen Namen, und der Klang ist wie Honig, der von ihren Lippen tropft.

.   .   .

„Noah", ruft sie, und das ist alles, was nötig ist, um uns in die Wellen zu stürzen und ans Ufer zu schlagen.

Sie bricht auf mir zusammen, mein Herz pocht unbarmherzig gegen meine Brust und ich schwöre, ich kann ihres spüren. Charlotte schnappt nach Luft und versucht sich, von mir herunterzurollen, als ich sie auf den Rücken lege und aufstehe, um das Kondom zu entsorgen.

Ich schwöre, der Raum dreht sich und ich halte mich einen Moment lang an der Bettkante fest, bevor ich wieder zu Kräften komme.

———

Sie schläft ein, das Zimmer ist ruhig und friedlich.

Ich kann nicht über Nacht bleiben. Ich klettere aus dem Bett, hole meine Sachen und schleiche mich davon. Ich wüsste nicht, wie ich den morgigen Tag bewältigen sollte, wenn ich bleiben würde. Es könnte unangenehm werden und außerdem muss ich früh zum Training gehen.

Nach Hause zu gehen, macht Sinn.

Warum fühle ich mich wie ein Idiot, wenn ich gehe?

Ich schnappe mir mein Portemonnaie und meine Schlüssel, und das leise Rascheln in ihrem Schlafzimmer weckt Charlotte auf. „Du musst nicht gehen", murmelt sie.

Ich seufze schwer und beuge mich herunter, um ihr einen Kuss auf die Lippen zu drücken. „Vielleicht sehen wir uns ja diese Woche bei einem Spiel?"

Ein träges Lächeln breitet sich auf ihrem Gesicht aus. „Du trägst das Trikot des Gegners? Dann werde ich da sein." Ein Gähnen entweicht ihren Lippen.

. . .

Ich knurre und drücke ihr einen weiteren Kuss auf die Lippen, um sie daran zu erinnern, was wir gerade getan haben. „Du wirst mein Trikot tragen, *Red*, und meinen Namen von der Tribüne schreien, so wie du es heute Abend getan hast."

Eine Röte breitet sich auf ihren Wangen aus, während sie träge die Augen schließt. Sie driftet zurück in den Schlummer.

„Süße Träume", flüstere ich, bevor ich ihre Wohnung verlasse.

Der Regen hat aufgehört, obwohl es draußen kühl und bewölkt ist, erscheint es schöner als vor Stunden, als wir durchnässt wurden. Ich bestelle eine Mitfahrgelegenheit und warte draußen in der dunklen, leeren Straße auf seine Ankunft.

Es dauert nicht lange und wir fahren in Rekordzeit durch die Stadt zu meinem Apartment.

. . .

„Mr. Reece", begrüßt mich der Türsteher. „Sie haben einen Besucher in der Lobby."

Um diese Zeit? Ich kann mir nicht vorstellen, wer hier aufgetaucht sein könnte und nicht vorher angerufen hat, um mich zu erreichen. Ich gehe ins Gebäude und werfe einen Blick auf die Sitze in der Lobby. Ihre kalten, blauen Augen starren mich an.

Jasmine.

Sie ist in einen Winterparka gehüllt und kleine Arme sind um ihren Körper geschlungen. Seit wann hat sie ein Kind?

Nicht, dass ich Jasmine im Auge behalten hätte. Sie ist verheiratet und meine Vergangenheit.

Jasmine steht auf und drückt das schlafende Kind an ihre Brust. Als sie näherkommt, sehe ich, dass ihre

Haut dunkler ist und sich frische blaue Flecken auf ihren blassen Wangen bilden.

„Wer hat dir das angetan?" Ein bitterer Geschmack bildet sich auf meiner Zunge. Ich will nicht einmal *seinen* Namen aussprechen.

Sie nickt langsam und vorsichtig. „Mein Mann."

„Verdammt noch mal!", knurre ich und balle meine Hände zu Fäusten.

„Ich brauche einen Ort, an dem ich bleiben kann. Irgendwo, wo er uns nicht finden kann", sagt Jasmine.

Ich schaue sie an. Sie sieht aus, als würde sie die Wahrheit sagen. Das ist nichts, womit Jasmine gut umgehen kann. Ich kann nicht umhin, mich zu fragen, ob sie mich mit *ihm* betrogen hat, aber das spielt keine Rolle.

· · ·

„Und du dachtest, ich würde dir helfen." In meiner Stimme schwingt Verachtung mit. Ich versuche, leise zusprechen, damit der Lobbyist das Gespräch nicht mitbekommt. „Komm mit nach oben." Die Worte kommen mir über die Lippen, aber in dem Moment, in dem ich sie ausspreche, zögere ich, sie zu befolgen.

„Danke", flüstert Jasmine und ihre Hand findet meinen Arm. Ob es Dankbarkeit ist oder etwas anderes, kann ich nicht sagen.

Ich schüttle ihren Arm ab. Das ist rein platonisch. Ein Freund hilft einem anderen Freund in der Not. Sie hat recht, ihr Mann wird sie und ihr Kind nicht bei mir suchen.

„Ich verspreche, es ist nur für heute Nacht." Jasmine folgt mir zum Aufzug, und das kleine Bündel in ihren Armen beginnt sich zu bewegen. Seine Augenlider flattern auf und schließen sich genauso schnell wieder. Er hat rosige Wangen und passende rote Lippen.

.   .   .

Die Fahrstuhltüren öffnen sich und Jasmine steigt als Erste ein. Der kleine Junge schmiegt sich an Jasmine und vergräbt seine Arme und sein Gesicht in ihrer Brust. Ich kann nicht sagen, ob er versucht, sich zu verstecken oder wieder einzuschlafen. Ich bin nicht oft mit Kindern zusammen.

„Hat er das Kind angefasst?", frage ich mit angespanntem Gesicht und zusammengebissenen Zähnen. Ich habe Angst vor der Antwort, aber auf den ersten Blick zeigt der kleine Junge keine Anzeichen von Missbrauch oder Vernachlässigung.

„Nein, er hat Zayn nicht angefasst", sagt Jasmine.

„Zayn", flüstere ich und drücke auf den Knopf des Aufzugs, wobei mir sein Name über die Lippen kommt. Ich versuche nicht nachzurechnen. Der Junge könnte so alt sein, dass er auch von mir sein kann. Aber sie hätte es mir gesagt, wenn sie schwanger geworden wäre. Sie wäre nicht verschwunden und hätte Grant geheiratet. „Wie alt ist er?", frage ich. Denn das flaue Gefühl in meinem Magen sagt mir, was sie nicht ausspricht. „Ist er von mir?"

Jasmine lacht nervös und dieses Geräusch zerreißt mich innerlich.

Warum hat sie meine Angst nicht zerstreut und Nein gesagt?

„Jasmine?" Meine Stimme hebt sich um eine Oktave, und die Fahrstuhltüren öffnen sich. Ich schließe die Eingangstür zu meiner Wohnung auf und lasse sie herein.

Ich sollte sie nicht reinlassen. Ich sollte ihr nicht helfen. Nicht, wenn sie mich angelogen hat. „Ist er mein Sohn?", frage ich erneut, diesmal mit lauterer Stimme. Ich kann die Wut genauso wenig zurückhalten, wie ich die Sonne davon abhalten kann, aufzugehen.

. . .

„Vielleicht", sagt Jasmin, ihre Stimme ist sanft und zögerlich. „Ich bin mir nicht hundertprozentig sicher."

Scheiß drauf! Ich wusste, dass sie mich betrogen hat. Mir wird flau im Magen bei dem Gedanken, dass der kleine Junge in ihren Armen meiner sein könnte.

Ich streiche ihr über die Wange. „Hat Grant das deshalb getan?"

„Nein, er hat mich geschlagen, weil er ein Arschloch ist." Jasmine folgt mir nach drinnen und ich schalte das Licht an. Ich bin müde und möchte ins Bett gehen, aber diese Nachricht hat mehr Adrenalin in mir ausgelöst, als wenn ich während eines Spiels ein Tor schieße.

„Du kannst heute Nacht bleiben, aber morgen früh musst du einen Polizeibericht einreichen und einen

Vaterschaftstest machen."

Sie atmet leise aus. „Was das angeht ..."

„Du hast keinen Spielraum zum Verhandeln, Jasmin." Mein Blut kocht und ich laufe durch die Küche, um mir eine Flasche Bier zu holen, denn ich brauche etwas gegen das heftige Pochen in meinem Kopf. Ich bezweifle, dass das Bier hilft, aber sie geht mir auf die Nerven.

Könnte es sein, dass sie wegen des Kindes lügt? Versucht sie, dass ich Mitleid mit ihr habe. Wer würde das tun?

Jasmine.

Sie war schon immer manipulativ. Ich wollte nie die roten Fahnen sehen, die mir unverhohlen ins Gesicht starrten.

. . .

„Ich kann keine Anzeige erstatten, weil sein Bruder Polizist ist. Er ist genauso schlimm wie Grant, wenn nicht noch schlimmer", flüstert sie. „Ich würde weglaufen und mich verstecken, aber Grant würde mich beschuldigen, meinen Sohn entführt zu haben, und die ganze Polizei würde nach mir suchen."

„Scheiß drauf!" Ich kann nicht anders, als mich von der Wut anstecken zu lassen. Ich versuche, die Wut zu kontrollieren. Wenn ich auf dem Eis bin, kann ich sie wenigstens in das Spiel kanalisieren.

Ich würde nie eine Frau schlagen, und ich werde nicht zulassen, dass Grant Jasmine schlägt. Es gibt Grenzen, die man nie überschreiten sollte.

„Ich brauche nur einen Platz, wo ich heute Nacht schlafen kann. Morgen früh fahre ich zu meiner Schwester."

. . .

Ein dunkles Lachen dringt aus meiner Kehle. „Deine Schwester? Du glaubst doch nicht, dass er dich dort nicht suchen wird?"

„Wir stehen uns nicht so nahe", sagt Jasmine. „Er weiß nicht, wo sie wohnt. Er hat sie noch nie getroffen."

Ihre Idee ist lächerlich. „Du hast es selbst gesagt. Dein Schwager ist ein Polizeibeamter. Glaubst du nicht, dass er diese Informationen herausfinden kann? Und du hast gerade gesagt, dass du nicht weglaufen und dich verstecken würdest."

„Ich habe nicht viele Möglichkeiten", sagt Jasmine. Sie wiegt Zayn an ihrer Brust und streichelt seinen Rücken. „Vielleicht ist der Vaterschaftstest eine gute Idee. Wenn er nicht Grants Sohn ist, würde kein Gericht, das bei Verstand ist, ihm das Sorgerecht geben."

. . .

„Kein Gericht würde ihm das Sorgerecht geben, wenn es wüsste, dass er missbräuchlich ist", fordere ich.

„Ich habe dir schon gesagt, dass sein Bruder ..."

„Ich habe dich gehört." Ich kann das nicht einfach so hinnehmen. Ob der kleine Junge nun von mir ist oder nicht, er hat es nicht verdient, von einem Monster aufgezogen zu werden.

Sie stößt einen schweren Seufzer aus. „Können wir ... einfach morgen weitermachen?"

„Ja, gut. Du und der Kleine könnt euch das Gästezimmer teilen. Ich habe kein Kinderbett. Braucht er eins?"

„Für heute Abend schaffen wir das schon", sagt Jasmine. „Danke."

———

Als der Morgen anbricht, bin ich nicht gerade in bester Laune. Es ist noch früh, ich habe kaum geschlafen, und als ich aus meinem Schlafzimmer schleiche, steht die Tür zum Gästezimmer weit offen.

Sie ist weg.

Das sollte mir egal sein.

Außer, dass Jasmine meinen Sohn haben könnte und ihn vor mir versteckt. Ich fahre mir mit der Hand durchs Haar, setze eine Kanne Kaffee auf und gehe ins Bad, um zu duschen.

Sie hat keine Nachricht hinterlassen. Nicht, dass ich erwartet hätte, dass sie mir einen Brief schreibt, aber eine kleine Anerkennung nach der Bombe von gestern Abend wäre toll gewesen.

· · ·

Wird sie sich an die Abmachung halten und den Vaterschaftstest machen lassen? Vielleicht ist sie früher gegangen, um mich nicht mit der Tatsache konfrontieren zu müssen, dass das Kind von mir ist.

In wenigen Minuten bin ich aus der Dusche, stehe angezogen am Tresen und gieße mir eine Tasse Kaffee ein.

Die Rechnung in meinem Kopf, das Alter des kleinen Jungen, deckt sich ungefähr mit dem letzten Mal, als ich mit Jasmine geschlafen habe. Mist. Er könnte von mir sein.

Er könnte auch der Sohn dieses Drecksacks sein. In diesem Fall würde ich Jasmine und dem Jungen trotzdem helfen, aber meine Verantwortung würde damit enden, sie von Grant wegzubringen.

Es sollte nicht meine Bürde sein, aber ich kann ihr nicht einfach den Rücken zukehren. Auch wenn es Tage gab, an denen ich sie dafür hasste, was sie getan hat, nämlich wegzulaufen, um Grant zu heiraten. Hatte sie es nur getan, weil sie wusste, dass sie schwanger war, aber nicht wer der Vater ist?

Der Kaffee ist bitter, und ich schlucke ihn ohne einen Tropfen Sahne oder Zucker. Ich habe heute weder etwas Süßes verdient, noch könnte ich etwas vertragen.

Ich mache mich auf den Weg zum Training. Ich muss etwas von dieser überschüssigen Energie auf dem Eis abbauen. Ich muss etwas tun, um sicherzustellen, dass ich morgen mit dem Kopf bei der Sache bin. Wenigstens ist es ein Heimspiel. Ich muss mir keine Sorgen machen, dass wir in eine andere Stadt reisen müssen.

Obwohl das im Moment vielleicht gut wäre, um von der Scheiß-Show wegzukommen, die plötzlich mein Leben durcheinander bringt.

———

„Wie war deine Nacht?", fragt Jasper mit einem anzüglichen Grinsen.

„Einfach verdammt gut", murmle ich. Eigentlich sollte ich besser gelaunt sein, wenn man bedenkt, dass ich den perfekten Abend mit Charlotte hatte, aber die Erinnerung daran ist meilenweit entfernt, als hätte sie in einem anderen Leben stattgefunden.

„Verdammt", sagt Jasper, der mir in der Umkleidekabine gegenübersitzt, während wir uns für das Training umziehen. „Hat sie dir gesagt, dass sie nur befreundet sein will?"

„Nein." Ich gehe nicht näher darauf ein. Ich ziehe mich schnell um und schnüre meine Schlittschuhe, denn ich will weg von dieser Fragerei. Wenigstens kann ich auf dem Eis, selbst bei den Übungen, den Kopf frei kriegen.

„Lange Nacht?", fragt Kyler und blickt mich an. „Du siehst beschissen aus."

. . .

„Danke, Mann. Ich weiß es zu schätzen." Ich verlasse die Umkleidekabine und gebe mein Bestes, um mein Team nicht zu verprügeln, bevor wir auf das Eis gehen. Allerdings ist es traditionell verpönt, mit ihnen zu kämpfen. Wir können vor dem Spiel keine Verletzungen gebrauchen.

Kyler ist wahrscheinlich die einzige Person im Team, mit dem ich über die Situation reden könnte, zumindest was Zayn angeht. Er hat selbst ein Kind, eine Tochter, die er als alleinerziehender Vater großgezogen hat, bis Emerson kam. Jetzt sind sie verlobt.

Das wird mit Jasmine nicht passieren.

Der Gedanke an ihren Namen bereitet mir schon Bauchschmerzen.

. . .

Und der Gedanke an Charlotte fühlt sich falsch und schmutzig an. Sie hat gesagt, dass sie keine Kinder will. Dass ich vielleicht ein Kind habe, macht uns plötzlich zu einem Tandem. Das will ich ihr nicht antun. Sie ist noch auf dem College. Sie hat ihr ganzes Leben noch vor sich.

Ich?

Ich kann mir ein Kindermädchen leisten, wenn sich herausstellt, dass Zayn tatsächlich mein Sohn ist. Ein Schritt nach dem anderen. Jasmine muss noch den Vaterschaftstest für das Kind machen, braucht sie nicht eine Probe von mir, um die DNA zu vergleichen?

————

Ich höre den ganzen Tag nichts von Jasmine. Nicht, dass ich auf einen Anruf oder eine SMS warte, aber es bleibt still. Das finde ich umso beunruhigender, denn was wäre, wenn sie zu Grant zurückgegangen ist und ihm verziehen hat?

· · ·

Nachdem ich mich angezogen habe, hole ich mein Handy aus meinem Spind und schreibe Jasmine eine SMS. Es ist zwar schon eine Weile her, aber ich nehme an, dass sich ihre Nummer nicht geändert hat. Falls doch, habe ich keine Möglichkeit, sie zu erreichen.

Brauchst du nicht meine DNA für den Test?

Während sie tippt, erscheinen drei Punkte und verschwinden dann. Es dauert eine Weile bis sie antwortet, aber dann endlich.

Ja. Ich werde dir die Adresse des Labors schicken.

„Alles in Ordnung?", fragt Kyler und schaut mich an, während ich auf der Holzbank sitze, über mein Telefon gebeugt und ihm meine ungeteilte Aufmerksamkeit schenke. Das ist nicht gerade mein Standard, denn es gibt nicht viele Leute, denen ich so viel schreibe.

. . .

„Ja, nur Ärger mit den Mädchen", murmle ich.

„Keine großartige Nacht mit Charlotte?" scherzt Jasper, der mein Gespräch mit seinem älteren Bruder mitbekommen hat.

„Charlotte war großartig ..." Die Worte bleiben in der Luft hängen, weil ich fast vergessen hatte, dass wir uns gestern Abend so gut amüsiert haben. Ich stoße einen Seufzer aus. Sie braucht meinen Ballast nicht. Nach allem, was ich gehört habe, ist sie ein Freigeist. Ein Grund mehr, die Tür zu schließen, damit sie ihr eigenes Leben führen kann.

„Aber?", fragt Kyler und wartet darauf, dass ich fortfahre. „Nicht dein Typ?"

„Sie hat tolle Beine und einen schönen Arsch, klar, ist sie sein Typ", sagt Jasper und lacht.

. . .

Ich starre ihn an. Ja, ich habe den Ruf, viele Mädels zu vögeln, aber das heißt nicht, dass ich keine Ansprüche habe. „Es ist mehr als nur ihr Aussehen", sage ich und starre Jasper an. Ich schnappe mir das verschwitzte Trikot, das ich gerade anhatte, und werfe es ihm ins Gesicht.

Jasper fängt es auf, bevor es in seinem Gesicht landet. Er lässt es auf den Boden fallen und verzieht angewidert das Gesicht. „Was ist das Problem? Bist du zu anhänglich?", fragt Jasper und versucht herauszufinden, warum ich sie nicht wiedersehen möchte.

„Nein, ich glaube nicht", sage ich. Sie schien nicht verzweifelt zu sein, als ich gestern Abend ging. Wahrscheinlich hätte ich bleiben sollen, denn wir hatten eine tolle Zeit und ich hätte Jasmine nicht begegnen müssen, als ich nach Hause kam.

„Hasst sie Eishockey?", scherzt Kyler. „Ob du es glaubst oder nicht, das kann man ändern. Es sei denn, sie ist ein großer Fan einer anderen

Mannschaft. Dann darfst du sie nicht mehr sehen. Schreib sie ab und sag ihr, dass sie eine Sünderin ist, wenn sie nicht zur Kirche der Eisdrachen konvertiert."

Ich schnaube über seinen Scherz. „Sie neigt dazu, bei unseren Spielen *Island Bruisers*-Trikots zu tragen", sage ich und schaue Jasper an.

„Hey! Sieh mich nicht so an. Deine Freundin ist diejenige, die Amber dazu überredet hat, dieses Monstrum zu tragen", scherzt Jasper.

„Sie ist nicht meine Freundin", korrigiere ich ihn ein bisschen zu schnell.

Er hebt seine Hände, um zu zeigen, dass er sich ergeben hat. „Gut. Deine Freundin. Wie auch immer. Der Unterschied ist derselbe. Ich habe noch nie erlebt, dass du Freunde hattest, die keine Mädchen waren, mit denen du nicht rumgemacht hast."

. . .

Ich schweige und hasse die Tatsache, dass er recht hat. Ich habe es mir zur Gewohnheit gemacht, mit den Mädchen zu schlafen, mit denen ich abhänge, aber nur, weil sie schön sind und mich anmachen. Ich muss nicht einmal den ersten Schritt machen, weil sie sich mir normalerweise an den Hals werfen.

Kyler räuspert sich. Vielleicht kann er die Spannung zwischen uns spüren. Jasper und ich sind Freunde, seit wir beide in die NHL eingezogen sind. Es war zufällig im selben Jahr, also hatten wir etwas gemeinsam: Wir kannten niemanden und waren die Rookies im Team.

„Es ist nur …" Ich reibe mir den Nacken. Kann ich ihnen von Jasmine und dem kleinen Jungen erzählen? Ich rutsche unbehaglich auf der Bank hin und her. Vielleicht kann ich ihnen ein wenig erzählen und den Teil über den Jungen weglassen.

Sie starren mich beide an und warten darauf, dass ich etwas sage.

. . .

„Jasmine ist gestern Abend vor meiner Tür aufgetaucht."

„Warum zum Teufel bist du nach Hause gegangen?", fragt Jasper. Er hält einen Finger hoch. „Antworte nicht darauf - was wollte Jasmine?" Er kommt direkt zur Sache.

Die Worte fühlen sich an, als hätte ich Charlotte verraten, obwohl wir nicht zusammen sind. Wir sind nicht zusammen, aber ich fühle mich trotzdem beschissen.

„Ihr Ehemann hat sie verprügelt. Sie wollte einen sicheren Platz für die Nacht."

Kyler knurrt. „Was soll der Scheiß, Mann? Dafür gibt es Heime und so etwas. Du brauchst Jasmine nicht, die ihre Probleme in dein Haus trägt."

.   .   .

Diese Worte brennen mehr in mir, als ich zugeben möchte. „Sie war verzweifelt", sage ich, als ob das eine ausreichende Erklärung wäre. „Ihr Schwager ist ein Polizist, glaubst du nicht, dass sie wissen, wo sich diese Unterkünfte befinden?"

Jasper flucht und wirft einen Blick auf Kyler. „Weiß ihr Mann über ihre Vergangenheit Bescheid? Über dich? Du kannst keinen Ärger gebrauchen, der dir nach Hause folgt."

Ich stütze meinen Kopf in die Hände. „Erzähl mir davon", murmle ich. Ich habe es gut geschafft, die Boulevardpresse und die Medien zu meiden. Es gibt die Presse nach einem Spiel, wenn wir Fragen beantworten müssen, aber ich versuche, mein Privatleben privat zu halten. Und bis jetzt gab es auch keinen pikanten Klatsch und Tratsch. Nichts, was die Paparazzi ermutigt, mich zu jagen.

Aber jetzt, mit der Nachricht von Zayn, ist es wie eine stürmische Gewitterwolke, die über mir hängt und darauf wartet, ihren sintflutartigen Regenguss zu entfesseln.

Die Bandbreite meiner Gefühle, ist eine Mischung aus Wut darüber, dass ich nicht wusste, dass ich einen Sohn habe. Jasmine hat es verheimlicht und ich bin traurig darüber, weil ich möglicherweise schon so viel verpasst habe.

Mir dreht sich der Magen um, wenn ich daran denke, dass ich Vater bin.

So etwas habe ich nie in Erwägung gezogen. Ich war schon immer vorsichtig, wenn ich Sex hatte, denn Kinder und eine Karriere als Spitzensportler passen irgendwie nicht zusammen. Vielleicht schaffen es einige Leute, aber ich bin nicht der Typ, der eine Familie will.

Das bin nicht ich.

. . .

Das ist nicht mein Traum.

Und schon gar nicht mit Jasmine.

Mein Mund ist so sauer wie mein Magen, die Übelkeit hat mich überrollt.

Kyler klopft mir auf die Schulter. Er weiß nichts von dem Kinderproblem, weil ich es ihm noch nicht gesagt habe. Es macht keinen Sinn, es zu erwähnen, bis es eine sichere Sache ist. Wenn ich Glück habe, wird es das nicht sein. Es könnte gut sein, dass Jasmine einen anderen Vater für den Kleinen hat, der kein missbräuchliches Arschloch ist.

„Willst du rüberkommen? Wir können heute Abend etwas trinken gehen und dich von Jasmine ablenken", bietet Kyler an. „Jasper und Amber können mitkommen."

.   .   .

„Danke", sagt Jasper und zeigt Kyler den Mittelfinger auf die umständliche Einladung.

„Was?" Kyler stutzt. „Ich habe es ernst gemeint. Du und deine Freundin könnt gerne vorbeikommen."

Jasper schnaubt. „Die Einladung klang ungefähr so einladend wie deine ..."

Ich unterbreche die beiden und halte sie davon ab, sich zu zanken. „Hebt euch das für das Eis und unser Spiel morgen auf", schimpfe ich sie aus, wie Kinder.

„Okay, Mom", sagt Jasper und ich knurre und tue alles, was ich kann, um die aufkommenden Gefühle zu unterdrücken.

„Halt die Klappe, bevor ich meinen Hockeyschläger nehme und ihn dir ..."

. . .

„Reece!", ruft mir Coach Malone zu.

Ich grummele leise vor mich hin, halte meinen Mund und drehe mich zu dem Trainer um, der beschlossen hat, uns mit seiner Anwesenheit in der Umkleidekabine zu beehren.

„Auf ein Wort", sagt der Coach und nickt mir zu, damit ich mich ihm anschließen soll.

„Viel Glück", sagt Kyler mit einem schiefen Grinsen. „Sehen wir uns heute Abend?", fragt er.

Es könnte gut sein, für ein paar Stunden von meiner Wohnung fernzubleiben wäre nicht schlecht, vor allem, wenn Jasmine auftaucht. Ich kann sie nicht abweisen, denn ich habe nicht die Kraft, grausam zu sein, aber ich will ihr auch nicht gegenübertreten. Nicht bevor ich ins Labor gehe, den Test mache und die Ergebnisse bekomme.

· · ·

Ich muss wissen, womit ich es zu tun habe und darf mich nicht wieder von ihr verarschen lassen.

Ich folge dem Coach zum vorderen Eingang unserer Umkleidekabine. Er wirft mir einen Blick zu. Bin ich so ein offenes Buch?

„Du hast im Training nicht wie du selbst gespielt", sagt Malone.

„Ich hatte nur einen schlechten Tag", entschuldige ich mich. „Morgen bin ich wieder voll da, wenn es darauf ankommt."

Malone schimpft. „Das solltest du auch, Junge." Er geht nicht weiter auf das Thema ein und ich bin dankbar für die Gnadenfrist.

Ich gehe raus und Kyler ist mir dicht auf den Fersen. Er legt einen Arm um meine Schulter. „Kommst du heute Abend auf einen Drink und zum Essen vorbei?"

Es fühlt sich wie eine Einladung an, die ich nicht ablehnen kann.

DREI

CHARLOTTE

Er hat mich nach der letzten Nacht weder angerufen noch eine Nachricht geschickt. Ich fühle mich wie ein besessenes Mädchen, das ständig sein Telefon auf eine SMS überprüft. Damit das klar ist: Er hat keine geschickt. Seit ich heute Morgen aufgewacht bin, habe ich alle paar Minuten einen Blick auf mein Handy geworfen.

Nicht ein einziger Text oder Emoji.

Er ist beschäftigt. Ich bin sicher, das ist der einzige Grund, warum ich nichts erhalte. Ich könnte ihm eine SMS schicken. Vielleicht mache ich das heute Abend, wenn ich immer noch nichts höre und er mit dem Training fertig ist.

Könnte es sein, dass er mich abblitzen lässt?

Er hat mir gesagt, dass seine Karriere für ihn an erster Stelle steht, und ich dachte, dass ich damit einverstanden bin.

Ich kaue auf meiner Lippe herum, verwirrt von dem Stalker-Gefühl, das mich seit der Minute, in der er gegangen ist, überkommt.

So ein Mädchen bin ich nicht.

Ich, für meinen Teil, habe immer nur unverbindliche Sexkontakte gemacht.

War es das, was letzte Nacht mit Noah war? Es hat sich nicht so angefühlt, aber wir kennen uns ja kaum. Sein Fokus liegt auf seiner Karriere. Ich sollte mich auf die Schule und meinen Job konzentrieren.

Aber ich starre ständig auf mein Handy, anstatt meine Hausaufgaben zu machen, die langweilig und kompliziert sind.

Schließlich schreibe ich Amber eine SMS, weil sie mir wenigstens hilft, den Boden unter den Füßen zu behalten.

Wie lange dauert es vom Kennenlernen bis zur ersten SMS?

Mein Telefon leuchtet auf, und Amber macht sich nicht die Mühe, per SMS zu antworten. Sie ruft mich an.

„Du hast dich mit Noah getroffen?" Amber

quiekt und die aufgeregte Fröhlichkeit färbt auf mich ab.

„Ich küsse und erzähle nicht. Aber rein hypothetisch: Wenn ein Mädchen mit einem heißen Typen zusammen ist, wann sollte er ihr eine SMS schicken?", frage ich. Ich kenne mich gut aus, wenn es um Beziehungen und Spaß im Bett geht. Aber normalerweise erwarte ich nicht, dass sich ein Typ bei mir meldet, denn es ist immer nur für eine Nacht. Ich gebe ihnen nie meine Telefonnummer.

„Du bittest mich um Rat bei der Partnersuche?", quietscht sie und diesmal kann ich nicht sagen, ob sie sich freut oder ärgerlich ist. Mir ist klar, dass sie außer Jasper, der ein toller Fang ist, nicht viel Erfahrung in Sachen Freundschaft hat.

„Ich bitte dich, von Jasper herauszufinden, wie lange eine typische Verbindung zu einer Textnachricht dauert."

Amber kichert. „Ich weiß nicht, ob es einen genauen Zeitrahmen gibt, aber ich werde ihn heute Abend fragen. Wir sind zum Abendessen bei seinem Bruder Kyler eingeladen. Willst du mitkommen?"

Ich bin eine Sekunde lang still und überlege, was ich heute Abend tun kann. „Ich bin nicht eingeladen. Ist es nicht unhöflich, wenn ich in Kylers Haus auftauche?"

„Na ja, es ist auch die Wohnung meiner Schwester", sagt Amber. „Wir reden über Hochzeitskram. Ich bin mir sicher, dass Emerson die Meinung eines anderen Mädchens zu ihren Planungen gerne hören würde."

Ich rümpfe meine Nase. Ich war noch nie besonders mädchenhaft. Ich trage Make-up und liebe kurze Röcke, aber bei dem Gedanken an die Hochzeitsplanung dreht sich mir der Magen um.

„Nur, wenn ich nicht aufdringlich bin." Ich steige aus dem Bett, klappe meine Schulbücher zu und öffne meinen Kleiderschrank. Ich ziehe mir eine Jogginghose und ein T-Shirt an, etwas, das ich niemals in der Öffentlichkeit tragen würde. Manche Mädchen machen das, ich aber nicht.

„Das bist du nicht. Es ist in Ordnung. Du bist meine Begleitung", sagt Amber.

„Kleiderordnung?", frage ich. Ich erwarte heute Abend zwar keine Abendgarderobe, aber ich will auch nicht übertrieben gekleidet sein.

„Lässig? Das letzte Mal, als ich da war, gab es nach dem Essen ein Lagerfeuer im Garten. Bring dafür einen Pullover oder etwas Warmes mit. Es war kühl."

„Das klingt gut", sage ich. Ich erfahre die restlichen Details von ihr, bevor ich auflege und auf meinen Kleiderschrank starre, weil ich nichts zum Anziehen finde.

Drei Stunden später pirsche ich mich an das Herrenhaus heran, was bei der riesigen Toreinfahrt nicht gerade die einfachste Aufgabe ist. Ich drücke den Summer und warte darauf, dass man mich hineinlässt. Ich habe ein schlechtes Gefühl. Vielleicht ist es der trübe Himmel und der drohende Regen über mir. Ich zittere, und ziehe meine Lederjacke fester um mich. Ich eile zu der Eingangstreppe.

Bevor ich klopfen kann, schwingt die Haustür auf und Amber wirft ihre Arme um mich. „Es tut mir leid", flüstert sie mir ins Ohr, und ich weiß nicht, was ich von ihrer Entschuldigung halten soll.

Bin ich nicht eingeladen?

Sind die Abendpläne abgesagt worden, weil etwas dazwischengekommen ist?

„Wer ist an der Tür?", fragt Jasper und zieht eine Augenbraue hoch, als er mich sieht. Er flucht leise vor sich hin und eilt den Flur entlang.

„Komm mit rein", sagt Amber.

„Bist du sicher? Das war nicht gerade die herzlichste Begrüßung deines Freunds."

Amber rollt mit den Augen und zuckt mit den Schultern. „Er ist nur mit sich selbst beschäftigt. Die

Jungs stehen schon um die Feuerstelle im Hinterhof, während Kyler das Abendessen grillt. Ich sage ihnen, dass du hier bist."

Ich schlüpfe aus meinen Schuhen und lasse sie vor der Haustür stehen.

Amber's Augen weiten sich. „Vielleicht sollten wir in der Küche anfangen. Schnapp dir eine Flasche Wein, bevor wir zu den Jungs nach draußen gehen, wo es kühl ist."

„Wein klingt gut", stimme ich zu. Meine Hände sind unterwegs ein bisschen kalt geworden. Ich bin mit dem Zug von meiner Wohnung zu Kylers und Emersons Haus gefahren, das eigentlich eher ein Herrenhaus ist. Ich versuche, nicht zu staunen, wie üppig es ist.

Ich folge Amber in die Küche, meine Schritte sind leicht und leise, als wir den Flur durchqueren.

Ein kleines Mädchen, vielleicht fünf oder sechs Jahre alt, kommt durch die Tür und stürmt an uns vorbei. Sie trägt eine Schürze. Ihre Finger sind rot, blau und lila gefärbt und sie sieht aus wie ein Wirbelsturm.

„Hast du Emmie gesehen?", fragt Bristol.

Sie ist die Tochter von Kyler. Ich habe sie vor ein paar Wochen bei einem der Hockeyspiele getroffen. Das Kind ist wie ein Wirbelsturm und ich bin überrascht, dass sie die Wände nicht mit ihren bemalten Fingern bekleckert hat.

„Sie ist draußen", sagt Amber, „aber du solltest wahrscheinlich nicht durch das Haus rennen."

„Es ist okay", sagt Bristol. „Meine Hände sind trocken." Sie wischt sie über die ehemals weiße Schürze und zeigt uns, dass die meiste Farbe nicht von ihren Händen abgeht.

Bevor Amber antworten kann, sprintet Bristol den Flur entlang, vermutlich nach draußen. Vom Küchenfenster aus kann ich den Hinterhof, das lodernde Feuer und eine Gruppe von Jungs sehen, die mit Getränken abhängen.

„Kinder", sage ich lachend und schüttle den Kopf.

Amber schnappt sich die Flasche Weißwein und schenkt jedem von uns ein großes Glas ein. Ich bin gerade einundzwanzig geworden. Sie hingegen hat noch ein paar Monate vor sich. Das hat uns aber noch nie davon abgehalten, uns ein wenig Spaß zu gönnen.

„Ich habe das Gefühl, ich hätte heute Abend etwas mitbringen sollen, eine Flasche Wein, oder einen Nachtisch", sage ich und merke, dass ich mit leeren Händen gekommen bin. Die meisten Partys, die ich besuche, finden auf dem Campus statt und haben nicht die gleiche Atmosphäre.

„Es ist in Ordnung. Mach dir keine Sorgen."

Ich nehme einen Schluck Wein, aber sie legt ihren Kopf nach hinten und trinkt ihr Glas in wenigen Sekunden aus. „Hast du Angst, dass deine Schwester dich beim Trinken erwischt?" Das war schon immer ein Problem zwischen den beiden. Emerson ist nicht damit einverstanden, dass Amber vor ihrem einundzwanzigsten Geburtstag Alkohol konsumiert. Ich bin mir nicht sicher, warum. Ich habe sie auch nicht danach gefragt. Ich habe nur bemerkt, dass sie es verheimlicht hat und nicht in der Bar gesehen werden wollte, als sie ihren gefälschten Ausweis benutzt hat.

Amber atmet schwer aus. „Hast du etwas von deinem Date gehört?", fragt sie.

„Noah?" Ich schüttle den Kopf. „Funkstille. Ich schwöre, ich dachte, er sei interessiert und wolle mehr als nur eine Affäre. Ich habe stundenlang mit ihm abgehangen. Bin ich so schlecht in der Menschenkenntnis? Oder liegt es daran, dass die Männer mich nur für eine schnelle Nummer attraktiv finden?"

Es ist erst einen Tag her. Du solltest nicht so verliebt sein wegen einer Nacht mit einem Typen.

„Ich schwöre. Ich bin fertig mit Männern. Mit Verabredungen. Ich werde nie wieder mit einem Typen schlafen, nur weil er heiß ist. Denn weißt du was, die heißesten Typen sind die schlimmsten! Sie wissen, dass sie gut aussehen und jedes Mädchen bekommen können, das sie wollen. Von Hockeyspielern und Sportlern will ich gar nicht erst anfangen. Igitt!" Ich nehme meinen Drink, und schlucke den Inhalt des Glases herunter und greife nach der Flasche.

Ich höre Schritte, schaue nach hinten und sehe einen Schatten, der den Flur durchquert.

Jemand lauert vor der Küche. „Hallo?", rufe ich, nicht im Geringsten damenhaft. Ich schwöre, ich bin nicht betrunken. Aber die aufsteigende Wut kommt von dem aufgestauten Frust des heutigen Tages, weil ich darauf warte, dass Noah Reece mich anruft. Aber warum sollte ich rumsitzen und warten?

Warum bringt er mich so ins Schleudern?

Ich habe noch nie in meinem Leben so für einen Mann empfunden.

Warum er?

Was macht Noah anders?

Ich führe die Weinflasche an meine Lippen und trinke.

„Es tut mir leid", sagt Amber wieder, aber

diesmal ist ihre Entschuldigung leiser und ihre Unterlippe schiebt sich vor.

„Warte. Warum entschuldigst du dich?", frage ich und bin verwirrt, dass sie das jetzt schon zweimal an einem Tag gesagt hat. Beim ersten Mal habe ich es fast vergessen, aber ich frage mich immer wieder, worauf sie sich bezieht.

Noah Reece biegt um die Ecke des Flurs, wo er sich vermutlich versteckt hat, und betritt die Küche.

„Wie viel davon hast du gehört?" Ich starre ihn an, ziehe die Weinflasche für einen Moment zurück und warte auf seine Antwort.

„Nur den Teil, wo du dachtest, dass ich heiß bin", sagt Noah.

Ich schimpfe. „Das hättest du gern. Du denkst, du bist heiß. Du hast nicht angerufen oder geschrieben", sage ich, als ob das mein Verhalten erklären würde. Ich nehme noch einen Schluck aus der Weinflasche.

Noah schließt die Lücke zwischen uns, und Amber macht einen Schritt zurück und eilt aus der Küche.

„Verräterin", murmle ich, als sie mich mit Noah allein lässt.

„Wie viel musstest du davon trinken?", fragt er und blickt auf die Weinflasche.

„Du kannst sie mir aus meinen kalten Fingern reißen."

Er zieht eine Augenbraue hoch. „Ist das nicht ein bisschen dramatisch?", fragt Noah.

„Ich hatte einen schlechten Tag", gebe ich zu. Ich nehme noch einen Schluck von dem Wein und lasse den Geschmack meine Kehle hinuntergleiten. Er ist nicht billig, jedenfalls nicht so billig wie das Zeug, das wir kaufen.

Noah schaut mich verwirrt an. „Ich mag dich sehr", sagt er.

Ich lache düster, und bin verbittert. „Ja, genug, um mit mir zu schlafen. Nicht genug, um mir am nächsten Morgen eine SMS zu schreiben oder mich anzurufen." Ich ziehe eine Grimasse und hasse die Wut in meinem Tonfall, denn der Klang meiner eigenen Stimme macht mich noch wütender. „Tut mir leid", sage ich und entschuldige mich schnell.

„Ich habe dir gesagt, dass ich meine Karriere an erste Stelle setze. Du hast gesagt, dass du damit einverstanden bist."

Ich gebe zu, wenn ich etwas zickig bin. Ich atme schwer aus und gebe schließlich die Weinflasche auf und biete sie ihm an. Das ist meine Art, mich im Stillen zu entschuldigen.

Noah nimmt sie, führt die Flasche an seine Lippen und trinkt. „Schlechte Nacht", gesteht er.

„Autsch", sage ich und stolpere einen Schritt rückwärts an die Schränke. Ich reibe mir den Nacken, seine Worte zerreißen mich. „Ich wusste nicht, dass unser Date so schlimm für dich war. Ich schätze, deshalb hast du ..."

„Bleib stehen", fordert er und starrt mich an. „Du bekommst keine Mitleidsparty, weil ich dich nicht angerufen habe. Ich war beschäftigt, und die schlechte Nacht war das, was passiert ist, nachdem ich deine Wohnung verlassen habe."

Ein Schauer durchfährt mich und ich fühle mich schuldig. „Oh." Meine Augen weiten sich, als ich von der Weinflasche zu ihm aufschaue. „Ist auf deinem Heimweg etwas passiert?" Ich mustere ihn, sein Gesicht, seinen angespannten Kiefer. Er sieht nicht so aus, als hätte jemand versucht, ihn zu überfallen, aber es könnte eine Waffe gewesen sein.

„Das kann man so sagen", sagt er seufzend. „Ist schon in Ordnung. Ich möchte lieber nicht darüber reden."

Ich schüttle den Kopf. „Das kannst du nicht mit mir machen. Du erzählst mir, dass etwas Schreckliches passiert ist, und dann sagst du, dass du nicht darüber reden willst."

„Warum nicht?", fragt Noah und starrt auf die Schränke, seinen Blick weit von mir entfernt.

„Weil mir etwas an dir liegt!" Ich zucke bei meinen Worten und meinem Tonfall zusammen. Wir kennen uns kaum, aber als wir den Abend zusammen verbracht haben, nicht nur in meinem Bett, habe ich mehr für ihn empfunden als für jeden anderen Kerl, den ich getroffen habe.

„Wir hatten ein Date", erinnert er mich und ich wende meinen Blick ab und verschränke die Arme vor der Brust.

„Ja, und?" Ich versuche, nicht zuzulassen, dass er das schmälert, was wir hatten, was wir zusammen gemacht haben. Ich habe seine Gesellschaft genossen, auch wenn wir nur einen Film sahen oder zu Abend aßen.

„Es war gut", sagt Noah, seine Stimme wird ruhiger und weicher.

Die Stille hängt in der Luft wie ein Nebel zwischen uns.

„Was ist letzte Nacht passiert?", flüstere ich.

„Meine Ex ist aufgetaucht. Sie war in meiner Wohnung und hat auf mich gewartet."

„Du kommst also wieder mit deiner Ex zusammen", sage ich und beende seinen Gedanken. Ich kann das nicht, so tun, als würde mich das nicht interessieren. Ja, es war nur eine Nacht, aber ich habe nicht erwartet, dass ich ein Lückenbüßer bin. „Entschuldige mich", murmle ich, verlasse die Küche und gehe in den Flur.

„Warte", sagt Noah und packt mich am Handgelenk, damit ich mich umdrehe und ihn anschaue.

Meine Lippen öffnen sich und ich starre ihn an, während ich darauf warte, dass er noch etwas sagt. Dass er mir einen Grund gibt, zu bleiben, mit ihm zu reden und die Sache zu klären.

„Ich werde nicht wieder mit meiner Ex zusammenkommen", sagt Noah. „Aber es ist viel komplizierter als das."

„Noch komplizierter?" Wiederhole ich, und meine Augen weiten sich. „Ist sie schwanger?" Ich spreche die Frage aus, bevor ich sie richtig durchdacht habe. Noah hatte weder eine Freundin noch eine kürzliche Trennung erwähnt. Aber vielleicht wollte er gestern Abend auch nicht darüber reden. Das wäre kein gutes Thema für ein erstes Date gewesen.

„Nein, sie ist nicht schwanger", sagt er stoisch und weigert sich, etwas zu verraten. „Aber ich muss mich um ihren Scheiß kümmern. Deshalb habe ich dir auch keine SMS geschickt. Ich wollte dich nicht in ihr Drama hineinziehen."

Okay, nicht schwanger.

„Wart ihr beide verheiratet?", frage ich und versuche zu erraten, was es damit auf sich hat. Was könnte ihn so unruhig machen?

Er verzieht das Gesicht zu einem Grinsen. „Nein, zum Glück nicht. Sie ist mit einem echten Ekelpaket verheiratet. Ich versuche nur, ihr zu helfen. Das ist alles. Aber ich will dich nicht in ihren Schlamassel hineinziehen. Ich mag dich, Charlotte. Ich würde dich gerne weiterhin sehen."

„Aber?", frage ich und warte darauf, dass er mich enttäuscht, und mir sagt, dass er kein Interesse hat und sich lieber mit seiner Ex versöhnen möchte.

„Kein Aber", sagt Noah. Er schenkt mir ein schwaches Lächeln. „Du bist ein echter Fang und ich will nicht, dass du von einem anderen Kerl weggeschnappt wirst."

Ich schmunzle über seine Bemerkung. Es gibt keine Jungs an der NYU, die ich auch nur im Geringsten näher kennenlernen möchte. Bei ihnen ging es immer nur um Sex, nie um etwas anderes.

„Ich habe nicht die Absicht, mit jemand anderem auszugehen", sage ich. „Glaub mir, nach unserem Date gestern Abend in der Eishalle kann sich niemand mit dir messen."

„Gut", sagt er und das Lächeln auf seinem Gesicht wird immer breiter. Seine Augen leuchten, als er mich anstarrt. Seine Finger liegen auf meinen Hüften, halten mich fest und drücken mich an sich. „Ich hoffe, du kommst morgen zu meinem Spiel, um mich anzufeuern."

„Ich würde es nicht verpassen wollen."

Er lächelt, starrt mich an und lässt die Schmetterlinge aufsteigen. „Danach kannst du gerne zur Blue Line kommen, wenn wir unseren Sieg feiern."

Ich frage nicht, was der Plan ist, wenn sie verlieren.

„Ich werde da sein", sage ich. Ich war schon einmal mit Amber im Blue Line, als sie mit Jasper geflirtet hat, und ich wurde an der Bar sitzen gelassen. Nicht, dass es mir etwas ausgemacht hätte, aber dieses Arrangement wird viel besser sein.

„Gut. Ich erwarte, dass du mein Trikot trägst."

Ich lache leise vor mich hin. „Das ist ganz schön viel verlangt, Reece."

Er grinst. „Ich kenne nicht einmal deinen Nachnamen."

Ich neige den Kopf und denke darüber nach.

Soll ich es ihm sagen? „Ich nehme an, du weißt es nicht." Ich möchte ihn lieber auf Trab halten. Ich mag ein kleines Geheimnis in unserer Beziehung.

Noah zieht mich fester an seinen Körper. „Willst du es mir nicht sagen?"

Ich schüttle den Kopf. „Was ist daran so lustig?"

Sein Blick strafft sich. „Gut. Du sagst mir deinen Nachnamen und ich beantworte dir jede Frage, die du hast."

„Oh, wie du willst", sage ich und meine Augen leuchten. „Klingt lustig und ein bisschen gefährlich."

„Also, Nachname?", fragt er wieder.

„Grace", sage ich.

„Charlotte Grace", sagt er und wiederholt meinen vollen Namen. „Das gefällt mir."

„Danke. Ich meine, ich habe es nicht anders gewollt", sage ich und zucke mit den Schultern. Ich habe nie darüber nachgedacht. „Jetzt bin ich dran." Ich reibe lachend meine Hände aneinander und freue mich darauf, ihn etwas zu fragen.

„Was willst du wissen, Grace?", fragt er.

Es ist ein seltsames Gefühl, meinen Nachnamen aus seinem Mund zu hören, aber es ist kein schlechtes Gefühl, nur ungewöhnlich, wie ein

Kosename oder ein Geheimnis, das nur für uns bestimmt ist.

„Hättest du mich angerufen, nachdem wir miteinander geschlafen haben, wenn ich dir heute nicht begegnet wäre?"

Er holt scharf Luft. „Offen gesagt, nein."

Ich presse meine Lippen zusammen und trete einen kleinen Schritt zurück. Ich sollte nicht überrascht sein, aber die Wahrheit ist wie ein Stich.

„Kann ich das erklären?", fragt er und ich lasse ihn fortfahren, ohne ihn zu unterbrechen. „Ich wollte dich anrufen, aber ich fand es nicht fair, dich in das Drama mit Jasmine hineinzuziehen."

Ich zucke bei ihrem Namen zusammen und hoffe, dass er es nicht bemerkt.

„Bis ich meinen Scheiß auf die Reihe kriege und Jasmine aus meinem Leben verschwindet, hast du etwas Besseres verdient."

„Das entscheide ich, nicht du", sage ich. „Ich verstehe immer noch nicht, warum dein Ex plötzlich in deinem Leben auftaucht."

„Wie ich schon sagte, sie braucht Hilfe. Ich versuche nur zu helfen."

„Und sie kann zu niemand anderem gehen?", frage ich. Ich will nicht wie die eifersüchtige Freundin klingen, aber ich verstehe nicht, warum sie hier auftaucht, es sei denn, sie hat es auf etwas abgesehen, zum Beispiel auf sein Geld. Er ist ein professioneller NHL-Spieler. Wahrscheinlich hat sie von seinem Erfolg Wind bekommen und will daran teilhaben.

„Es ist komplizierter als das", sagt er. „Es ist nicht meine Geschichte, die ich erzählen kann."

„Okay", sage ich. Der erste Schritt in einer Beziehung ist Vertrauen, und ich vertraue Noah. „Werde ich deine schwer fassbare Ex-Freundin kennenlernen? Kommt sie zu deinen Spielen?"

Er lacht leise vor sich hin. „Nein, ihr Mann wurde letztes Jahr gehandelt. Er spielt für die *Island Bruisers*."

Noah zuckt zusammen, seine Augen flackern, er verheimlicht etwas.

Sie ist nicht hinter Noahs Geld her, wenn sie mit einem NHL-Spieler verheiratet ist. Das ist zumindest ein gutes Zeichen.

„Sie geht also zu seinen Spielen." Ich runzle die Stirn. „Spielen die *Ice Dragons* nicht Ende des Monats gegen die *Bruisers*?"

„Du hast meinen Terminkalender studiert?"

VIER

NOAH

Das war eine verdammt peinliche Begegnung mit Charlotte Anfang der Woche. Seit wir uns bei Kyler getroffen haben, schreiben wir uns zwanglose SMS.

Ich warte immer noch auf die Testergebnisse der DNA-Probe, um herauszufinden, ob der kleine Junge tatsächlich mein Sohn ist. Ich war in der Klinik und habe meine DNA-Probe im Labor abzugeben. Ich habe ihnen gesagt, dass sie mich mit den Ergebnissen kontaktieren sollen.

Das Warten ist der schwierigste Teil.

Nein, es geheim zu halten, ist schwieriger.

Es hat keinen Sinn, es jemandem zu sagen, wenn

es sich als nichts herausstellt. Und wie ich Jasmine kenne, könnte das sehr wohl der Fall sein.

Ich habe Jasmine und den kleinen Jungen seit der Nacht, in der sie unangekündigt und uneingeladen auftauchte, nicht mehr gesehen. Sie ist einfach weg, was beunruhigend ist.

Ist sie wieder mit ihrem Mann zusammen?

Ist sie weggelaufen, um sich vor ihm zu verstecken? Wo ist sie, und wird sie zurückkehren, wenn der Junge mir gehört?

Ich bin nicht ganz bei der Sache, als wir gegen die *Island Bruisers* spielen. Ich bin noch mehr abgelenkt, als ich Charlotte mit Amber auf der Tribüne sehe, die hinter dem Glas und der Bank unseres Teams sitzt.

Charlotte trägt *mein* Trikot, und mein Herz schwillt an vor Stolz.

Verdammt, sie sieht gut aus.

Ihre Augen treffen meine, sie lächelt und winkt aufgeregt.

Ich nicke ihr kurz zu. Das ist alles, was ich auf dem Eis tun kann. Meine Aufmerksamkeit sollte auf den Puck und das Spiel gerichtet sein.

Ich habe mir noch nie Gedanken darüber gemacht, dass ein Mädchen eine Ablenkung sein könnte, aber jetzt kann ich meinen Blick nicht mehr von ihr abwenden, vor allem, nachdem ich die *Bruisers* daran gehindert habe, ein Tor zu schießen und es geschafft habe, den Puck zu Jasper zu passen, der ein Tor schießt.

Sie steht auf, klatscht und jubelt. Ich kann nicht anders, als mir vorzustellen, dass das alles für mich ist.

Zu ihrer Verteidigung sei gesagt, dass die ganze Menge vor Begeisterung brüllt, aber sie ist diejenige, die mir in dem Meer von Zuschauern auffällt.

Wir gewinnen mit zwei Toren Vorsprung im letzten Drittel und ich gehe nach dem Spiel mit den Jungs in die Umkleidekabine.

„Mir ist aufgefallen, dass deine Freundin auf der Tribüne saß", sagt Jasper, als wir gemeinsam in die Umkleidekabine gehen.

Ich lache leise vor mich hin. Ich bin mir nicht sicher, ob Charlotte meine Freundin ist. Es ist nicht so, dass ich sie mit einem Etikett versehen habe.

„Das könnte ich auch von dir sagen. Amber war heute Abend bei ihr."

Wir gehen beide den langen Gang entlang zu den Umkleidekabinen.

Kyler legt seinen Arm um unsere Schultern. „Es war das das erste Mal, dass sie beide kooperiert und *eure* Trikots getragen haben?"

Das musste er merken.

Obwohl es den meisten im Team vor ein paar Wochen aufgefallen ist, als Amber und Charlotte die *Island Bruisers*-Klamotten angezogen haben. Ich fand das lustig, obwohl ich keines der beiden Mädchen kannte.

Wenn Charlotte jetzt so einen Mist machen würde, wäre ich sauer.

„Sagt der Mann, der seine Verlobte dazu gebracht hat, ein Schwanz-Trikot zum Spiel zu tragen", scherzt Jasper.

Kyler löst seinen Griff von mir und stürzt sich auf seinen jüngeren Bruder, packt ihn am Hals und reißt ihn zu Boden, um ihn in einen Schwitzkasten zu nehmen.

Jasper lässt sich den Mist nicht gefallen und schafft es, ein paar Schläge auf Kylers Brust zu landen.

„Jungs!" Coach Malone mischt sich ein, wie ein Vater, der seine Söhne ausschimpft.

Kyler löst seinen Griff und Jasper schubst ihn, um einen letzten Schlag zu landen, bevor wir zur Bank gehen, um unsere Schlittschuhe und Ausrüstung auszuziehen.

Nachdem wir uns gewaschen, geduscht und angezogen haben, müssen sich ein paar von uns um die Presse-Interviews kümmern. Zum Glück übernehmen Kyler, Aiden und Chase das Ruder.

Ich entkomme, ohne einen Pressetermin wahrnehmen zu müssen, worüber ich sehr erleichtert bin, denn ich hasse die Presse. Sie verdrehen gerne unsere Worte, um die ultimative Schlagzeile zu bekommen.

„Kommst du mit zum Blue Line?", fragt Jasper, als wir aus der Umkleidekabine kommen.

„Wann genieße ich nicht ein paar Siegesdrinks?" Ich hoffe, dass Charlotte nach dem Spiel noch bleibt. „Kommt Amber heute Abend mit?" Die Mädchen waren beim Spiel zusammen, was mich hoffen lässt, wenn Amber kommt, dass auch Charlotte mitkommt.

Nicht, dass die Mädchen zusammenleben. Sie haben früher in der Nähe voneinander gewohnt und besuchen beide die NYU, aber Amber wohnt jetzt bei Jasper.

Ich komme mir fast wie ein Stalker vor, weil ich weiß, was sie tun, aber das liegt daran, dass Jasper von seiner Freundin schwärmt und ich ein gutes Ohr habe, und alles mitbekomme.

Jasper verzieht das Gesicht zu einem Grinsen. „Du fragst, weil du wissen willst, ob Charlotte zur Blue Line kommt. Hast du sie eingeladen?"

Ich schnaube. „Wann hat das Amber davon abgehalten, aufzutauchen?" Obwohl ich Charlotte gegenüber erwähnt habe, dass ich hoffe, sie würde mit uns abhängen, bin ich mir nach den letzten Nächten nicht ganz sicher, wo wir stehen.

„Sie ist meine Freundin", sagt Jasper und stößt mich an. „Vergiss das nicht."

„Wie kann ich das, wenn du ihr Gedichts Zeilen aufsagst und ihr Liebesbriefe schreibst?"

Jasper starrt mich an. „Das tue ich *nicht*."

„Genau", sage ich und klopfe ihm auf den Rücken. „Zu männlich für diesen ritterlichen Kram, ich verstehe."

„Wow, jetzt! Ich habe nie gesagt, dass ich nicht weiß, wie man ein Mädchen umwirbt."

Ernsthaft? Glaubt er, dass er Amber für sich gewonnen hat, weil dieses Mädchen monatelang hinter ihm her war, bevor sie endlich zusammenkamen?

Jasper hat mir nicht gesagt, wann sie zusammenkamen, aber die sexuelle Spannung zwischen ihnen war schon seit Monaten spürbar. Eines Tages, war es dann nicht mehr ganz so schlimm.

Sie hatten Sex.

Nicht, dass es mich etwas angehen würde. Aber

der Punkt ist, dass er sie nicht umwerben musste. Sie war schon seit langem in ihn verliebt. Verdammt, ich war derjenige, der versucht hat, ihn davon zu überzeugen, nicht mit ihr zu schlafen, aber das hatte mehr mit dem Bruderkodex zu tun als alles andere.

Ich antworte nicht auf seine Frage. Wenn ich darauf hinweise, dass sie Mitbewohner sind und sie deshalb in seinem Bett gelandet ist, könnte er mir in den Arsch treten. Ich würde es vorziehen, die körperliche Brutalität lieber auf dem Eis zu lassen.

„In Ordnung", sage ich mit einem knappen Lächeln. Wir gehen gemeinsam zum Hinterausgang, wo die Mädchen auf uns warten. Ich werfe einen Blick auf mein Handy, und mein Magen dreht sich um.

Die Ergebnisse der Vaterschaft sind da.

Ich stecke mein Handy in meine Gesäßtasche. Ich bin nicht bereit, die Nachricht zu lesen. Ich bin mir nicht sicher, was ich von all dem halten soll.

Charlotte ist nicht zu sehen. Sie steht nicht neben Amber. Ich zwinge mich zu einem Lächeln und versuche, nicht niedergeschlagen auszusehen. Vielleicht ist das auch besser so. Wenn ich der Vater des kleinen Jungen bin, kann ich Charlotte dann wirklich mit in mein Chaos hineinziehen?

So wie es aussieht, steht meine Karriere immer

an erster Stelle. Wenn ich ein Kind an die Spitze meiner Prioritätenliste setzen muss, wird eine Freundin auf dieser Liste noch weiter nach unten rutschen.

Seufzend reibe ich mir den Nacken und greife nach meinem Handy.

Nein.

Das ist das Letzte, was ich sehen will: die Ergebnisse heute Abend vor den Jungs. Sie würden zu viele Fragen stellen, und bevor ich nicht weiß, wie die Ergebnisse aussehen, werde ich niemandem etwas sagen.

Jasper zieht Amber in seine Arme und ihre Lippen treffen sich zu einem heißen Kuss. Ich wende meinen Blick ab, weil ich den beiden nicht beim Mandelhockey zuschauen will.

„Bist du bereit, in die Bar zu gehen?", frage ich und unterbreche ihre Knutscherei. Können sie nicht warten, bis wir unseren Tisch im Blue Line eingenommen haben, bevor sie es tun?

Amber zieht sich zurück und grinst Jasper an, bevor sie in meine Richtung blickt. „Wir sollten auf Charlotte warten. Sie ist auf der Toilette."

Erleichtert atme ich aus, dass sie nicht gegangen ist. „Oh. Sie könnte unsere Hilfe gebrauchen", sage ich, schlurfe mit den Füßen und werfe einen Blick in den Flur. In ihrer Nähe zu sein, macht mich glücklich und gerade jetzt könnte ich eine Dosis Charlotte Grace gebrauchen.

Ihr Name liegt mir auf der Zunge, eine Vertrautheit, die mich wie ein Nebel umweht. Aber ich kann ihn nicht zuordnen. Ich habe den Namen schon einmal gehört. Irgendwo, da bin ich mir sicher.

„Ekelhaft", sagt Amber und reißt mich aus meinen Gedanken. Sie rümpft ihre Nase. „Es riecht nach Sackhalter oder so."

„Das ist kein Ding", sage ich und starre sie an.

Ich bin erleichtert, als ich sehe, wie Charlotte den Flur entlang stolziert und auf uns zukommt. Ihr rotes Haar fällt ihr leicht gewellt den Rücken hinunter und sie sieht absolut fickbar aus.

Ich räuspere mich und bewege mich unbehaglich. Ich muss meine Gedanken abschalten, wenn ich sie nicht schänden will, bevor wir aus der Arena kommen.

Das ist eine Möglichkeit, die Scheiße aus meiner Vergangenheit hinter mir zu lassen, aber nicht die beste Option. Das hat mich erst in meine jetzige Lage gebracht. Na ja, nicht ganz. Jasmine war kein One-Night-Stand. Das war vor meiner Zeit als professioneller Hockeyspieler, als ich dachte, eine

Beziehung wäre das, was ich wollte. Nach ihr war ich ein hundertprozentiger Junggeselle, der sich mit demjenigen traf, der das meiste Interesse zeigte.

Weil sie mich verletzt hat und ich so damit umgegangen bin.

Ich weiß eigentlich nicht, was ich will. Abgesehen von Charlotte.

Ich will sie.

Heute Abend. Morgen.

Ich will sie für mehr als nur eine weitere lustige Nacht bei ihr zu Hause im Bett. Nicht, dass ich diese Gelegenheit ausschlagen würde, denn sie war fantastisch. Aber ich will mehr. Und doch plagt mich der Knoten im Magen, die Sorge, dass das Ergebnis der Vaterschaft mein Leben für immer durcheinanderbringen wird.

Ich bin egoistisch.

Ich sollte an den kleinen Jungen denken, der einen Vater als Vorbild gebrauchen könnte, statt an das missbrauchende Arschloch, unter dessen Dach er lebt.

Charlottes Augen leuchten, und alle meine Sorgen verschwinden.

„Hey, gutes Spiel heute Abend", sagt Charlotte mit einem warmen Lächeln.

Ich ziehe sie für eine Umarmung in meine

Arme. „Schön, dass du noch auf einen Drink bleibst", sage ich. Ich gebe nicht zu, dass ich mir Sorgen gemacht habe, dass sie verschwunden ist. Nicht, dass ich es ihr verübeln würde; wir haben dieser neuen Sache zwischen uns noch keinen Namen gegeben.

„Das müssen wir feiern. Das war ein großartiges Spiel, das du heute Abend auf dem Eis gemacht hast."

Ich bin begeistert, dass sie es bemerkt hat. „Nur ein tolles Stück?" Ich grinse und stupse sie an, als wir uns alle auf den Weg zum Hinterausgang machen.

„Du warst den ganzen Abend großartig", sagt Charlotte und dann weiten sich ihre Augen, als sie ihre Worte versteht. „Ich spreche von Hockey."

Ich kichere. „Klar, wenn du das sagst, *Red*."

Sie rümpft die Nase mit einem bezaubernden Lächeln und rempelt mich an, während wir zur Bar gehen. Es ist nicht weit, und die anderen werden uns einholen, wenn sie die obligatorischen Presseinterviews hinter sich haben.

„Wie war deine Woche?", frage ich.

„Du fragst nach mir?", ihre Stimme quietscht überrascht. Es ist bewundernswert, wie die Frage sie aus der Fassung bringt. „Es war ereignislos. Jede

Menge Schularbeiten, normale Arbeit und so weiter. Was ist mit dir?"

Ich will nicht zugeben, dass ich sie vermisst habe und die süßen SMS fast eine Qual waren, wenn ich im Bett einschlief und von ihr träumte.

Nicht gerade eine Diskussion für ein zweites Date.

Obwohl das nicht als Date gilt, wenn das ganze Team mit uns abhängt.

Ich versuche, das Grinsen in meinem Gesicht zu verbergen. Das Letzte, was ich gebrauchen kann, ist, dass meine Teamkollegen mir wegen eines Mädchens die Hölle heiß machen. „Viel zu tun", sage ich und remple sie an, als wir zur Bar gehen. „Viel Training und Sport." Die Sache mit Jasmine und dem Vaterschaftstest lasse ich weg.

Als wir ins Blue Line gehen, wartet unser reservierter Tisch im hinteren Teil schon auf uns. Es sind schon viele Leute da und ich habe das Gefühl, dass einige Fans unseren Afterparty-Treffpunkt entdeckt haben.

Nicht, dass es ein Geheimnis wäre, aber wir machen auch keine Werbung dafür.

Ein paar Mädchen tragen unsere Trikots und sitzen an der Bar zusammen. Als wir reinkommen, ist es unmöglich, ihre hitzigen Blicke nicht zu bemerken, während sie an der Bar ihre Mädchen-Drinks schlürfen.

„Fans?", sagt Charlotte, als sie die Mädchen bemerkt. Sie wirkt nicht im Geringsten eingeschüchtert, aber sie haben sich auch noch nicht dreist an uns herangeschlichen und nach unseren Nummern gefragt.

Höchstens fünf Minuten.

Jasper kichert, als er Charlottes Frage mitbekommen hat. „Eher wie Puck Hasen."

Amber klopft ihm auf den Arm. „Vielleicht mögen sie einfach nur Hockey", sagt sie. „Nur weil sie ein Trikot tragen, heißt das nicht, dass sie mit jedem Hockeyspieler aus dem Team schlafen würden."

„Ja, keine Chance, da ich schon vergeben bin", sagt Jasper und zieht Amber fester in seine Arme. Ihre Lippen treffen sich und ich wende meinen Blick ab und gebe der Kellnerin ein Zeichen, uns einen Eimer Bier zu bringen, während wir uns an den Tisch setzen.

Normalerweise irritieren mich ihre Zuneigungsbekundungen nicht, aber in diesem Moment möchte ich nicht zusehen, wie sie an der Bar rummachen. Ich drehe mich auf meinem Platz um, wende den beiden den Rücken zu und schenke Charlotte meine ungeteilte Aufmerksamkeit.

Sie grinst. „Ihr zwei Turteltäubchen seid eklig. Nehmt euch ein Zimmer!", scherzt sie. „Ich habe das Gefühl, ich brauche Popcorn. Etwas, das ich nach ihnen werfen kann, um ihre kleine Liebessession zu unterbrechen."

Wenigstens sind wir auf der gleichen Seite.

„Ich kann dir meinen Schuh geben", sage ich mit ernster Miene.

Das Lachen sprudelt aus ihr heraus, ihre Wangen sind rot. „Verlockend, Reece."

Ich lächle und mag den Klang meines Namens, auch wenn es mein Nachname ist. „Stehst du nicht auf große öffentliche Liebesbekundungen?", frage ich.

„Ja und nein. Nicht zum Rummachen", erklärt sie, „aber Vorschläge, ja."

„Vorschläge", wiederhole ich. „Bist du eine Expertin auf diesem Gebiet? Machen dir viele Jungs einen Antrag?" Ich mache mich über sie lustig, aber ich kann nicht verhindern, dass sich mein Magen zusammenzieht, weil eine Spur von Eifersucht an die Oberfläche kommt.

Charlotte lacht. „Nein, aber ich bin oft die

Freundin, zu der die Jungs gehen, um den Heiratsantrag für ihre Freundin zu arrangieren."

„Im Ernst, das ist ein Ding?", fragt Jasper.

„Ja, meine Cousine und ihre beste Freundin kamen mit ihren Ehemännern zu mir, bevor sie sich verlobt haben. Die Mädchen wollten große Heiratsanträge, mit ihren Namen und Bildern auf dem JumboTron bei einem Eishockeyspiel."

„Und du hast die Verbindungen, um das zu tun?", frage ich.

„So ähnlich." Sie zuckt mit den Schultern und greift nach einem Bier, als die Kellnerin einen Eimer bringt. „Hat einer von euch schon mal einem Mädchen einen Antrag gemacht?", fragt Charlotte.

Amber wirft einen neugierigen Blick auf Jasper. „Ja, Jasper, hast du schon mal einem Mädchen einen Antrag gemacht?"

Ich lache, weil ich spüre, dass er heute Abend ziemlich Ärger bekommen könnte, wenn er falsch antwortet.

„Niemals", sagt Jasper, „ich habe nur Augen für dich, Baby." Er starrt Amber an und zieht sie zu sich auf den Schoß. Es ist nicht viel Platz auf den Stühlen, aber sie kommen zurecht.

„Und was ist mit dir?", fragt Charlotte und wartet darauf, dass ich ihre Frage beantworte.

Ich lache und nehme mir ein Bier. „Das kann ich nicht behaupten." Obwohl der Gedanke, Jasmine einen Heiratsantrag zu machen, nur flüchtig war, ist er mir durchaus in den Sinn gekommen. Es war besser, dass ich es nicht getan habe, denn sie hat mich betrogen.

Charlotte sieht in meinem Trikot einfach fantastisch aus. Es fällt mir schwer, meinen Blick auch nur für einen Moment von ihr abzuwenden.

„Hast du etwas gesehen, das dir gefällt?", fragt sie frech, legt den Kopf schief und lächelt zu mir hoch.

Mir gefällt, dass sie nicht schüchtern ist. Sie hat eine Dreistigkeit an sich, die verdammt heiß ist, und ich kann es kaum erwarten, ihr die Kleider vom Leib zu reißen und sie zu mir nach Hause zu bringen.

Knurrend stehe ich auf, packe ihre Hüften und ziehe sie an mich.

„Ich werde meinen Platz verlieren", jammert sie, aber auf ihren Lippen liegt ein Lächeln, und irgendwie glaube ich nicht, dass sie sich um ihren Platz sorgt.

Ich lehne meine Lippen an ihr Ohr und flüstere mit belegter Stimme: „Wenn das passiert, kannst du meinen haben."

„Versprechen, Versprechen." Ihre Zunge schießt heraus und leckt über ihre Lippen.

Es kostet mich alles, um sie in der Bar nicht zu vergewaltigen. Sie ist meine Rettung, meine Ablenkung von der einen Sache, die mich innerlich zerreißt. Ich will sie nicht ausnutzen, während ich mich so fühle, aber die flüchtigen Momente des Glücks, die Charlotte mir beschert, überfluten mich mit Freude.

„Geh mit mir auf ein zweites Date", sage ich und nehme ihre Hände in meine. Wir sind erst seit einer Woche zusammen und ich bin mir nicht sicher, ob das, was wir sind, als zusammen gilt.

„Ist das heute Abend kein Date?", fragt Charlotte und streicht ihr Trikot glatt, das an ihr absolut sexy aussieht. „Ich habe mich für dich fein gemacht." Ein warmes Lächeln umspielt ihre Lippen, ihre Augen leuchten und sie holt tief Luft, während ich ihre Gesichtszüge studiere und alles aufnehme.

Ich will mir jedes Detail einprägen, als sie verkündet, dass sie meine Nummer für mich getragen hat.

Stimmt.

„Ich würde Drinks mit dem Team nicht als Date bezeichnen", sage ich und stelle klar, dass sie weiß, dass es ein Date ist, wenn ich sie zum Essen einlade. So wie das Kaffee-Date, bei dem ich sie in die Eishalle mitgenommen habe. Ich mache nichts

Halbherziges. Wenn ich ein Mädchen mag, will ich, dass sie es weiß.

„Wie wäre es, wenn wir tanzen?", fragt sie und wiegt ihre Hüften, während sie vor mir steht. Mit einer Geste fordert sie mich auf, mit ihr auf die Tanzfläche zu gehen, während sie einen kleinen Schritt nach hinten macht und darauf wartet, dass ich sie begleite.

Ich stöhne, aber ich fühle mich zu ihr hingezogen. Meine Hände legen sich sanft um ihre Hüften, während ich mich zu ihr lehne und mit meinem Mund über ihr Ohr streiche. „Du solltest wissen, dass ich nicht tanze."

„Du weißt nicht, wie es geht?", fragt sie und schaut mich mit großen, neugierigen Augen an.

Ich weiß, wie das geht, aber wenn du über zwei Meter groß bist, verlierst du beim Tanzen ein bisschen an Anmut. „Ihr wollt mich nicht auf der Tanzfläche sehen."

„Jetzt weiß ich es wirklich", sagt sie, als ob es eine Herausforderung wäre.

Sie ergreift meine Hand und zieht mich hinter sich her.

„Wo wollt ihr zwei denn hin?", fragt Jasper und beobachtet, wie Charlotte mich von unserem reservierten VIP-Tisch im hinteren Teil der Bar wegzieht.

„Tanzen!", schreit sie.

Jasper versucht nicht einmal, das Grinsen auf seinem Gesicht zu verbergen. „Viel Glück damit! Noah ist großartig auf dem Eis, aber hast du ihn schon mal auf der Tanzfläche gesehen?"

Amber stößt ihn mit dem Ellbogen. „Sei nett!", schimpft sie und flüstert ihm etwas ins Ohr.

„Warum kommt ihr nicht zu uns?", rufe ich ihnen zu, bevor sie mich weiter von den Jungs wegzieht und ich sie hinter einer der Säulen im Raum nicht mehr sehen kann.

Sie wiegt ihre Hüften im Takt der Musik und dreht sich mit dem Rücken zu mir, um sich an mir zu reiben. Sie zieht ihr Haar zur Seite und hält die langen roten Strähnen fest, während sie mit ihren Hüften in meinem Schritt wackelt.

Verdammt noch mal, wie soll ich so eine Nacht überleben und mich benehmen?

Ich versuche verzweifelt, unsere neue aufkeimende Romanze nicht zu überstürzen, aber sie hat gerade das Streichholz angezündet, damit die Funken fliegen.

„Du tanzt wie eine Göttin", flüstere ich ihr ins

Ohr und bin mir sicher, dass sie die Beule in meiner Hose spüren kann.

Sie dreht sich zu mir um und schlingt ihre Arme sofort um meinen Hals. „Funktioniert dieser Spruch bei allen Mädchen?"

„Ich habe dir doch gesagt, dass ich nicht tanze."

Sie hat ein perfektes Lächeln aufgesetzt, während ihre Augen mich anstrahlen. „Du hast ein paar gute Bewegungen drauf. Ich habe sie gesehen", sagt sie. „Ich habe sie gefühlt."

Verdammt, die Bar ist gerade sehr heiß geworden.

Ihre Wangen sind rot, zwar nicht so feurig wie ihr Haar, aber nicht weit davon entfernt. Ich stütze meine Hände auf ihre Hüften, und halte sie besitzergreifend an mich gedrückt.

Von der anderen Seite der Bar blitzt eine Kamera auf, wahrscheinlich ein Arschloch, der ein Foto von uns für seine Social-Media-Seite macht. Daran bin ich gewöhnt. Ich mag es nicht besonders, aber es ist nichts Neues.

Sie hebt eine Hand, um ihr Gesicht vor dem Amateurfotografen zu verbergen. Es könnte schlimmer sein. Die Paparazzi könnten uns im Blue Line auflauern. Der Club bemüht sich, sie fernzuhalten; die Türsteher und der Besitzer sind gut darin, uns ein wenig Privatsphäre zu gewähren.

Aber du kannst nicht jeden mit einer Handykamera aufhalten.

Charlottes Augen weiten sich, und sie holt nervös Luft. „Ich muss ..." Sie löst sich aus meiner Umklammerung und stürmt durch die Menge zum hinteren Teil der Bar. Sie schnappt sich ihre Handtasche vom Tisch.

„Ihr habt es euch ja richtig gemütlich gemacht", sagt Amber und grinst, als sie sieht, dass wir wieder am Tisch sitzen. Sie zieht die Stirn in Falten, blickt von mir zu Charlotte und spürt, dass etwas nicht stimmt. „Was ist denn los?"

„Ich muss gehen", sagt Charlotte und schnappt sich ihre Handtasche. Sie geht auf den Hinterausgang zu.

Ich weiß nicht, was passiert ist. Macht sie sich Sorgen, mit mir gesehen zu werden? Oder um ihren Ruf?

Ich habe sie gehen lassen. Ich bin nicht der Typ, der einem Mädchen hinterherläuft. Normalerweise bin ich derjenige, der verfolgt wird, und wenn sie nicht damit umgehen kann, im Rampenlicht zu stehen, dann ist sie nicht die Richtige für mich.

FÜNF

CHARLOTTE

Verdammt, das war knapp! Ich verlasse die Blue Line durch den Hinterausgang und hoffe, dass mein Gesicht nicht in den Nachrichten oder der Boulevardpresse auftaucht. Das Letzte, was ich gebrauchen kann, ist, dass Noah erfährt, wer ich bin, denn im Moment denkt er, dass ich nur ein Mädchen bin, das auf die NYU geht.

Und er hat recht.

Das ist ein Teil von dem, was ich bin. Aber das ist nicht das Einzige. Ich bin auch die Tochter des Besitzers der *Island Bruisers*.

Und mein Vater hat mir deutlich zu verstehen gegeben, dass er es nicht mag, wenn ich ihm das Rampenlicht stehle.

Ich bin mir sicher, dass er noch weniger erfreut sein wird, wenn er von meinem Interesse an Noah Reece erfährt. Ich eile zur U-Bahn und meine Füße schmerzen, als ich so schnell wie möglich durch die Dunkelheit laufe.

In meiner Magengrube tut es weh, als ob ein Amboss dort sitzt, und ich atme zittrig aus. Ich bin sicher, dass mich niemand bemerkt hat. Der Fotograf hat wahrscheinlich ein Foto von Noah gemacht. Schließlich war die Bar voll mit Hockeyspielern.

Ich sollte ein Niemand für sie sein.

Ein schicker schwarzer Sportwagen wird neben dem Gehweg langsamer, und das Beifahrerfenster wird heruntergekurbelt.

„Charlotte?"

Ich bleibe stehen, werfe einen Blick durch das offene Fenster und stapfe auf das Fahrzeug zu. „Solltest du nicht deinen Sieg feiern?", frage ich.

„Ich würde lieber mit dir feiern", sagt Noah.

Mein Atem stockt, ich greife nach dem Türgriff und lasse mich auf den Beifahrersitz gleiten. „Nettes Auto", sage ich und schaue überall hin, nur nicht zu ihm. Die Spannung ist groß, aber vielleicht kommt sie nur von meiner Seite, denn ich spüre seinen Blick, der mich durchdringt.

Seine Finger trommeln voller Energie auf dem Lenkrad.

Okay, ich bin nicht die Einzige, die die Spannung spürt.

„Kannst du mich zu Hause absetzen?", frage ich, denn ich erwarte nicht, dass er mich irgendwo anders hinbringt.

Ich habe seine Wohnung bisher nicht gesehen.

Ich bin mir nicht sicher, ob ich mit zu ihm gehen würde. Ich meine, was zum Teufel sind wir? Freunde? Ein Paar? Es gibt eine graue Linie und dann gibt es das, worauf wir uns eingelassen haben.

Er ist berühmt.

Noah Reece hat keine Dates. Zumindest, was ich gesehen und gelesen habe. Außerdem hat er mir gesagt, dass seine Karriere für ihn an erster Stelle steht, was sich wie eine Bestätigung anhört. Er schläft herum. Er ist der angesagte Playboy des Teams und das aus gutem Grund. Ich versuche, ihn nicht anzuschauen, denn wenn ich es einmal tue, ist es schwer, den Blick abzuwenden.

„Klar", sagt Noah und schenkt mir dieses Lächeln, das mir direkt ins Herz geht und mir ein Kribbeln im Bauch beschert.

Ich schweige, und er kurbelt das Fenster hoch, bevor er in den Verkehr fährt.

Das ist New York. Selbst um diese Zeit ist die Stadt noch voller Leben. Die Bars und Clubs sind geöffnet. Das war's auch schon. Das Nachtleben boomt, und wir fahren langsam durch die Stadt, bis er sich auf den Weg zur NYU macht.

„Willst du darüber reden, was vorhin passiert ist?", fragt Noah.

Seine Finger klopfen wieder auf das Lenkrad.

„Ich wollte gehen", sage ich und werfe einen Blick in seine Richtung.

Die Ampel wird rot, er hält an und schaut mich an.

Beim Atmen schnürt es mir die Kehle zu. Die Luft ist dick und schwer. Ich atme scharf ein und beiße mir auf die Unterlippe. „Es wurde zu voll."

In seinem Blick zuckt es und ich kann nicht sagen, ob er weiß, dass ich lüge oder ob er nicht überzeugt ist. „Überfüllt", wiederholt Noah.

Das Wort klingt fadenscheinig aus seinem Mund. Er kauft mir meine Geschichte nicht ab.

Und ich weigere mich, ihm zu sagen, wer mein Vater ist, denn das würde alles durcheinanderbringen. Außerdem kann ich nicht erwarten, dass er unsere Beziehung vor der Welt versteckt, nicht wenn ich mit *seinem* Trikot zu seinen Spielen komme.

Ich will auch nicht, dass sich das ändert.

„Und ich dachte schon, du wärst unbeeindruckt." Ein Lächeln ziert sein Gesicht. Es ist einfach, süß und jungenhaft.

Es ist schwer, sich nicht in ihn zu verlieben, auch wenn es eine schlechte Idee ist.

Aber das Problem ist, dass ich ihm bereits verfallen bin. Es war ein einziges Date. Eine leidenschaftliche Nacht, und jetzt bin ich von dem Mann besessen wie ein verrückter Stalker.

Außer, dass ich ihn nicht physisch stalke. Dieser Job ist eher etwas für Amber, die ihren Schwarm online gestalkt hat. Das Mädchen kann kein Geheimnis vor mir bewahren.

„Ich mag deine Gesellschaft", sage ich und lächle schwach, bevor er seine Aufmerksamkeit wieder auf die Straße richtet, als die Ampel grün wird. „Ich bevorzuge nur manchmal einen weniger überfüllten Raum."

„Ja, das kaufe ich dir nicht ab, Charlotte." Die Anspannung seiner Muskeln wird immer größer, während er das Lenkrad fester umklammert.

Vorher war die Spannung greifbar. Jetzt ist sie erstickend.

Ich öffne meinen Mund, um zu fragen, *was er meint,* als er weiterspricht.

„Ich habe gesehen, wie du mit Amber ausgegangen bist. Ich habe Geschichten gehört." Er zieht eine Grimasse und schüttelt den Kopf: „Die Vergangenheit ist mir egal, aber ich weiß, dass du eine wilde Seite hast. Wenn du mir also erzählst, dass du keine Menschenmengen magst oder es voll war, ist das absoluter Schwachsinn. Und ich mag es nicht, wenn man mich anlügt."

Meine Stimme ist sanft und ruhig, um die Situation nicht zu verschlimmern. „Welche Geschichten hast du gehört?", frage ich.

„Ich weiß, dass du Party machst. Du magst es, Spaß zu haben. Locker bleiben. Was auch immer", sagt er mit einem abweisenden Winken. „Jasper hat mal erwähnt, dass er Amber abholen musste, weil du auf einer Party verschwunden bist.

„Oh mein Gott", schnaufe ich. Ich weiß, welche Party er meint, und meine Wangen brennen bei der Erinnerung an diese heiße Nacht. „Du hast über mein Sexleben gesprochen?" Im Auto ist es gefühlt eine Million Grad heiß. Wieso beschlagen die Scheiben nicht? Ich öffne das Fenster, weil ich einen kalten Luftzug brauche, denn mein Magen fühlt sich an wie ein Segelboot inmitten eines Hurrikans.

„Na ja, nicht direkt." Er kichert und ich bin

erleichtert, dass er nicht versucht, mich zu demütigen.

Das heißt aber nicht, dass es mir weniger peinlich ist, mit ihm über das Thema zu sprechen. „Wie auch immer", sage ich etwas energisch, um das Thema auf etwas anderes zu lenken. „Ich musste da raus. Ich war auf dem Weg zur U-Bahn, als du aufgetaucht bist."

„Das habe ich mir schon gedacht." Er blickt mich an und merkt vielleicht, dass ich nicht vorhabe, seine Frage zu beantworten, warum ich gegangen bin.

Er lässt los, und ich hoffe, das ist das letzte Mal.

Der Rest der Fahrt verläuft schweigend, wir hören hauptsächlich Musik aus dem Radio, es wird nicht viel zwischen uns gesprochen. Als er sich meinem Wohnkomplex nähert, schnalle ich mich ab, während er anhält, um das Auto zu parken.

„Danke fürs Mitnehmen."

Er schaltet den Motor aus und öffnet die Autotür. Ich habe nicht erwartet, dass er mich zu meiner Tür bringt. Offen gesagt, bin ich mir nicht sicher, was ich erwartet habe. Der heutige Abend war zwar kein Date, aber ich fühle mich trotzdem nicht ganz wohl. Ich mag ihn, aber ich bin mir nicht sicher, ob er gut für mich ist.

Er hat deutlich gemacht, dass seine Karriere für ihn an erster Stelle steht. Ich dachte, ich wäre damit einverstanden, aber das Gefühl, emotional erdrückt zu werden, schreit nicht gerade nach *Zustimmung*.

Und dann ist da noch der Fotograf von heute Abend.

Ich sollte das beenden, bevor einer von uns beiden verletzt wird.

Aber das will ich nicht.

Seine Hand liegt auf meinen Rücken, eine schützende und äußerst romantische Geste. Ich versuche, nicht in Ohnmacht zu fallen, aber mein Herz rast vor Sehnsucht.

„Danke für das nach Hause bringen heute Abend", sage ich, schnappe mir den Schlüssel und schließe den Haupteingang des Wohnkomplexes auf.

Ich lasse ihn nicht rein, nicht schon wieder.

Er scheint die Botschaft zu verstehen, ohne dass ich sie buchstabieren muss. Wenigstens ist er kein dummer Sportler. „Ich wünsche dir eine gute Nacht", sagt Noah, als ich ins Gebäude gehe und ihn draußen auf der Treppe stehen lasse.

———

Ich liebe meinen Job. Ich liebe meinen Job. Ich liebe meinen Job.

Ich spreche den Satz immer wieder und versuche, ihn wahrzumachen. Denn wenn ich ihn immer wieder sage, glaube ich ihn vielleicht auch.

Ich arbeite für den Parkbezirk außerhalb der Stadt. Wenn ich nicht für die Telefone und die Rezeption zuständig bin, bringe ich den Kindern auf dem Eis das Schlittschuhlaufen oder Eishockeyspielen bei, was neunzig Prozent meiner Arbeitszeit ausmacht.

Ich unterrichte zwei Klassen, die beide am späten Nachmittag stattfinden. Heute Nachmittag schaffe ich es gerade noch rechtzeitig, denn der Schnee bedeckt die Stadt und die Züge haben Verspätung.

Aber wenigstens bin ich nicht die Einzige, die sich verspätet. Ich bin mir sicher, dass die Kinder zu spät kommen werden, wenn sie überhaupt auftauchen.

Als ich endlich am Bahnhof ankomme, eile ich die Rolltreppe hoch und versuche, die drei Blocks zur Eisbahn zu joggen. Allerdings rutsche ich eher durch den Schneematsch und das ist die Hölle für meine Knöchel.

Auch wenn ich mit Schlittschuhen auf dem Eis

brutal bin, sind matschiger Schnee und Turnschuhe nicht das Gleiche. Vor allem, wenn Fußgänger in Geschäftsanzügen und Mänteln den Gehweg bevölkern.

Grummelnd schaffe ich es endlich in die Arena, und öffne die Tür. Obwohl es drinnen kühl ist, ist es wärmer, wenn der kalte Wind nicht über meine Wangen peitscht.

„Frau Grace", ruft Lotti und winkt mir mit einer Hand zu, während sie mit der anderen ihren Hockeyschläger hält. Sie ist schon auf dem Eis und wartet anscheinend darauf, dass der Unterricht beginnt, zusammen mit einem halben Dutzend anderer Kinder.

Es handelt sich um einen Eishockeykurs für Anfänger im Grundschulalter, es überrascht mich immer wieder, wenn die Eltern die Kinder absetzen und nicht zu sehen sind. Ich ziehe meine Schlittschuhe an und arbeite mit den Kindern an den Übungen. Sadie, die Praktikantin, taucht zwanzig Minuten vor Unterrichtsbeginn auf, um mit den Kindern zu helfen. Normalerweise ist sie pünktlich, also schiebe ich ihre Verspätung auf die Züge und das Wetter.

„Okay, teilt euch in zwei Teams auf", rufe ich den Kindern zu und lasse sie wählen, in welchem

Team sie spielen wollen. Sadie teilt rote und blaue Trikots an die Kinder aus, während sie sich aufstellen.

Sie bleibt auf der einen Seite der Eisbahn und ich auf der anderen, während wir die kleinen Racker ihre Hockeyfähigkeiten in einem Spiel üben lassen.

Die Kinder sind süß, aber das scheint so ziemlich alles zu sein, was sie zu bieten haben. Dennoch haben sie offensichtlich Spaß am Spiel.

Talent? Ich sehe nicht viel davon. Aber das ist allen egal, und das ist es, was zählt.

Als Team sind sie ein heilloses Durcheinander. Es würde Spaß machen, ihnen zuzusehen, wenn ich nicht versuchen würde, ihnen beizubringen, wie man spielt. Alles, was sie in ihren Übungen gelernt haben, ist völlig ausgelöscht, und sie sind im Überlebensmodus.

Eines der Mädchen fährt mit dem Puck in die falsche Richtung.

„Jennie!", rufe ich ihr zu und zeige auf die andere Seite des Eises, um ihre Aufmerksamkeit zu erregen.

Jennie geht an einem anderen Mädchen mit feuerroten Haaren vorbei, das dasteht und ihren Hockeyschläger hält. Sie ist immer großartig, wenn wir Übungen machen, aber sobald das Spiel beginnt, scheint sie zu vergessen, was sie tun soll.

Sadie und ich schauen uns an und versuchen, nicht zu lachen.

Meine Uhr summt und macht mich auf einen Anruf aufmerksam. Ich dachte, ich hätte mein Handy auf lautlos gestellt, aber vielleicht wurde ich in meiner Eile zur Arbeit abgelenkt.

Das ist mein Vater.

Die letzte Person, mit der ich reden möchte.

Ich habe auf meinem Gerät auf „Ignorieren" gedrückt.

Er ist hartnäckig und ruft sofort wieder an. Ich drücke wieder auf „Ignorieren" und beende das Spiel mit den Kindern, bevor die nächste Klasse in die Halle stürmt.

Leider sind es nicht nur die Kinder mit ihren Eltern.

„Charlotte, auf ein Wort." Mein Vater nickt mir zu, und ich knirsche mit den Zähnen, mein Kiefer ist angespannt.

Er hat ein tadelloses Timing. Ich weiß nicht, woher er wusste, dass ich zwischen den Stunden eine zehnminütige Pause habe. Es könnte Zufall sein, aber wie ich ihn kenne, bezweifle ich das.

Ich verzichte darauf, ihn zu fragen, warum er hier ist und was er will.

Er kommt immer nur vorbei, wenn er einen Gefallen braucht. „Schön, dich zu sehen, Char."

Ich spitze die Lippen, verschränke die Arme vor der Brust und schaue auf die Uhr an der Wand. „Ich habe nur noch ein paar Minuten, bis der nächste Kurs beginnt."

„Ja, mein Assistent hat es mir gesagt."

So wusste er also, wann er uneingeladen vorbeikommen konnte. Er ließ seinen Assistenten in meinen Terminkalender schauen. Das sollte mich nicht überraschen, aber es widert mich trotzdem an.

„Was kann ich für dich tun?", frage ich, denn er ist nicht hier, um zu plaudern oder um zu sehen, wie ich ein paar Kindern das Eishockeyspielen beibringe.

„Es gibt eine Wohltätigkeitsveranstaltung, zu der ich dich mitnehmen muss. Es ist für einen guten Zweck."

„Sind sie das nicht alle?", frage ich. Meine Fingernägel graben sich in meinen Arm.

„Ich brauche dich dort, um mich zu unterstützen, Charlotte. Meine Assistentin wird dir die Details schicken."

„Natürlich wird sie das", sage ich ein bisschen barsch.

Er ignoriert meine Bemerkung, wie er es immer

tut. Wahrscheinlich schiebt er es auf meine schlechte Laune, von der er schwört, dass ich sie von meiner Mutter habe.

„Noch eine Sache", sagt er mit fester Stimme. „Ich habe dich als Freiwillige für die Auktion angemeldet."

Ich bin mir sicher, dass ich ihn finster anschaue. „Zeige ich die Preise an, oder was?", frage ich, unsicher, was er anzubieten hat, ohne mich überhaupt zu fragen.

„Du wirst der Preis sein, meine Liebe. Ein Date mit meiner Tochter."

Ich verschlucke mich an seinen Worten. „Nein."

Seine Augen sind eiskalt und lassen die Arena noch kälter erscheinen. „Ich bitte dich nicht, Charlotte. Es ist nur ein Date. Es ist nicht so, als würdest du das auf dem College nicht oft tun."

Ich spotte über seinen Vorschlag. „Mein eigener Vater will mich verkuppeln", murmle ich vor mich hin. Ich will nicht, dass die Mütter das Gespräch mitbekommen, während sie ihren vier- und fünfjährigen Kindern helfen, sich für den nächsten Unterricht fertig zu machen.

Er blinzelt nicht einmal und zuckt bei meinen Worten nicht einmal zusammen. „Wir sind ein wenig dramatisch, was? Es ist nur ein Date. Ich verlange nicht die ganze Welt von dir. Außerdem ist es für einen guten Zweck."

„Willst du mir überhaupt sagen, welcher Wohltätigkeitsorganisation das zugutekommt?"

„Es ist eine Spendenaktion für den Bau eines neuen Flügels im Kinderkrankenhaus. Willst du mir erzählen, dass du krebskranke Kinder nicht unterstützt?"

Ich knurre vor mich hin. Musste er die Karte der krebskranken Kinder ausspielen? Wie soll ich da nein sagen, ich unterstütze *diese* Sache nicht?

„Gut, aber ich bringe meinen Freund mit."

„Freund?"

SECHS

NOAH

Nachdem ich Charlotte abgesetzt hatte, habe ich tagelang nichts mehr von ihr gehört. Nicht, dass ich sie wirklich angesprochen hätte.

Ich habe einen versiegelten Umschlag mit den Ergebnissen der Vaterschaft erhalten. Ich kann mich nicht überwinden, ihn zu öffnen.

Ich habe gemischte Gefühle, und das zeigt sich langsam in den Spielen und im Training.

. . .

„Alles in Ordnung?", fragt Jasper und klopft mir nach dem Training auf den Rücken, als wir in die Umkleidekabine gehen. „Du scheinst nicht du selbst zu sein."

Er hat recht. Aber wie soll ich es ihm sagen, ohne dass er und die anderen Jungs ausflippen? Denn sie werden eine große Sache aus der ganzen Situation machen und ich bewege mich ohnehin schon auf einem schmalen Grat.

„Ich habe nur viel um die Ohren", sage ich mit einem schweren Seufzer. Ich ziehe meine Sachen aus und mache mich auf den Weg zu den Duschen, um mich zu waschen und mit heißem Wasser die Ereignisse des Tages zu vergessen. Die Duschkabinen bieten von der Brust abwärts ein wenig Privatsphäre.

„Wir gehen heute Abend alle zu Kyler rüber", sagt Jasper aus seiner Duschkabine. „Lagerfeuer und Bier. Du solltest mitkommen und dich entspannen."

. . .

Ich zögere und atme scharf ein. „Wer ist noch dabei?" Ich stelle die Dusche an und lasse das heiße Wasser über mich fließen.

Wie ich Kyler kenne, lädt er das Team nicht nur zu sich nach Hause ein. Er erlaubt Emerson auch, ein paar Mädchen einzuladen. Eine von ihnen könnte möglicherweise Charlotte sein.

„Fragst du, weil du wissen willst, ob Charlotte kommt?", fragt Jasper. „Willst du sie sehen, oder gehst du ihr aus dem Weg? Seit der Blue Line weiß ich nicht mehr, was mit dir los ist."

„Ich auch nicht", sage ich und lasse das Wasser über mein Gesicht laufen. So muss ich Jaspers Frage nicht beantworten.

„Ist sie zu viel für dich?" Jasper kann es nicht lassen.

. . .

Ich weiß, dass er gute Absichten hat, aber die Tatsache, dass ich vielleicht Vater werde, macht mir zu schaffen.

Vielleicht bin ich es auch nicht.

Ich sollte den verdammten Umschlag öffnen, um endlich Gewissheit zu haben.

Kyler stellt das Wasser in seiner Duschkabine ab und schnappt sich sein Handtuch. „Drinks heute Abend bei mir. Wer ist dabei?"

„Wie wäre es mit: Wer ist nicht da?" scherzt Parker, während er zu einer leeren Dusche geht.

„Lagerfeuer und Bier", sagt Kyler und versucht, die Jungs daran zu erinnern, dass er ein verantwortungsbewusster Elternteil ist. Er schmeißt kein Bierfest.

· · ·

Vielleicht wären ein paar Bier gut, um mich von dem verdammten Brief abzulenken, den ich nicht geöffnet habe. Mit genug Alkohol finde ich vielleicht sogar den Mut, den Umschlag aufzureißen und die Ergebnisse zu lesen.

Mir dreht sich der Magen um, wenn ich nur daran denke, was das bedeuten könnte.

Ich habe es vermieden, mich damit zu beschäftigen, weil das Gewicht dessen, was es bedeuten könnte, schwer ist und ich keine Zeit habe, mich darauf vorzubereiten.

Ich habe kein Wort von Jasmine gehört oder sie gesehen. Was mich wiederum erleichtert, aber auch besorgt macht.

Ist sie zu ihrem Mann zurückgekehrt? Ist sie auf der Flucht? Sind sie überhaupt noch am Leben?

.   .   .

Nachdem, wie Jasmine mich behandelt hat, als wir zusammen waren, sollte mir das egal sein, aber wenn der Junge von mir ist, kann ich nicht einfach wegsehen.

Als ich fertig mit duschen bin, trockne ich mich mit einem Handtuch ab und ziehe mich vor meinem Spind an. Ich schnappe mir meine Jacke und mein Handy und mache mich auf den Weg.

„Du hast etwas fallen lassen", sagt Kyler, bückt sich und hebt den gefalteten Umschlag auf, den ich überall mit mir herumtrage, als ob er die Geheimnisse des Universums enthält.

Nein, nur meine Zukunft.

Er dreht ihn um, und wirft einen neugierigen Blick auf den Absender.

.   .   .

„Ja, das ist nichts", sage ich und entreiße den Brief aus seinem Griff.

Er mustert mich schweigend und grübelnd, während ich den Umschlag in der Hälfte falte und ihn wieder in die Gesäßtasche meiner Jeans stecke.

„Wir sehen uns heute Abend", sagt Kyler, nickt mir zu und lässt das Thema fallen, wofür ich unendlich dankbar bin.

―――――

Nach ein paar Bieren kann ich mich endlich draußen entspannen, während das Feuer im Hinterhof von Kylers Anwesen lodert.

Amber hat sich auf Jaspers Schoß zusammengerollt und die beiden fressen sich praktisch gegenseitig auf.

. . .

Ich stehe auf, weil ich von ihrer Romantik wegkommen muss. Wenn ich nicht so schlecht gelaunt wäre, was Beziehungen angeht, fände ich das sogar liebenswert.

Aber im Moment ist mir zum Kotzen zumute.

Berichtigung. Bei dem Gedanken an Jasmine und den Brief dreht sich mir der Magen um, aber jede Andeutung einer Beziehung kann in diesem Moment ins Feuer geworfen und mit Benzin übergossen werden.

Die Romantik ist tot.

Charlotte schlendert mit hocherhobenem Kopf und einem Glas Wein in der Hand nach draußen. Sie nickt mir zu und lächelt. „Hey, Fremder", sagt sie und starrt mich an.

. . .

Sie ist der Sonnenschein und ich bin der Regen.

Ich verdiene ihre Freundlichkeit nicht.

Sie wendet ihren Blick nicht von mir ab, und als sie sich mir nähert und auf meinen Schoß klettert, kostet es mich alle Kraft, nicht in ihren Bann zu geraten.

Zu spät.

Meine Hand legt sich sofort um ihre Taille, ich ziehe sie näher an mich heran und will ihren Körper auf meinem spüren. Sie ist warm und das Gefühl, ihr Gewicht auf mir zu spüren, hat etwas, was mich anregt.

Sie sitzt lässig auf meinem Schoß. Sie legt einen Arm um meine Schultern, der andere hält ihr Weinglas fest, während sie die dunkelrote

Flüssigkeit an ihre Lippen führt, um sie zu probieren.

Ihr Kopf neigt sich nach hinten und entblößt den cremefarbenen Teint ihres Halses und ich verkneife mir ein Knurren.

Diese Frau macht Dinge mit mir, ohne es überhaupt zu merken.

Es ist schwer, mir nicht vorzustellen, wie ihre Lippen meinen Schwanz umschließen und ihn lutschen. Sie senkt den Kopf, ihre Wangen sind leicht gerötet und sie lächelt, als sie das Glas von ihrem Mund nimmt.

„Siehst du etwas, das dir gefällt?", flüstert sie und neckt mich.

Vielleicht versucht sie es wirklich und ich habe es nur nicht bemerkt. Ihre Hüften bewegen sich leicht gegen meine Leistengegend, oh mein Gott, sie wird mich umbringen.

Mein Atem geht schwer und es kostet mich alles, meine Finger nicht unter ihren Rock wandern zu lassen, um herauszufinden, ob sie wirklich so feucht ist, wie ich denke, dass sie es ist.

„Du bist ein *sehr* böses Mädchen", sage ich mit leiser Stimme, damit uns niemand hören kann. Obwohl die meisten aus dem Team und die Paare in ihre Gespräche vertieft sind.

Ihre Lippen wölben sich nach oben, und mein Schwanz zuckt.

Verdammt, sie sieht heute Abend heiß aus, mit ihrem dunkelroten Lippenstift und diesen mit Eyeliner umrandeten Augen. Ihr Mund sieht köstlich aus. Ich würde gerne sehen, wie sich ihre Lippen um meinen Schwanz legen, wie meine

Finger in ihre Haare fassen und wie tief sie mich nehmen würde.

„Ich wette, das macht dich an", sagt Charlotte.

Sie hebt ihre Hüften, als wolle sie aufstehen, aber ich weigere mich, sie gehen zu lassen. In dem Moment, in dem sie sich bewegt, wird jeder, der herüberschaut, meinen Ständer sehen. Ich will nicht, dass mich die Jungs für den Rest der Saison deswegen aufziehen.

Außerdem ist es schön, eine Ablenkung zu haben, und genau das ist Charlotte für mich. Eine willkommene Ablenkung, mit der ich mich umgeben und die Welt um mich herum vergessen kann, wenn auch nur für eine kurze Zeit.

Ich weiß nicht einmal, was zum Teufel wir sind. Sie ist nicht meine Freundin, aber sie ist mehr für mich als eine Affäre. Allein die Tatsache, dass ich über sie fantasiere, ist nicht typisch für mich, das Mädchen ist mir unter die Haut gegangen.

Ich presse meine Lippen aufeinander und meine Hände umklammern ihre Hüften, ohne sie loslassen zu wollen. Ich brauche sie, und ich habe das Gefühl, dass sie mir gerne helfen würde. „Was glaubst du, wo du hingehst?", flüstere ich und vergewissere mich, dass sie die Beule spürt, auf der sie sitzt.

Charlotte zieht eine Augenbraue hoch.

Sie hat bis jetzt so getan, als würde sie mein Verlangen nach ihr nicht bemerken.

Charlotte deutet auf das leere Weinglas in ihrer Hand. „Ich wollte mir gerade etwas nachschenken." Sie hält inne und lächelt, ihre Wangen färben sich rosa, bevor sie auf meine Lippen hinunterblickt und sie einen Moment lang studiert. „Gutes Spiel heute", sagt sie.

· · ·

„Ich mache nur meinen Job." Ich versuche, nicht zu prahlen. Eishockey ist ein Mannschaftssport, und ich bin nicht der Einzige, der Grund zum Feiern hat. Ich habe die andere Mannschaft daran gehindert, ein Tor zu schießen.

Es ist fast so, als wäre sie nervös, wenn sie mir Komplimente macht, als wäre sie sich nicht sicher, ob ich weiß, dass sie bei dem Spiel war.

Ich weiß es.

Es war unmöglich, sie nicht zu bemerken, wenn sie meinen Namen rief, und mir zujubelte, wenn ich ein Tor schoss. Okay, auf dem Eis war es nicht möglich, sie wirklich zu hören, aber ich spürte ihre Anwesenheit, und als ich auf der Bank hinter dem Team in ihre Richtung schaute, sah ich sie auf den Beinen, klatschend und schreiend.

Ein weiterer Grund, warum ich hin- und hergerissen bin.

· · ·

Sie ist perfekt, und ich gerate außer Kontrolle.

Der Brief brennt ein Loch in meine Hosentasche. Ich kann mich nicht dazu durchringen, der Wahrheit ins Gesicht zu sehen, den Konsequenzen meines Handelns, mit einer Frau, die ich zu lieben glaubte.

Jedes Mal, wenn meine Gedanken zu der Frau zurückkehren, die mich betrogen hat, bleibt ein bitterer Geschmack in meinem Mund.

Ich weiß zwar, dass Charlotte nicht *sie* ist, aber das spielt keine Rolle. Es ist immer noch schwierig für mich, wieder Vertrauen zu fassen. Als *Red* in der Nacht an der Blue Line weglief, konnte ich mich nicht davon abhalten, ihr nachzufahren.

· · ·

Sie greift mit ihrer Hand in mein Haar, ihre Fingernägel fahren über meine Kopfhaut und bringen meine Lippen näher zu ihren.

Ich atme scharf ein. Die Wärme ihres Atems kitzelt an meinen Lippen und schickt direkt ein Signal zu meinem Schwanz. Mein Herz hämmert in meiner Brust, als wäre es in einem Gefängnis eingesperrt und würde um seine Freilassung betteln.

„Du hast auf keine meiner SMS geantwortet", sagt Charlotte.

„Texte?" Ich hebe meine Hüften leicht an und greife mit der Hand in meine Tasche, um mein Handy herauszuholen. „Ich habe nichts von dir bekommen. Bist du sicher, dass du nicht mit einem anderen Freund geschrieben hast?" Ich stupse sie mit einem schiefen Lächeln an.

Sie gluckst. „Genau. Ich kann nicht alle meine Hockey-*Hotties* auseinanderhalten."

. . .

„Du denkst, ich bin heiß."

Sie öffnet ihren Mund und schließt ihn schnell wieder. Die leichte rosa Färbung von vorhin ist jetzt knallrot geworden. „Habe ich heiß gesagt? Ich meinte ..."

Bevor ich sie weitermachen lasse, streiche ich mit meinen Lippen über ihre. Sie schmeckt nach Kirschen und Vanille, und ich beuge mich vor, um einen weiteren Kuss zu bekommen, denn der Erste ist eine Versuchung, ein Lockmittel für mehr.

„Und, hast du es geöffnet?", Kyler unterbricht den hitzigen Moment und steht mit einem Bier in der Hand neben uns.

„Was öffnen?", fragt Charlotte und neigt ihren Kopf so sexy, dass ich sie am liebsten gleich wieder küssen und Kyler ignorieren würde.

. . .

„Darf ich ihn für ein paar Minuten entführen?",
fragt Kyler.

Charlotte klettert von meinem Schoß und wirft mir
diesen begehrlichen Blick zu, der direkt zu meinem
Schwanz führt.

Fick mich.

Können wir uns nicht ein Zimmer nehmen und
meinen Schwanz die Zeit seines Lebens haben
lassen? Ich meine, das würde mir helfen, mein
aktuelles Dilemma zu vergessen, das mir ein Loch in
die Gesäßtasche brennt.

„Kein Problem. Ich sollte Amber suchen, denn sie ist
der Grund, warum ich hier bin."

. . .

Charlotte steht auf und ich greife nach ihrer Hand und verschränke unsere Finger ineinander. „Ich bin nicht der Grund?", frage ich und schaue zu ihr hoch. Sie grinst mich an und kräuselt ihre Nase auf die liebenswerteste Weise.

„Du kommst an zweiter Stelle, mein Lieber", neckt sie mich und drückt meine Hand, bevor sie sich losmacht und davon schlendert, um Amber von Jasper wegzulocken.

„Seid ihr zwei offiziell ein Paar?", fragt Kyler.

Ich stehe auf, vertrete mir die Beine und folge ihm nach drinnen, um mir noch ein Bier zu holen. Wenn er den Brief erwähnt, möchte ich das nicht in Gegenwart der anderen tun.

„Wir haben uns kein Label zugelegt", sage ich. „Wir haben einfach nur ... Spaß?"

.   .   .

Wir haben uns zwar nur einmal getroffen, aber die Chemie zwischen uns stimmt. Außerdem laufen wir uns ständig über den Weg, weil wir im selben sozialen Umfeld sind.

Grund genug, nicht noch einmal mit ihr ins Bett zu steigen, aber mein Schwanz sieht das anders, und ich stimme ihm zu. Er sollte alle Entscheidungen treffen dürfen. Ich wäre jetzt schon viel glücklicher.

„Du hast die Ergebnisse des Vaterschaftstests noch nicht geöffnet, oder?" Kyler kommt direkt zur Sache.

Ich zucke zusammen, packe ihn am Arm und ziehe ihn ins Haus, wobei ich die Tür hinter uns schließe. Niemand muss dieses Gespräch hören.

„Woher weißt du, dass es ein Vaterschaftstest ist?", frage ich. „Ich meine, es könnte ein Test sein, um zu sehen, ob ich das Krebs-Gen habe."

. . .

„*Das* Krebs-Gen?" Er lacht und fährt sich mit der Hand durch die Haare. „Es gibt mehr als ein Gen, das mit Krebs zu tun hat, und außerdem ist die Klinik, in der du warst, auf Vaterschaftstests spezialisiert. Glaub mir, ich weiß es." Kyler geht nicht näher darauf ein.

Er hat eine sechsjährige Tochter, obwohl ich nie dachte, dass seine Vaterschaft in Frage steht, hatte er vielleicht Zweifel.

„Was haben die Ergebnisse ergeben?" Kyler kommt gleich zur Sache.

Ich schlurfe mit den Füßen, drehe mich um und öffne den Kühlschrank, um ein weiteres Bier zu holen. Offen gestanden, will ich etwas Härteres. Aber wenn ich mich betrinke, werde ich dem Team morgen keinen Gefallen tun.

. . .

Ich nehme mir ein Bier und kippe den Deckel ab. „Ich habe es nicht geöffnet", sage ich und weiche seinem Blick aus.

Er schnaubt leise vor sich hin. „Ich habe dich nie für einen Feigling gehalten."

„Wie bitte?" Ich drehe mich um und starre ihn an.

„Du hast mich gehört", sagt Kyler und fordert mich heraus. „Wenn du zu feige bist, die Testergebnisse zu öffnen, gib sie mir. Ich werde sie für dich lesen."

„Ich bin kein Angsthase und habe vor nichts Angst." Ich ziehe den gefalteten und abgenutzten weißen Umschlag aus meiner Gesäßtasche.

Ich schrecke nicht vor einer Mutprobe zurück. Nicht jetzt. Niemals.

. . .

Ich reiße den Umschlag auf, ziehe das zerknitterte Papier heraus und atme scharf ein.

„Und?", sagt Kyler und wartet auf meine Antwort.

„Es besteht eine Wahrscheinlichkeit von 99,8 %, dass ich der Vater des Kindes bin."

Fuck.

SIEBEN

CHARLOTTE

Draußen ist es kühl und ich stehe am Feuer und habe die Arme um mich geschlungen. Ich werfe Amber einen *Blick zu*, der sie langsam auffordert, vom Schoß ihres Freundes herunterzukommen und mit mir zu plaudern.

Sie hat mich zum Lagerfeuer eingeladen, um mit mir abzuhängen, und seit ich da bin, macht sie nichts anderes, als mit ihrem Freund rumzuknutschen.

Nicht, dass ich verärgert wäre. Aber ich brauche einen Freund oder eine Freundin, dem oder der ich das ganze *„Ich habe meinen Vater belogen und er denkt, ich habe einen Freund"* Fiasko anvertrauen kann.

Noah und ich haben dieses Gespräch noch nicht

geführt. Das Gespräch, das definiert, was wir sind oder nicht sind. Wir haben einmal miteinander geschlafen.

Er hat unmissverständlich klargestellt, dass für ihn seine Karriere immer an erster Stelle steht. Das kann ich ihm nicht verübeln. Er hat seine Absichten vom ersten Tag an deutlich gemacht.

Ich hingegen dachte, ich wäre damit einverstanden, aber mein Inneres tut es nicht. Ich hasse es, wenn ich darauf warte, dass er mir zurückschreibt, und er es nicht tut. Ich fühle mich etwas durcheinander, und es würde mich nicht wundern, wenn er mich nicht wieder sehen will. Deshalb habe ich mir vorgenommen, nicht mehr mit ihm ins Bett zu springen.

Ich beschütze mein Herz. Es ist komisch, so etwas musste ich noch nie tun, aber ich war auch noch nie so sehr in einen Typen verliebt.

Und das, was wir haben, diese mehr als freundschaftliche, aber nicht ganz uneigennützige Sache zwischen uns, scheint meistens zu funktionieren. In der letzten Woche war er etwas schwerer zu erreichen.

Ich habe versucht, es darauf zu schieben, dass sein Zeitplan mit den *Ice Dragons* voll ist. Wahrscheinlich hat er keine Zeit für Freunde, aber wenn ich ihn heute Abend auf der Party sehe, hätte er mir diese Woche schon eine SMS schicken können.

Und schon wieder fühle ich etwas, das ich nicht für einen Typen empfinden sollte, mit dem ich *nicht* zusammen bin. Wenn ich ihn erblicke, fällt meine Unsicherheit und Angst von mir ab. Ich schlendere auf ihn zu und tue so, als ob das alles keine Rolle spielt, denn wenn ich in seiner Nähe bin, fühle ich nichts anderes als völlige Glückseligkeit.

Mit seinen Händen auf mir ist es, als hätten wir unsere eigene Ebbe und Flut gefunden. Nichts anderes ist wichtig, wir sind nur Charlotte und Noah.

Und da hat ihn sein Teamkollege Kyler weggezerrt.

Das sollte mir egal sein. Noah ist nicht mein Freund.

Wir sind noch nicht ein einziges Mal ausgegangen.

Wir haben nur einmal miteinander geschlafen, in der ersten Nacht, als wir uns trafen.

Das bringt mich in eine prekäre Lage, denn ich habe meinem Vater gegenüber geflunkert, und das wird mich jetzt in den Hintern beißen. Ich könnte Noah einladen, mich zu der Veranstaltung zu begleiten, aber es werden viele Kameras und die Presse da sein.

Sowie ich meinen Vater kenne, wird er wütend sein, wenn er sieht, wen ich als meinen *Freund* mitbringe. Ein Knoten bildet sich in meiner Magengrube, wenn ich nur daran denke, aber wer ist er, dass er versucht, einen freien Abend mit seiner Tochter zu versteigern?

Ich grummele innerlich und wiederholte die Geschichte in meinem Kopf, während ich innerlich wütend bin.

Amber klettert von Jasper herunter und legt ihre Arme um meine Schulter, um mich von den Jungs wegzuziehen. „Du wirkst angespannt", sagt Amber.

„Ich habe es gründlich vermasselt."

Amber rümpft die Nase über diese Analogie. „Was hast du gemacht?", fragt sie. „Hat Noah dich dabei erwischt, wie du Herzen mit seinen Initialen in die Mitte deines Hefts gemalt hast?" Ihre Stimme klingt neckisch und ich stoße sie mit dem Ellbogen in den Brustkorb.

„Göre."

Amber zuckt mit den Schultern. „Sag mir etwas, das ich nicht weiß." Sie lächelt und tritt näher an die Flammen heran, um sich zu wärmen. Während sie ihre Hände aneinander reibt, schaut sie zu mir rüber und wartet darauf, dass ich ihr erkläre, wie ich es vermasselt habe.

„Wirst du es mir sagen?", fragt sie.

„Das hat er auch gesagt", scherze ich und versuche alles, um der Diskussion aus dem Weg zu gehen, aber die Wahrheit ist, dass ich ihre Meinung brauche. Normalerweise bin ich nicht nervös in der Nähe von Noah oder irgendeinem anderen Mann, um genau zu sein. Aber wenn ich ihn bitte, so zu tun, als wäre er mein Freund, wird mein Magen ganz kribbelig.

„Du schindest Zeit." Amber sieht mich eindringlich an und tritt näher heran. Die Jungs sind in ihr Eishockeygespräch vertieft und schenken uns keine Aufmerksamkeit.

„Mein Vater zwingt mich, nächsten Monat an einer Wohltätigkeitsauktion teilzunehmen, und er hat mich als Preis für den Abend zur Verfügung gestellt. Ein glücklicher Gewinner darf einen Abend mit mir verbringen."

Amber zieht die Stirn in Falten. „Nach deinen Worten, *mein Vater erzwingt,* vermute ich, dass er dich nicht gefragt hat.

„Er fragt nie."

„Du bist Erwachsen. Du kannst Nein sagen."

Amber schaut zu mir rüber. „Es sei denn, du willst mit einem Fremden auf ein Blind Date gehen."

„Es ist kein Blind Date. Ich meine, ich werde auf der Auktion sein", sage ich.

„Das klingt immer noch unheimlich, wenn dein Vater das macht."

Ich atme schwer aus. „Das ist nicht das Schlimmste." Ich beiße mir auf die Unterlippe und zucke zusammen, als der Schmerz einsetzt. „Ich habe ihm gesagt, dass ich meinen Freund mitbringe."

Ambers Augen weiten sich und sie hustet, während sie versucht, ihre Belustigung zu unterdrücken. „Entschuldigung, was?" Das schallende Gelächter geht weiter, und sie beugt sich mit ausgestreckter Hand vor, um mir zu sagen, dass ich noch einen Moment warten soll.

Ich schlurfe mit den Füßen und warte darauf, dass sie sich aufrichtet.

Ambers Wangen sind rosig, und nachdem sie es endlich wieder geschafft hat, zu Atem zu kommen, sagt sie: „Du hast dir das selbst eingebrockt. Viel Spaß beim Rauskommen." Sie deutet auf die Hintertür des Hauses.

Drinnen, durch die geöffneten Jalousien, kann ich sehen, wie Noah und Kyler eine

Diskussion führen, wahrscheinlich über das heutige Spiel.

„Keine weisen Ratschläge?", frage ich und hoffe auf ein paar Ratschläge. Ich habe vielleicht mehr Erfahrung mit Verabredungen, aber Amber ist schon länger in einer Beziehung als ich es je war.

Ich bin mit Männern zusammen, nicht mit Freunden.

Noah hat mich zu einem Mädchen gemacht, das einen Freund haben will, und ich möchte ihn dafür hassen, aber er ist süß und niedlich. Ganz zu schweigen davon, dass er einfach gut aussieht, und sein Körper, oh mein Gott.

Sie schiebt mich zum Haus.

„Jetzt?", quieke ich.

„Nun, ich meine, du könntest warten, aber dann musst du dir jemand anderen suchen, wenn er nein sagt."

„Vielleicht ist er wegen eines Spiels nicht in der Stadt", sage ich.

„Willst du dir ernsthaft ausreden, ihn mitzunehmen?", fragt Amber.

Ich antworte ihr nicht, denn wenn ich ihn nicht mitbringe, dann gewinnt mein Vater. Das Einzige, was noch schlimmer ist, zu tun, was mir gesagt wird, ist, den Feind mitzubringen.

Papa wird Noah Reece hassen.

Das liegt einzig und allein daran, dass er für die *Ice Dragons* spielt und Papa ein Fan der *Island Bruisers* ist. Schließlich ist er der Besitzer und Manager der *Bruisers*. Er muss ihr größter Fan sein.

Noah hat keine Ahnung von meiner Familie oder meinem Vater. Ich habe es ihm nicht erzählt. Es gab auch keinen Grund, es zu erwähnen, abgesehen von dem Abend in der Bar mit dem Fotografen.

Ich scheute mich, es ihm zu sagen, weil es die Dinge zwischen uns nur verkomplizieren würde.

Ich glaube nicht, dass es Noah etwas ausmachen würde. Aber ich kann mit meinem Vater nicht umgehen. Mein Vater ist das Drama.

Ich sollte mich auf meine Schulaufgaben und mein Studium konzentrieren. Nicht auf die Paparazzi und die Presse, die mich mit Fragen löchert.

Damit hatte ich in der High-School zu tun, nachdem ich dabei erwischt wurde, wie ich einen der jüngeren Brüder eines *Island Bruisers*-Spielers küsste. Charlie Hayes war noch nicht in der Mannschaft. Aber er spielte Eishockey und hatte eine vielversprechende Karriere vor sich. Die Presse erwischte uns beim Mandelhockey hinter der

Tribüne, und Dad verbot mir, den Jungen wiederzusehen.

Das war unmöglich, da wir auf dieselbe Schule gingen.

Also nahm er mich von der örtlichen Privatschule, auf der ich angemeldet war, und schickte mich in ein Internat nach London.

Ich bin immer noch sauer wegen der ganzen Sache. Nicht, dass Dad ein Mitspracherecht gehabt hätte, mit wem ich in London ausgegangen bin oder wen ich geküsst habe, aber ich mochte den Jungen, von dem er mich getrennt hat.

Charlie und ich haben seit der Nacht, in der ich nach London abgereist bin, nicht mehr miteinander gesprochen. Das sagt viel über die Beziehung zu meinem Vater aus, denn er spielt in seinem Team.

Papa hat diese Schlacht gewonnen.

Aber er wird den Krieg nicht gewinnen.

Ich gehe aus der Kälte hinein in das warme Haus, und schleiche mich an Noah heran. „Wir müssen reden", sage ich und unterbreche sein Gespräch mit Kyler.

Er schaut mich an, sein Blick wandert über meinen Körper und verweilt etwas zu lange auf meinen Brüsten.

Ich verschränke meine Arme vor der Brust und

bemerke, was er sieht. Meine Brustwarzen stehen durch die Kälte stramm.

Wie auch immer. Es ist nicht so, dass er sie nicht schon mal nackt gesehen hätte.

Er beißt sich auf die Unterlippe und nickt. „Das tun wir", sagt er und mein Magen kippt um.

Ich weiß, was ich ihm zu sagen habe, aber was meint er, worüber wir sprechen müssen?

Ich werfe einen Blick über die Schulter zu Amber, die mir ins Haus gefolgt ist. Sie nickt mir zu und gibt mir ein Zeichen, dass ich mit Noah gehen soll.

Noah führt mich den Flur entlang, öffnet eine Zimmertür und führt mich hinein. Er schaltet das Licht an, als ich eintrete, und schließt die Tür hinter sich.

„Du musst mir einen Gefallen tun", sage ich. Die Worte platzen aus mir heraus, bevor ich überhaupt zu Atem gekommen bin. Mein Herz klopft wie wild, während ich auf seine Antwort warte. Nicht, dass ich die Bitte näher erläutert hätte.

Und warum sollte er mir einen Gefallen tun, wenn ich ihm nicht gesagt habe, was ich will?

„Das kommt darauf an", sagt er und tritt einen Schritt näher.

„An?" Mein Mund ist trocken, ich lecke mir über

die ausgetrockneten Lippen und starre zu ihm auf. Ich spüre die Hitze seines Atems, die Wärme seines Körpers nur wenige Zentimeter von mir entfernt.

Wir sind wie Blitze während eines Gewitters. Die Energie zwischen uns zischt und funkt und wartet darauf, sich zu entladen und Feuer zu fangen.

„In ein paar Wochen findet eine Wohltätigkeitsauktion statt, und ich brauche ein Date. Eigentlich", atme ich scharf aus, „brauche ich ein Date, das sich als mein Freund ausgibt, weil ich meinem Vater aus Versehen eine kleine Notlüge erzählt habe."

„Aus Versehen?" Noah lacht und seine Schultern entspannen sich, weil ich mich schäme. „Du brauchst wirklich einen Gefallen", sagt er und denkt über meine Bitte nach.

„Bist du am 6. nächsten Monat in der Stadt? Ich meine, wenn du ein Auswärtsspiel hast, ist das doch egal." Ich habe nicht in den Spielplan der Mannschaft geschaut. Ich hätte mir die Demütigung ersparen können, dass er nein sagt und mich auslacht. Amber fand das bestimmt lustig. Noah lächelt, aber er macht sich nicht über mich lustig, zumindest noch nicht.

„Ich bin mir ziemlich sicher, dass ich in der Stadt bin", sagt Noah. „Wie kann man seinem Vater aus

Versehen sagen, dass man einen Freund hat?" Er kommt näher und streicht mir mit der Hand eine Strähne hinters Ohr, während er mir direkt in die Seele blickt.

Mein Magen flattert und die Hitze sickert tiefer. „Das ist eine lustige Geschichte", sage ich und zwinge mich zu einem Lachen.

Er wartet darauf, dass ich etwas sage, und starrt mich an, als wäre ich das Wichtigste auf der Welt. Seine Aufmerksamkeit ist fesselnd. Noah legt seinen Kopf leicht schief, um mich dazu zu bringen, ihm die Details zu erzählen, auf die er so geduldig wartet.

„Mein Vater hat beschlossen, dass ich bei der Wohltätigkeitsauktion mitmache und ein Date für den Abend bin. Du weißt schon, der Höchstbietende darf mit dem hübschen Mädchen ausgehen", sage ich eilig. „Um ihn zu ärgern, habe ich ihm gesagt, dass ich zum Wohltätigkeitsball komme, wenn ich meinen Freund mitbringen darf."

„Warte, dein Vater versteigert dich bei einer Wohltätigkeitsveranstaltung? Das ist ein bisschen rückständig. Ich meine, du solltest selbst entscheiden, ob du die Wohltätigkeitsorganisation unterstützen willst. Wenn dein Vater für die Veranstaltung spenden will, kann er sich selbst für eine Nacht anbieten!" Noah ist etwas gereizter und erhitzter über die ganze Situation als ich.

Ich lege eine Hand auf seinen Arm. „Es ist in Ordnung."

„Das ist nicht in Ordnung", wettert Noah. „Er hat dich nicht einmal um Erlaubnis gefragt, oder?"

Ich schüttle den Kopf. Er hat recht. Ich hatte in dieser Situation nicht viel zu sagen. Mir wurde gesagt, dass ich kommen soll und was mich erwartet, typisch für meinen Vater.

„Ich werde dabei sein, als dein Freund, aber ich kann nicht versprechen, dass ich ihm etwas sage, dass er seine eigene Tochter verkauft."

Ich drücke seinen Arm. „Er verkauft mich ja nicht per se. Außerdem ist es für einen guten Zweck."

Noahs Gesicht ist angespannt. „Ich verstehe nicht, warum er sich nicht selbst als Date anbieten kann."

„Weil niemand mit ihm ausgehen will." Es ist offensichtlich, warum er mich, seine einzige Tochter, als eines der Mädchen für die Veranstaltung ausgewählt hat. „Außerdem macht er es wegen der Publicity."

„Die Auktion?" Noahs Augenbraue zieht sich

zusammen. „Es wird Presse auf der Veranstaltung sein", vermutet er.

„Nun, ja, aber er tut es nicht nur für sich selbst. Er denkt, dass es gut für sein Image ist, wenn er mit seiner Tochter angeben und einen Spieler der *Island Bruisers* zu einem Date einladen kann."

„Das Image deines Vaters oder der Spieler der *Island Bruisers*?" Noah ist wütend. „Und warum solltest du mit einem Spieler der *Island Bruisers* ausgehen, wenn dieser *Ice Dragons*-Star bereit ist, an der Veranstaltung teilzunehmen?"

Ich bewege mich unbehaglich, während ich der Frage ausweiche.

„Charlotte?" Noah mag mein Schweigen nicht.

„Meinem Vater gehören die *Island Bruisers*. Das gesamte Team wird bei der Wohltätigkeits-veranstaltung dabei sein. Es ist eine der Veranstaltungen, an denen sie jedes Jahr teilnehmen müssen."

Er flucht leise vor sich hin. „Warte, dein Nachname ist Grace. Du bist *die* Charlotte Grace."

Ich zucke zusammen, als er meinen Namen ausspricht. „Du hast wohl die Klatschpresse gelesen."

„Eine wildgewordene Erbin. Du bist von der

Privatschule geflogen und auf ein nobles Internat in Übersee geschickt worden. London, richtig?"

„Hast du mich verfolgt?" Ich kann nicht glauben, dass er sich an diese Details erinnert.

„Ich dachte immer, dass du Glück hattest, deinem Arschloch von Vater zu entkommen. Wie sich herausgestellt hat, hatte ich recht."

„Ernsthaft? Das war es, was dir in den Sinn kam, als du den Artikel gelesen hast?"

„Gelesen? Es war überall in den Nachrichten. In den Zeitungen. Als Eishockeyfan konntest du dem nicht entkommen. Es hat dich zu einem Puck Hasen gemacht."

Ich ziehe eine Grimasse, weil ich nicht wusste, dass es *so* schlimm war. Es war schrecklich für mich, aber meine Mitschüler in London taten so, als ob ich die Situation beschönigen würde. Die Nachrichten haben es nicht ins Ausland geschafft.

„Damit das klar ist: Ich bin nicht von der Privatschule geflogen", sage ich stolz. „Ich hatte ordentliche Noten. Papa wollte nicht mehr, dass ich zu Hause wohne. Ich habe zu viel negative Aufmerksamkeit auf ihn gelenkt."

Noahs Hände sind an seinen Seiten zu Fäusten geballt. „Und er hat dich nicht gegen die Anschuldigungen der Presse verteidigt."

Das hat er nicht, aber ich habe das alles hinter mir gelassen. Ich vergebe meinem Vater nicht, was er getan hat, aber ich versuche, sein Handeln so zu betrachten, dass er mich nur schützen wollte.

„Können wir nicht mehr über die Vergangenheit reden?", frage ich. Ich möchte auf keinen Fall, dass Noah sie bei der Wohltätigkeitsveranstaltung erwähnt.

„Schreib mir die Details. Ich nehme an, es ist eine schwarze Krawatte?"

„Das ist es", sage ich mit einem resignierten Seufzer.

Ich habe noch nicht einmal darüber nachgedacht, was ich bei der Gala anziehen soll, aber wenigstens habe ich die Kreditkarte meines Vaters. Ich habe fest vor, dieses Wochenende mit Amber eine kleine Shoppingtour zu machen.

ACHT

NOAH

Ich habe weder etwas von Jasmine gesehen noch gehört. Da die Ergebnisse der Vaterschaftsuntersuchung zeigen, dass ich tatsächlich der Vater des kleinen Jungen bin, kann ich es nicht ignorieren.

Oh, glaubt mir, ich habe es versucht.

Aber ich kann nicht ignorieren, dass sie mit einem missbräuchlichen Arschloch verheiratet ist, und ich will nicht, dass er in die Nähe *meines* Sohnes kommt.

Jasmine ist nicht ans Telefon gegangen und hat auf keine meiner Nachrichten geantwortet. Ich habe keine Zeit für Spielchen, jedenfalls nicht für solche, die sie vorhat. Ich habe einen Anwalt beauftragt, um die Möglichkeiten der Vaterschaft und meine Rechte zu besprechen. Er schlug vor, dass ich seinen Privatdetektiv beauftragen soll, um Jasmine ausfindig zu machen, und dann machen wir weiter.

Ein Schritt nach dem anderen.

Ich bin nicht der geduldigste Mensch, und Jasmine und *meinen Sohn zu* finden, ist nicht gerade billig. Nicht, dass Geld ein Problem wäre. Ich habe das Glück, durch meinen Beruf ein regelmäßiges Einkommen zu haben, aber es macht mir keinen Spaß, mein Geld für die Anwaltskanzlei und den Privatdetektiv auszugeben. Ich würde es lieber für die Bedürfnisse meines Sohnes ausgeben und ihm Spielzeug kaufen.

Mir dreht sich der Magen um bei dem Gedanken, ein Kind zu haben.

Was zum Teufel weiß ich schon über die Erziehung eines Sohnes?

Nicht, dass ich um das volle Sorgerecht kämpfen will, aber wenn sie immer noch mit diesem Arschloch zusammen ist, werde ich alles in meiner Macht Stehende tun, um sicherzustellen, dass mein Kind in Sicherheit ist.

Mein Handy summt, als ich den Flur zur Umkleidekabine hinuntergehe. Wir haben heute Abend ein Spiel gegen die *Island Bruisers*.

Vor jedem Spiel staut sich eine gewisse Frustration an. Heute Abend ist es anders: Ich treffe auf die *Bruisers* und stehe dem Mann gegenüber, der meinen Sohn wie seinen eigenen großzieht.

Laut Jasmine weiß er nicht, dass er nicht der Vater ist, aber ihr Schweigen macht mir Sorgen.

Ich hole mein Handy aus der Tasche und lese die Benachrichtigung über eine neue Textnachricht.

Ich öffne die App und lächle, als ich sehe, von wem sie ist.

Charlotte: Mach sie fertig.

Ich gluckse leise vor mich hin und tippe zurück.

Noah: Oh, das werde ich.

Sie hat keine Ahnung, wie sehr ich das heute Abend will, nicht nur im übertragenen Sinne. Ich gehe in die Umkleide und stecke mein Handy in die Jackentasche, bevor ich meine Ausrüstung anziehe.

„Gibt es Neuigkeiten?", fragt Kyler, der sich neben mich stellt und seine Stimme leise hält.

„Was gibt es Neues?", fragt Jasper und schaut zwischen uns hin und her.

Kyler und ich standen uns noch nie so nahe, nicht so wie Jasper und ich. Es war unvermeidlich, dass er die Nachricht mitbekam.

„Es hat sich herausgestellt, dass ich Vater bin", sage ich.

„Herzlichen Glückwunsch!" Jasper klopft mir auf den Rücken und grinst stolz. „Ich wusste, dass ihr beide zusammen seid. Wann ist Charlotte dran?"

Ich huste, überrascht von der Vermutung. „Es ist nicht Charlotte."

Jasper macht einen Schritt zurück und verschränkt die Arme vor der Brust. „Einer der Puck Hasen?" Er sieht nicht erfreut aus. „Du solltest einen Vaterschaftstest machen, wenn eines der Mädchen behauptet, dass du der Vater bist."

Ich beiße mir auf die Zunge bei seiner Bemerkung über die Fanmädchen, die sich uns an den Hals werfen. Es braucht nicht viel, um nach einem Spiel leicht Anschluss zu finden, das steht fest. „Erinnerst du dich an Jasmine?"

Ich schwöre, das ganze Team starrt mich an und wartet auf die Neuigkeiten. Obwohl es nur ein paar der Jungs sind, machen sich die anderen bereit und schauen über ihre Schulter. Sie hören zu, denn sonst könnte man in der sonst so lauten Umkleidekabine keine Stecknadel fallen hören.

„Ja, das letzte Mädchen, mit dem du ausgegangen bist", sagt Jasper. Er kennt Jasmine und unsere gemeinsame Vergangenheit. Er mochte sie nicht besonders, aber er hat mir das erst gesagt, als sie mich abservierte und wir uns getrennt haben. Ich war mir sicher, dass sie mich betrogen hatte, und Jasper sagte mir, dass er nicht überrascht war.

Sie ist auch der Grund dafür, warum ich dem Dating und Freundinnen abgeschworen habe und mich lieber an Puck Hasen hielt. Ich wollte keine weitere Beziehung.

„Scheiße." Jaspers Augen weiten sich, als ihm die Erkenntnis dämmert. „Bist du sicher, dass es nicht das Kind dieses *Bruisers*-Spielers ist? Ich meine, sie hat mit ihm rumgemacht, als ihr noch zusammen wart."

„Ich bin mir sicher. Ich habe einen Vaterschaftstest machen lassen, Zayn ist mein Sohn."

Owen flucht leise vor sich hin, denn er hat das ganze Gespräch ein paar Meter entfernt mitbekommen.

Jasper zieht eine Augenbraue hoch. „Gratulation?" Diesmal fragt er, weil er sich nicht sicher ist, ob das etwas ist, das gefeiert werden muss.

Das ist genau das, was ich fühle.

Ich bin unsicher, was die ganze Situation angeht.

Ich habe immer gedacht, dass ich eines Tages Vater sein werde, aber ich habe nicht erwartet, dass es so kommen würde, dass ich einen Anwalt und einen Privatdetektiv engagieren muss, um mein Kind zu schützen.

Ich drehe mich zu meinem Spind und zeige damit an, dass das Gespräch beendet ist, während ich mich für das Spiel fertig mache.

„Was hat Charlotte gesagt, als du es ihr erzählt hast?", fragt Kyler, und geht zu seinem Spind, um sich umzuziehen. Er war zwar schon vor mir in der Umkleide, aber er ist der Letzte, der sich fertig macht.

„Habe ich nicht."

„Das ist ein verdammt schwer zu bewahrendes Geheimnis", sagt Jasper.

„Worüber regt ihr Jungs euch auf?", fragt Trainer Malone und betritt die Umkleidekabine. „Ihr solltet schon längst fertig sein. Beeilt euch verdammt noch mal! Das andere Team wird nicht auf euch warten."

———

Ich versuche, mich auf das Spiel zu konzentrieren, aber meine Gedanken sind bei anderen Dingen. Es hilft nicht, dass Grant Brass der Mann, den ich verachte, in der gegnerischen Mannschaft ist.

Er kennt die Geschichte, die ich mit Jasmine habe, aber sie sagte mir, dass er nicht weiß, dass ich Zayns Vater bin.

Hat sich das geändert?

Brass hat ein paar Kratzer im Gesicht. Es könnten Fingernagelspuren sein, wenn man sie genau betrachtet. Unter dem Helm, der sein Gesicht bedeckt, ist das schwer zu erkennen.

Sind sie von Jasmine oder sind sie bei einem anderen Spiel oder beim Training passiert? Vielleicht macht er es sich zur Gewohnheit, hübsche Mädchen zu verprügeln. Das würde ich dem Idioten zutrauen.

Der Puck rutscht über das Eis, während Brass und ich um die Kontrolle kämpfen. Er ist ein paar Zentimeter größer und wiegt zweiundzwanzig Kilogramm mehr als ich. Er nutzt das zu seinem Vorteil, indem er mich gegen die Wand stößt und seinen Schläger mit einem Schwung hochzieht und mich am Kiefer trifft.

Der Schmerz brennt. Ich fluche vor mich hin.

„Willst du mir das ins Gesicht sagen?", spottet Brass.

Die Schiedsrichter scheinen den schmutzigen Schlag nicht zu bemerken. Entweder räche ich mich, oder ich ignoriere seinen aufgeblasenen Arsch und konzentriere mich auf das Spiel.

Ich entscheide mich für Letzteres. „Du bist ein Arschloch", knurre ich.

„Meine Frau sagt das Gleiche über dich.

Hitze durchflutet mich, obwohl die Luft kühl ist. „Fick dich, Grant."

„Nein, danke. Aber ich komme auf dein Angebot mit der süßen Rothaarigen zurück."

Woher zum Teufel weiß er von Charlotte?

Meine Augen flackern, und er grinst mich böse an, während wir um den Puck kämpfen und uns gegenseitig gegen die Wand schubsen. Der Kampf zwischen uns scheint kein Ende zu nehmen.

„Du kannst deinem Kumpel für die Einladung danken", spottet er.

Wer zum Teufel von den *Ice Dragons* ist mit *ihm* befreundet? Ich ignoriere seinen Kommentar. Ich werde nicht auf die Strafbank geschickt oder aus dem Spiel geworfen, nur weil er ein paar Worte gesagt hat.

Ich weigere mich, es an mich heranzulassen.

„Hast du ihr Sexvideo gesehen? Sie würde toll aussehen, wenn sie meinen Schwanz mit ihrem Mund umschlingt."

Mein Gehirn schießt mit Schimpfwörtern um

sich. Ich kann mir diesen Mist von ihm nicht anhören, wie er über Charlotte lästert.

Ich stürme auf Brass zu, der Puck liegt vor seinen Füßen, als ich ihn zurück in die Bande knalle. Mein Hockeyschläger bleibt in meinem Griff und ich kämpfe um den Puck, bevor ich ihn zugunsten meiner Fäuste fallen lasse. Schlag um Schlag landet auf seiner Brust und seinem Gesicht.

Er lacht, weil es ihm offensichtlich gefällt, mich zu ärgern, aber er lässt es nicht einfach so über sich ergehen. Grant hämmert seine Fäuste auf meine Brust, aber ich spüre sie nicht.

Erst als sein Helm wegfliegt und meine Teamkollegen mich wegzerren, versuchen die Schiedsrichter uns zu trennen.

Wir werden beide in unseren jeweiligen Strafraum befördert.

Verdammt, das war es wert.

Aber seine Worte schießen mir immer wieder durch den Kopf.

Sex-Tape.

———

Wie haben wir einen Sieg geschafft? Ich war nicht bei der Sache, und die Jungs haben auch gespielt, als wären sie abgelenkt.

Aber ein Sieg ist ein Sieg. Es spielt keine Rolle, dass wir am Ende die Führung übernommen haben und mit 3:2 davongezogen sind.

Wir duschen und ziehen uns an. Ein paar Jungs kümmern sich um das Pressegespräch, während Jasper und ich aus den Umkleideräumen kommen und zur Blue Line gehen, um zu feiern.

„Das war ein großartiges Spiel!" Charlotte wartet mit Amber und Emerson an der Tür.

Ein süffisantes Grinsen zerrt an meinem Mund. „Ich wusste nicht, dass du zu dem Spiel kommst", sage ich und starre Charlotte an.

Sie errötet, ihre Wangen sind nicht ganz so rot wie ihr feuriges Haar, aber sie macht einen Schritt auf mich zu und stellt sich auf ihre Zehenspitzen, um mir einen Kuss auf die Wange zu geben.

„Glückwunsch zum Sieg", sagt sie mit leiser und zögerlicher Stimme.

Das Mädchen hat sexy schwarze Stiefel mit einem Absatz an, der ihr ein paar Zentimeter mehr gibt. Es sind dieselben sexy Stiefel , die sie bei unserem Date getragen hat. Sie ist größer als sonst und ich muss zugeben, dass mir die zusätzliche

Höhe gefällt. Ich ziehe sie zu mir heran. Sofort legen sich meine Arme um ihre Taille.

„Willst du von hier verschwinden?", flüstere ich ihr ins Ohr.

„Blue Line?", fragt sie und leckt sich die Lippen.

Dort gehen die *Ice Dragons* immer nach einem Sieg hin, um zu feiern. Wir haben unseren eigenen VIP-Bereich, einen Tisch, der nur für uns reserviert ist, selbst an Abenden, an denen wir nicht gewinnen und unseren Kummer ertränken wollen.

„Ja, die Jungs werden uns dort treffen", sage ich.

Ich möchte sie mit zu mir nehmen und sie schänden, aber mein Gewissen erinnert mich immer wieder daran, dass ich in meinem Privatleben zu viel zu tun habe, um ihres zu verkomplizieren.

Wir haben uns darauf geeinigt, die Dinge zwanglos und lustig zu halten. Keine Verpflichtungen. Sie weiß, dass Eishockey bei mir an erster Stelle steht. Bald wird auch mein Sohn Zayn an erster Stelle stehen.

Ich glaube nicht, dass Charlotte oder ein anderes Mädchen scharf darauf sein wird, die Nummer drei zu sein.

Jasper hat recht. Ich muss Charlotte von meinem Sohn, den Anwälten und dem Ermittler erzählen. Es ist einfach eine Menge zu verarbeiten und wir sind noch nicht lange zusammen.

In einer heißen Nacht haben wir eine Freundschaft aufgebaut. Es hat sich herausgestellt, dass ich es mit Charlotte nicht so genau nehme.

„Ich werde auf Kyler warten", sagt Emerson und winkt ihrer Schwester zu. „Wir sehen uns an der Bar."

„Klingt gut", sagt Charlotte mit einem Grinsen.

Wir gehen den Flur entlang zum Hinterausgang. „Ich wette, du hättest nie gedacht, dass du den Tag erleben würdest, an dem deine Schwester diese Worte sagt!" scherzt Charlotte und wirft einen Blick auf Amber.

„Nun, ich bin in sechs Tagen einundzwanzig." Amber zwitschert: „Hoffentlich ist einer der neueren Barkeeper heute Abend im Dienst."

Ich kichere leise vor mich hin. Die Stammgäste wissen, dass Amber noch nicht einundzwanzig ist. Aber das Blue Line hat in den letzten Monaten drei neue Barkeeper eingestellt. Während der Eishockeysaison ist der Laden voll.

„Mach dir keine Sorgen, Babe. Ich habe alles für dich vorbereitet", sagt Jasper und legt einen Arm um Ambers Taille, während er ihren Nacken küsst.

„Das ist richtig!", quiekt Charlotte. „Wir müssen

eine   Geburtstagsparty   für   deinen Einundzwanzigsten planen."

„Ich wäre schon zufrieden, wenn ich in eine Bar gehen und legal trinken könnte", sagt Amber. „Meinst du, sie merken, dass mein Ausweis einen anderen Namen hat?"

Ich gluckse leise vor mich hin. „Das bezweifle ich. Die sehen so viele verschiedene Ausweise. Das ist wahrscheinlich in Ordnung."

„Wahrscheinlich", sagt Amber. „Ja, das ist der Teil, der mir Sorgen macht. Das Wahrscheinlich."

Jasper zieht sie fester an sich heran. „Entspann dich, Babe. Ich habe alles im Griff. Ich glaube nicht, dass sie wegen etwas, das du in der Vergangenheit getan hast, die Polizei rufen werden. Das würde schlecht für sie aussehen. Wenn sie es tun, weißt du, dass ich dich auf Kaution aus dem Gefängnis hole."

„Niedlich", sagt Charlotte und stupst mich an, als wir zur Bar gehen. „Würdest du meinen Hintern aus dem Knast holen?" Sie starrt mich mit funkelnden Augen und einem strahlenden Lächeln an.

Ich schnaube auf ihre Frage hin. „Kommt drauf an, wofür du im Knast sitzt", scherze ich.

Ihre Kinnlade fällt vor lauter Erstaunen herunter. „Ernsthaft?"

Ich zucke mit den Schultern und ziehe sie näher

heran, wobei ich meinen Arm um ihre Taille lege. „Wenn du wegen Mordes verhaftet wirst, wird die Kaution wohl nicht reichen. Aber selbst wenn, ich will nicht, dass du mich ermordest und in kleine Stücke schneidest, während ich schlafe."

Jasper blickt mich an. „Du hast zu viele Mörderfilme geguckt, Bruder."

„Ich sage nur, dass ich keinen Mörder auf die Straßen lasse."

„Erstens ist man unschuldig, bis die Schuld bewiesen ist", scherzt Charlotte. „Und zweitens, ernsthaft. Denkst du, ich würde dich im Schlaf ermorden? „Sie streckt mir spielerisch die Zunge heraus.

„Zur Kenntnis genommen."

Jasper schüttelt den Kopf. „Ihr zwei habt einen verdrehten Sinn für Humor."

„Deshalb passen sie perfekt zusammen", sagt Amber mit einem verschmitzten Grinsen, als wüsste sie etwas, was ich nicht weiß. Die beiden Mädels sind immer für Unfug zu haben.

Ich kann nicht aufhören, über Grants Worte von vorhin nachzudenken: *Sextape*". Das war doch nur eine Verhöhnung, damit ich die Worte nicht mehr aus meinem Kopf bekomme, oder? Aber ich kann es nicht lassen.

„Kann ich dich etwas fragen?" Ich spreche leise, weil ich nicht will, dass jemand das Gespräch zwischen uns mitbekommt.

„Alles", sagt Charlotte und schenkt mir dieses Lächeln, das alle Sorgen vertreibt.

„Hast du jemals ein Sex Tape gemacht?"

Sie zieht eine Augenbraue hoch und schaut mich neugierig an. „Das kommt ein bisschen unerwartet", sagt sie. Sie wirkt nicht im Geringsten angespannt oder aufgeregt wegen dieser Frage. „Nein. Was ist mit dir?"

Ich lächle und zwinkere. „Einmal."

Wir gehen in die Bar zu unserem VIP-Tisch im hinteren Bereich und die Kellnerin bringt uns sofort einen Eimer mit Bier. Wir müssen nicht einmal fragen.

Mein Handy summt in meiner Tasche, ich greife danach und atme schwer aus, als ich den Namen des Anrufers auf dem Display sehe.

Charlotte schaut mich an und sagt kein Wort, aber ich bin mir ziemlich sicher, dass sie den Namen *Jasmine* auf meinem Handy-Display gesehen hat.

„Da muss ich rangehen", sage ich und nehme den Anruf entgegen, während ich nach draußen in die eiskalte Luft gehe, um etwas Privatsphäre zu haben.

„Wo zum Teufel bist du?" Die Nachricht von meinem Sohn macht mich wütend und ich habe keine Möglichkeit, sie zu erreichen.

„Das erkläre ich dir heute Abend. Kann ich bei dir vorbeikommen?", fragt Jasmine.

Ich verzichte darauf, ihr zu sagen, dass ich nicht zu Hause bin. Das sollte sie wissen, denn die Mannschaft ihres Mannes hat heute Abend gegen meine Mannschaft gespielt. „Wenn du meinen Sohn Zayn mitbringst", sage ich. Er ist der einzige Grund, warum ich Jasmine sehen will.

Ihre Worte sind wie ein Amboss auf meiner Brust, der mich niederdrückt, wenn ich mit ihr spreche. Ich habe mich noch nie so gestresst und frustriert gefühlt, nicht einmal während eines unserer Hockeyspiele.

„Natürlich", sagt sie, als ob sie ihn nicht schon die letzten Jahre geheim gehalten und mich angelogen hätte.

Ich weiß nicht einmal, warum sie um Erlaubnis bittet, vorbeizukommen. Beim letzten Mal hat sie mich nicht gefragt. Sie ist einfach aufgetaucht und hat auf mich gewartet.

„Ich bin auf dem Weg."

Ich beiße mir fest auf die Unterlippe. Ich will Charlotte und die Jungs nicht verlassen. Ich möchte den Sieg feiern, den wir gerade errungen haben. Aber das kann ich nicht, wenn ich weiß, dass mein Sohn mit seiner Mutter in der Lobby ist und auf mich wartet.

Ich knurre wütend, beende den Anruf und stürme eilig zurück in die Bar.

„Alles in Ordnung?", fragt Jasper und zieht eine Augenbraue hoch.

„Ich muss gehen", sage ich. Ich zwinge Charlotte ein Lächeln auf. Ich möchte sie küssen und ihr zeigen, dass sie mir die Welt bedeutet und dies nur ein kleines Hindernis auf dem Weg ist, aber das Hindernis ist mein Sohn. Das ist kein kleines Hindernis, das einfach so verschwinden wird.

Das sollte er besser nicht.

Charlottes Augenbrauen sind zusammengekniffen, als sie mich anstarrt. Wartet sie darauf, dass ich etwas sage? Ich sage nichts. Ich drehe mich um und lasse sie einfach zurück, aber wenigstens ist sie bei ihrer Freundin. Ich lasse sie nicht im Stich.

Das war keine Verabredung.

Ich gehe nicht aus oder habe keine Beziehungen. Jasmine erinnert mich ständig daran.

Beziehungen lösen sich vor meinen Augen in Luft auf.

Der Verrat schneidet wie ein Messer tief in meinen Rücken. Ich mache mich auf den Weg nach Hause, obwohl ich lieber unterwegs wäre, muss ich mich wie ein Erwachsener mit der Tatsache auseinandersetzen, dass ich ein Kind habe.

Morgen rufe ich den Anwalt und den Privatdetektiv an, nachdem ich alle Informationen von Jasmine erhalten habe.

Aber ich freue mich nicht darauf, nach Hause zu gehen, dieser Gedanke brennt mir schmerzhaft ein Loch in die Brust.

Mein Handy klingelt im Taxi und ich sehe mir die Nachricht von Charlotte an.

Charlotte: Ich hoffe, es ist alles in Ordnung. Du hattest es eilig, zu gehen.

Ich antworte nicht auf ihre SMS.

Ich weiß nicht, was ich sagen soll. Außerdem sollte das, was ich ihr sagen muss, nicht in einem Text stehen: Ich bin ein Vater. Anscheinend habe ich ein Kind, von dem ich bis vor kurzem noch nichts wusste.

Das wäre der Ausweg eines Feiglings. Ich weigere mich, das mit Charlotte zu tun.

Ich werde es ihr sagen. Es war nur noch nicht der richtige Zeitpunkt.

Nach ein paar Minuten schickt sie mir eine weitere SMS. Es ist ein rotes Herz-Emoji.

Ich zucke zusammen und fange an, eine Antwort zu tippen und lösche dann aber meine Nachricht. Ich will ihr nicht das Herz brechen. Aber alles, was ich heute Abend sage, könnte das tun.

NEUN

CHARLOTTE

Ich kann nicht glauben, dass er einfach so und ohne Erklärung gegangen ist.

Ich sah den Namen einer Frau auf seinem Telefon auftauchen.

Wer zum Teufel ist Jasmine?

Vielleicht habe ich kein Recht, eifersüchtig zu sein, weil Noah und ich noch nicht offiziell zusammen sind. Wir haben bislang nicht über eine feste Beziehung gesprochen, aber mir dreht sich der Magen um, wenn ich daran denke, dass er für ein anderes Mädchen auf und davon ist.

Wann zum Teufel habe ich mich so in Noah verrannt?

Oh, richtig, die Nacht, in der wir miteinander

geschlafen haben. Ich hatte mir geschworen, dass es für mich in Ordnung ist, wenn es eine lustige Nacht ohne Verpflichtungen ist, denn er will keine Beziehungen und ich auch nicht.

Zumindest dachte ich das.

Aber von dem Moment an, als er ging, war ich nur noch durcheinander und zu nichts zu gebrauchen. Ich hasse mich dafür.

Ich verachte mich dafür, dass ich diejenige bin, die neben ihrem Telefon wartet oder ein Dutzend SMS schickt, und auf eine Antwort von ihm wartet.

Ich habe davon abgesehen, ihm viele SMS zu schicken, aber ich schicke ihm trotzdem eine Nachricht und hoffe, dass er antwortet.

Ich verstehe nicht, warum er weggelaufen ist, um bei *ihr* zu sein.

Vielleicht ist er auf der Suche nach einer Affäre und sie ist diejenige, die ihn abschleppt.

Ich nehme mir ein Bier aus dem Eimer und ziehe den Deckel ab.

„Was ist mit Noah los?", frage ich und schaue Jasper an, weil ich erwarte, dass er oder Amber mir die Wahrheit sagen. Irgendjemand muss doch etwas wissen. Ich hasse es, im Dunkeln zu tappen oder der Letzte zu sein, der etwas erfährt.

„Er benimmt sich komisch", sagt Amber und sieht ihren Freund an.

Jasper zuckt mit den Achseln und greift nach seinem Bier, um nicht antworten zu müssen.

„Spuck's aus!", sage ich und klopfe ihm auf den Arm.

Er grummelt, während sein Bier schwappt, und stellt die Glasflasche auf den Tisch. „Es steht mir nicht zu, das zu sagen. Du solltest mit Noah reden", sagt Jasper.

„Das ist kryptisch."

Kyler und Emerson setzen sich zu uns an den Tisch, zusammen mit ein paar anderen Spielern und ihren Lebensgefährten, die ich nicht so gut kenne.

„Wo ist Noah hin?", fragt Kyler. „Noch mehr Drinks holen?"

Jasper schüttelt wortlos den Kopf und ich schwöre, dass die beiden eine unausgesprochene Botschaft austauschen.

„Er ist verschwunden, nachdem er einen Anruf von Jasmine bekommen hat. Ist sie seine Geliebte?" Ich versuche, nicht eifersüchtig zu klingen, aber ich weiß, dass ich dabei kläglich versage.

Ich beiße mir auf die Unterlippe, um nicht

zuzulassen, dass das grüne Monster mir Tränen in die Augen treibt. Das ist dumm. Es sollte mir egal sein. Aber die Wahrheit ist, dass es mich interessiert.

„Ist er mit Jasmine zusammen?", fragt Kyler und fährt sich mit der Hand durch die Haare.

„Wer ist Jasmine?", fragt Emerson, die anscheinend genauso wenig über den mysteriösen Anrufer weiß wie ich. Mir geht es etwas besser, dass sie es nicht weiß, denn sie ist seit einiger Zeit mit Kyler zusammen und sie sind verlobt.

„Nur eine alte Freundin", sagt Kyler und zuckt mit den Schultern. „Das ist kein Grund zur Sorge."

Wie kann er die Tatsache, dass Noahs alte Freundin gerade angerufen hat und er zu ihr gegangen ist, einfach ignorieren?

Ich öffne meinen Mund, schließe ihn aber schnell wieder. Ich werde Kyler nicht von irgendetwas überzeugen können. Er ist mit Noah befreundet. Ich bin mir sicher, dass er seinen Mannschaftskameraden und Freund nur verteidigen will.

„Richtig, weil wir nicht zusammen sind", sage ich und stoße einen Laut aus. Ich rutsche auf meinem Stuhl hin und her, der Sitz ist unbequem und mein Magen ist angespannt. Ich kann nicht einfach untätig herumsitzen und mich fragen, was hier los ist.

Soll ich mir ein Taxi nehmen und zu ihm fahren?

Was ist, wenn sie bei ihm zu Hause rummachen? Oder noch schlimmer: Was ist, wenn sie es in seiner Wohnung treiben und ich uneingeladen auftauche?

Ich werde verzweifelt aussehen.

Amber stupst mich an, als ich das Etikett meiner Bierflasche abreiße. Ich bin zappelig und unruhig.

„Er mag dich", sagt sie ganz sachlich. „Ich bin mir sicher, dass diese Jasmine gar nichts ist. Vielleicht ist das alles ein Missverständnis und er hat auch eine Cousine namens Jasmine?"

Ich wünschte, ihre Worte wären überzeugend, aber ich kann mich nicht daran erinnern, dass er jemals eine Familie erwähnt hat. „Ja, vielleicht", sage ich und werfe einen Blick auf Jasper.

Sein Gesicht ist angespannt.

Sie ist definitiv nicht seine Schwester oder Cousine, wenn man nur sein Aussehen betrachtet. Er weiß etwas und wendet sich Kyler zu, um das Thema auf das Spiel zu lenken, das sie heute Abend gespielt haben.

Eine Stunde vergeht, bis ich zweimal von demselben Typen angemacht werde, der zufällig ein großer Hockeyfan ist. Ich kann nicht umhin, mich zu fragen, ob er mich anmacht, um in unseren inneren Kreis zu kommen.

Ich lehne seine Aufforderung zum Tanzen höflich ab und auch den Drink, den er mitbringt. Er ist sympathisch, aber ich habe keinerlei Interesse an ihm. Es gibt keine Chemie und nicht einmal einen Funken.

Ich lege etwas Geld auf den Tisch, um meine Getränke und das Trinkgeld zu bezahlen.

„Bist du auf dem Weg nach Hause?" fragt Amber.

„Ich gehe", sage ich und ziehe sie zur Seite. „Hast du Noahs Adresse?", frage ich.

Sie zögert einen Moment und nickt dann. „Ich glaube, ich habe es in meinem Handy gespeichert. Wir waren vor ein paar Monaten auf einer Party in seinem Penthouse."

Sie gibt mir seine Adresse und ich speichere sie in meinem Handy. „Danke."

„Das hast du nicht von mir", sagt sie und zwinkert mir zu. Wir umarmen uns und tauschen Höflichkeiten aus, bevor ich um eine Mitfahrgelegenheit bitte. Als das Fahrzeug eintrifft, gehe ich hinaus in die kühle Nacht und klettere auf den Rücksitz des Wagens. Ich bin wacher, als ich sein sollte, und meine Hände sind verschwitzt, als ich sie an meiner Hose abwische.

Die Adresse, die ich angegeben habe, ist Noahs Penthouse-Suite. Ich hoffe nur, dass ich keinen großen Fehler mache.

ZEHN

NOAH

Ich wäre wütend, dass Jasmine mich nach dem Spiel angerufen hat, wenn ich nicht versucht hätte, sie zu erreichen, und sie nicht auf meine Anrufe oder SMS geantwortet hätte.

Der Privatdetektiv hatte auch nicht viel herausgefunden, aber es waren erst ein paar Tage seit den Vaterschaftsfeststellungen vergangen.

Ich gehe durch den Haupteingang ins Gebäude, als ich Jasmine erblicke. Sie hat ein blaues Auge, und der kleine Junge hat auch eins.

Ich fluche, während ich sie zum Aufzug und nach oben führe.

„Ich dachte, du wolltest die Stadt verlassen?"

„Das wollte ich auch", sagt Jasmine, „aber ich wollte die Ergebnisse der Vaterschaft abwarten."

Ich drücke den Knopf für die Penthouse-Suite, mein Gesicht ist ernst, als ich den kleinen Jungen in ihren Armen anstarre. Ich muss nicht fragen, wer ihnen das blaue Auge verpasst hat.

„Du hättest in einem Hotel oder in einer Unterkunft sein sollen. Irgendwo in Sicherheit."

„Ich weiß. Deshalb habe ich dich angerufen."

Sie folgt mir durch die Eingangstür und setzt Zayn auf die Couch, um es ihm gemütlich zu machen. Sie öffnet den Reißverschluss seiner Jacke und zieht ihm die Schuhe aus, bevor sie ihm einen Kuss auf die Wange drückt. „Bleib hier, okay?"

Er nickt wortlos und sie packt mich am Arm und zieht mich außer Hörweite in den Flur.

„Ich verlasse die Stadt."

„Was?" Meine Stimme hebt sich um eine Oktave. „Du kannst mir meinen Sohn nicht vorenthalten."

„Ich nicht. Ich möchte, dass er bei dir bleibt, wo er sicher ist", sagt Jasmine. „Du hast die Mittel, um ihn zu beschützen. Ich nicht." Ihre Augen glitzern und ich atme schwer aus.

„Was ist mit deinem Ex?"

„Er wird kein Problem sein. Zayn ist ihm egal, jetzt, wo er weiß, dass der Junge nicht von ihm ist."

„Du hast es ihm gesagt?" Ich schreie vor Wut, während ich durch den Flur laufe. Der kleine Junge sitzt immer noch auf der Couch, er ist ein paar Meter entfernt und nicht mehr in Hörweite.

„Er hat das Ergebnis der Vaterschaft gesehen. Alles, was er weiß, ist, dass er nicht der Vater ist, und er sagte mir, dass er froh ist, weil er sich dann nicht um den *Kleinen kümmern muss*."

Die Art und Weise, wie sie „*Kleinen*" sagt, lässt mich wissen, dass das nicht seine Worte waren. Wahrscheinlich waren sie viel brutaler und ausschweifender. Ich zucke zusammen und nicke. „Es wird nicht lange dauern, bis er merkt, dass ich der Vater bin. Er wird zwei und zwei zusammenzählen. Er weiß, dass wir zusammen waren, bevor ihr beide geheiratet habt."

Er hatte es heute Abend auf dem Eis nicht erwähnt, aber vielleicht hat er es erst nach dem Spiel erfahren.

„Selbst wenn er versucht, um das Sorgerecht zu kämpfen, ist er biologisch nicht mit Zayn verwandt. Ich habe ein Dokument, das meine Rechte auf dich überträgt. Es ist alles bei meinem Anwalt." Sie lässt ihre Hand in ihre Manteltasche gleiten und holt eine Visitenkarte heraus.

„Wenn du einen Anwalt hast, warum beantragst

du dann nicht die Scheidung und eine einstweilige Verfügung?" Ich kann nicht glauben, dass sie ihr Kind, unser Kind, im Stich lassen würde.

„Ich habe dir doch gesagt, dass Grant einen Bruder hat, der bei der Polizei arbeitet. Außerdem, ist es nicht das, was du willst? Dass ich aus deinem Leben verschwinde und du das Sorgerecht für deinen Sohn bekommst?" Jasmine starrt mich an, ihre Augen glänzen.

Ich beiße mir auf die Zunge. „Ich bin davon ausgegangen, dass du das Sorgerecht teilen willst." Aber mir war klar, dass ich für den Schutz meines Kindes kämpfen muss, wenn sie in der Nähe von Grant Brass wäre.

„Ich sollte gehen."

„Wohin?", frage ich und starre sie an. „Wenn du Geld oder eine Bleibe brauchst, kann ich dir ein Hotel besorgen und dir helfen ..."

„Ich will deine Almosen nicht", sagt Jasmine.

Ich zucke zusammen. Es war nicht als Almosen oder Wohltätigkeit gedacht. Sie ist die Mutter meines Kindes, auch wenn ich sie nicht besonders mag, nachdem sie mich verletzt hat.

Ich stoße einen Seufzer aus. „Du kannst nicht zu ihm zurückgehen."

„Warum nicht?", fragt sie und starrt zu mir hoch.

Ihre Unterlippe schiebt sich vor und ich werfe einen Blick auf die große Fensterscheibe, von der aus man die Skyline von New York sieht. Nachts ist es wunderschön, aber im Moment wirkt es chaotisch und überwältigend.

„Er wird dich zu Tode prügeln. Ist das nicht Grund genug? Sieh dir an, was er mit unserem Sohn gemacht hat!" Meine Stimme dröhnt und ein Schauer durchfährt sie.

Ich sollte mich dafür entschuldigen, dass ich meine Stimme erhoben habe, aber ich bin wütend auf Jasmine und noch mehr auf Grant für das, was er getan hat, weil er Hand an Zayn gelegt hat.

„Deshalb lasse ich ihn bei dir. Ich muss sicherstellen, dass Grant dich und Zayn in Ruhe lässt, bevor ich gehe."

„Was du da sagst, ergibt keinen Sinn." Er wird dich umbringen, wenn du bei dem Monster bleibst. „Du hast doch schon gesagt, dass er sich nicht um *ihn kümmert*." Ich nicke in Richtung des Wohnzimmers.

„Ja, das hat er gesagt, aber ich muss dafür sorgen, dass er diesem Versprechen auch Taten folgen lässt. Dass es ihm egal ist."

„Was du tust, ist weder edel noch mutig. Es ist dumm. Wenn du zu deinem missbrauchenden

Mann zurückgehst, wirst du nur verprügelt und kannst von Glück reden, wenn er dich nicht umbringt."

„Das würdest du nicht verstehen."

„Ich verstehe eine Menge", schimpfe ich und gehe einen Schritt auf Jasmine zu.

Sie taumelt rückwärts von mir weg und stößt dabei gegen die Wand.

Ein Anflug von Angst huscht über ihre Züge, als sie versucht, zu fliehen. Glaubt sie wirklich, dass ich ihr etwas antun würde? „Ich sollte gehen." Ihre Stimme bleibt ihr in der Kehle stecken und sie eilt zum Sofa. „Sei gut zu Noah, okay?", sagt sie zu Zayn.

Mein Herz schmerzt, dass der Kleine mich nicht als seinen Vater kennt, sondern als Noah.

Zayn nickt mit großen, neugierigen Augen.

Sie küsst ihn auf die Wange und umarmt ihn, bevor sie scharf ausatmet. „Ich sollte gehen."

„Mama!", jammert Zayn, als sie zur Tür geht.

„Du musst nicht gehen", sage ich. Es muss einen anderen Weg geben. „Bleib im Gästezimmer. Morgen früh rufen wir meinen Anwalt an. Er wird dir helfen können. Da bin ich mir sicher."

„Grant wird nach mir suchen." Sie schüttelt den Kopf. „Meine Aufgabe als seine Mutter ist es, Zayn, um jeden Preis zu beschützen. Das konnte ich heute nicht tun." Sie stößt einen zittrigen Atemzug aus.

„Was dieses Monster getan hat, ist nicht deine Schuld."

„Ich muss gehen." Jasmine eilt zur Tür. In ihren Augen stehen Schmerzen und Qualen.

Zayn weint weiter, seine Tränen fließen wie zwei Flüsse, sein Schluchzen wird hysterisch und er klettert vom Sofa und läuft seiner Mutter hinterher, als sie aus der Wohnungstür schlüpft.

ELF

Ich hatte das nicht ganz durchdacht, als ich uneingeladen in Noah Reeces Haus auftauche. Zunächst einmal gibt es einen Sicherheitsdienst und einen privaten Aufzug. Ich kann nicht einfach wie in einem Hotel hereinspazieren, ohne bemerkt zu werden.

„Kann ich Ihnen helfen?"

„Ja, ich bin hier, um Noah Reece zu sehen", sage ich.

Er schaut zu mir herüber und nickt. „Lass sie mich ihn anrufen. Er hat heute Abend keine anderen Besucher erwähnt."

Andere Besucher? Mir dreht sich der Magen um. Wenigstens ist er zu Hause.

Der diensthabende Angestellte nimmt den Hörer ab, und ich schaue mich in der Lobby um. Sie ist extravagant, mit hohen Decken und einem Kristallkronleuchter, ganz zu schweigen von dem Buntglasfenster auf der Rückseite hinter den Aufzügen.

Nach einem Moment legt er den Hörer auf. „Sie können zum Aufzug gehen."

Ein Wachmann wartet am Aufzug und benutzt seinen Schlüssel, um den Zugang zum Penthouse aufzuschließen. Er schenkt mir ein warmes Lächeln und einen kurzen Gruß: „Wie geht es Ihnen heute Abend?" Das klingt eher so, als würde er fragen, weil er muss, und weniger, weil er will.

Nachdem er den Zugang freigeschaltet hat, steigt er aus und lässt mich allein in den Aufzug steigen. Die Türen schließen sich, aber ich fühle mich nicht erleichtert.

Ich bin nervös, weil Noah nicht mit mir rechnet und ich nicht eingeladen bin. Ich bin mir nicht sicher, wie er das Finden wird, nachdem er mich an der Blue Line für *Jasmine hat* sitzen lassen. Wer auch immer sie ist, ich mag sie nicht.

Die Fahrstuhltüren öffnen sich, und Noah steht an der Eingangstür und starrt mich mit großen Augen an. „Was machst du denn hier?"

So viel zu den Höflichkeiten.

„Du bist überstürzt gegangen. Ich wollte sichergehen, dass es dir gut geht."

Irgendwo in der Wohnung hinter ihm weint ein Kind. Es sei denn, er hat den Fernseher an, aber das bezweifle ich. Es klingt verdammt echt.

„Mir geht's gut. Haben die Jungs dir meine Adresse gegeben?" In seinem Blick liegt kein Funkeln, kein Lächeln. Er scheint sich nicht zu freuen, mich zu sehen.

Aber er hat mich auch nicht weggestoßen oder mir gesagt, dass ich gehen soll.

„Mama!", schreit der kleine Junge und ich dränge mich an Noah vorbei, um in seine Wohnung zu kommen. Der kleine Junge, der gerade mal zwei Jahre alt ist, liegt auf dem Küchenboden und schreit nach seiner Mami.

Mein Herz schmerzt beim Anblick des Jungen. „Hast du es dir zur Gewohnheit gemacht, kleine Kinder zu entführen?" Ich zucke über meine Frage zusammen. Sie kam härter rüber als beabsichtigt, aber er hat mir gesagt, dass er nie Kinder wollte, und ein schreiendes Kind auf seinem Küchenboden zu finden, macht die ganze Situation noch verwirrender.

„Er ist mein Sohn", schnauzt Noah mich an.

Ich habe nicht ernsthaft geglaubt, dass er den kleinen Jungen entführt hat. Noah scheint nicht der Typ dafür zu sein. Aber er hat mich eindeutig angelogen, als er sagte, er wolle keine Kinder, denn er hat einen Sohn. Heißt das, dass er ihn nicht gewollt hat?

Ich beuge mich herunter und hocke mich auf die Höhe des Kleinen. „Hey", flüstere ich, meine Stimme ist sanft und warm.

Der kleine Junge blickt auf und schnieft. Mein Herz zerbricht in eine Million kleine Stücke, als ich das schwarzblaue Auge des Kindes sehe.

„Wer hat dir das angetan?", frage ich und meine Stimme bleibt mir im Hals stecken.

„Papa", flüstert der kleine Junge, und es fließen noch mehr Tränen, als wäre Monsunzeit.

Ich hebe das Kind vom Boden auf und nehme es schützend in meine Arme. „Du bist ein Monster!", schreie ich Noah an, hole mein Handy aus der Tasche und rufe sofort den Notruf an.

„Charlotte, was zum Teufel machst du da?", schreit Noah mich mit wütender Stimme an, während er auf mich zustürmt und sich das Telefon schnappt. „Gib mir das verdammte Telefon!"

Die 9-1-1-Mitarbeiterin hört den Austausch,

bevor ich etwas sagen kann. „Handelt es sich um häusliche Gewalt, Ma'am?"

„Ja", sage ich. „Mein Freund, Noah Reece, hat seinen Sohn geschlagen." Ich rufe die Adresse des Wohnkomplexes in das Telefon.

„Charlotte, so ist das nicht passiert!" Er reißt mir das Telefon aus der Hand und knallt es gegen die Wand, sodass es zerbricht.

„Wirklich? Du hast ihn nicht geschlagen?" Ich schlinge meine Arme schützend um das Kind, während ich Noah den Rücken zuwende. „Willst du mich auch schlagen, du Feigling?"

„Ich habe meinen Sohn nicht geschlagen, verdammt!"

„Daddy hat mich geschlagen", schluchzt der kleine Junge.

„Du bist ein verdammter Lügner!", schreie ich Noah an und gehe auf die Tür zu.

Noah hindert mich am Gehen. Seine Hand drückt gegen die Tür, als er sich weigert, uns gehen zu lassen.

„Ernsthaft?" Ich kann nicht glauben, wie frech er ist. „Willst du uns beide als Geiseln halten? Denn ich werde durch diese Tür gehen und du wirst deinen Sohn nie wieder sehen!"

„Das kannst du nicht tun. Hör mir zu, Charlotte, du siehst nicht das ganze Bild."

„Oh, ich sehe es verdammt deutlich!"

„Papa hat mich geschlagen!", schreit der kleine Junge unter Tränen.

„Lass mich es erklären."

„Erklärst du mir, wie du deinen Sohn geschlagen hast?" Ich weigere mich, auf irgendeine Ausrede von ihm zu hören. Ich weiß, dass er auf dem Eis hart ist. Es ist nicht ungewöhnlich, dass sich die Spieler prügeln, aber ein Kind zu schlagen, dafür gibt es keine Entschuldigung. Es gibt keine Erklärung, die seine Tat wiedergutmachen würde.

Es hämmert an der Haustür und Noahs Entschlossenheit bröckelt. Er macht einen Schritt zurück und ich nutze die Gelegenheit, um zu fliehen.

Ich reiße die Tür auf und ein Polizeibeamter zieht uns aus dem Weg und schiebt uns praktisch den Flur entlang zum Aufzug, während zwei weitere Beamte in die Wohnung eilen, um Noah festzunehmen.

Einen Moment später ist Noah in Handschellen. Die ganze Luft wird mir aus den Lungen gesaugt. Mein Magen sitzt mir im Hals. Ich schaffe es, das

Bier, das ich vorhin getrunken habe, bei mir zu behalten, aber ich bin mir nicht sicher, wie.

Ich zittere, der kleine Junge weint, und ich weiß nicht, wie das alles passiert ist.

„Sind Sie die Mutter des Jungen?", fragt der Beamte.

„Nein, ich bin eine Freundin von Noah."

„Als Sie den Notruf gewählt haben, haben Sie erwähnt, dass Sie seine Freundin sind?", fragt er. Er klappt seinen Notizblock auf und macht sich Notizen. „Wie heißt der kleine Junge?"

Ich schüttle den Kopf. „Ich ... Ich wusste bis heute Abend nicht einmal, dass er einen Sohn hat."

„Ich denke, es wäre gut, wenn Sie mit aufs Revier kommen und ihre Aussage machen, während wir die Mutter des Jungen ausfindig machen."

ZWÖLF

NOAH

„Ich muss bei meinem Sohn sein! Du verstehst nicht, was passiert ist."

„Daddy hat mich geschlagen", wiederholt Zayn, als wäre das der einzige Satz, den der Junge sagen kann. Das ist auch verdammt belastend, weil ich Charlotte gerade gesagt habe, dass ich der Vater des kleinen Jungen bin.

Ich weiß, wie es aussieht, aber sie sollte mich gut genug kennen, um zu wissen, dass ich einem Kind nicht wehtun würde.

„Wo bringen Sie meinen Sohn hin?", rufe ich den Beamten zu, die Charlotte und Zayn zum Aufzug begleiten.

In der Zwischenzeit bin ich in Handschellen und werde gezwungen, zuzusehen, wie die beiden gehen.

„Sie geben also zu, dass Sie der Vater des Jungen sind?", fragt der Beamte mit dem lustigen Schnurrbart und schaut zu mir herüber.

„Ich habe das mit Zayn erst vor weniger als einer Woche erfahren."

„Wo ist die Mutter?", fragt die andere Beamtin. Zum Glück ist ihre Waffe im Halfter, denn sie sieht so aus, als wollte sie mich erschießen.

„Ich vermute, sie ist zu ihrem misshandelnden Ehemann Grant Brass nach Hause gegangen."

„Das ist eine ziemliche Anschuldigung, die von einem Kinderschänder kommt", sagt die Beamtin und liest mir meine Miranda-Rechte vor, während sie mich zum Aufzug begleitet.

„Ich habe meinen Sohn nicht geschlagen."

„Klar, es war sein anderer Daddy." Der Beamte lacht, als er mich am Arm packt und mich mit sich zieht.

„Der Junge kennt mich nicht einmal. Er bezieht sich auf Grant Brass." Ich versuche weiter zu erklären, aber es ist, als würde ich gegen eine Mauer sprechen.

Als ich am Sicherheitspersonal und dem Concierge vorbei aus dem Gebäude geführt werde, stehen ein paar Gäste in der Lobby und machen Fotos oder Videos mit ihren Handys.

Wunderbar, das wird bis morgen früh überall in den Nachrichten zu lesen sein. Meine Eishockeykarriere wird vorbei sein, bevor ich überhaupt meine Seite der Geschichte erzählen kann.

Die gute Charlotte Grace, das Mädchen, das mich in mehr als einer Hinsicht ruiniert hat.

Von Zayn und Charlotte ist nichts zu sehen. „Wo ist mein Sohn?", frage ich.

Die Beamten weigern sich zu antworten, während ich auf den Rücksitz eines Streifenwagens gesetzt werde. Das ist erniedrigend. Aber das ist alles egal.

Ich sitze im hinteren Teil, meine Hände in Handschellen.

Ich habe mich immer an die Regeln gehalten, mich aus Schwierigkeiten herausgehalten, obwohl ich als Eishockeyprofi viele Möglichkeiten hatte.

Verhaftet zu werden, war nie Teil des Plans.

„Hören Sie. Sie können Zayn nicht zu seiner Mutter Jasmine zurückschicken." Ich versuche, die Beamten zur Vernunft zu bringen, während sie mich zur Polizeistation fahren.

„Ja, warum denn das?", antwortet mir schließlich einer von ihnen.

„Sie lebt mit Grant Brass zusammen. Er ist derjenige, der Zayn das angetan hat. Jasmine hat ihn zu meiner Wohnung gebracht, um ihn zu beschützen. Sie kann meine Geschichte bestätigen."

„Hmm", sagt der Beamte und klingt nicht überzeugt.

———

Die Beamten nehmen mich fest, schleppen mich in eine Zelle, werfen mich hinein und nehmen mir die Handschellen ab, bevor sie die Tür schließen.

„Darf ich nicht einmal anrufen? Was ist mit der Kaution?" Ich werde auf keinen Fall noch eine Minute hinter Gittern verbringen.

„Sie können morgen früh vor einen Richter gehen, um zu sehen, ob Sie auf Kaution rauskommen", sagt der Beamte mit einem schmierigen Grinsen im Gesicht. „Das haben Sie davon, wenn Sie einen unschuldigen kleinen Jungen schlagen."

„Ich habe ihn nicht geschlagen, verdammt!", schreie ich.

Ich bin nicht allein in der Zelle. Heute Abend

sieht es eher wie eine Ausnüchterungszelle aus. Ein Mann liegt auf dem Boden und starrt an die Decke. Er könnte high sein. Ich bin mir nicht sicher, was er genommen hat, aber dass er hier ist, scheint ihn nicht zu stören.

Der andere Typ schaut zu mir herüber. Er hat einen Bart, sieht schmuddelig aus, aber er wirkt nicht zugedröhnt oder high. Er macht einen finsteren, undurchschaubaren Eindruck.

Ich tue mein Bestes, um meinen Kopf unten zu halten. Soweit ich weiß, könnte der Mann von der Mafia sein. Er sieht aus wie eine Werbekampagne dafür, *wie man nicht im Gefängnis landet, sondern mit zwielichtigen Machenschaften davonkommt.* Sein Glück hat ihn verlassen.

„Hey, Kinderschänder", sagt er mit einem dicken russischen Akzent und versucht, meine Aufmerksamkeit zu bekommen.

Großartig.

„Ich habe den Jungen nicht angefasst", sage ich und schaue zu ihm auf.

„Du kommst mir bekannt vor", sagt er. Seine Augen sind dunkel, aber sie glänzen fröhlich, als er mich anstarrt. Sein Kiefer zuckt, als ihm klar wird, wer ich bin.

Er lacht kehlig und tief.

„Du bist ein Sportfan. Eishockey." Er zeigt auf mich, als er mich erkennt, aber vielleicht kann er sich keine Namen merken.

„Dragons Team."

„*Ice Dragons*". Es hat keinen Sinn, es zu leugnen. Ich werde in den Nachrichten mit einem Fahndungsfoto zu sehen sein, auf dem ich verstört in die Kamera schaue.

„Richtig. Richtig", sagt er und deutet mit einer Geste auf den Platz neben sich. „Mikhail Barinov", sagt er und stellt sich vor.

Ich bin mir nicht sicher, ob der Name etwas zu bedeuten hat, aber Barinov klingt russisch, genauso wie sein Akzent.

Bin ich in einer Gefängniszelle mit der russischen Mafia gelandet?

Das ist keine Frage, die ich laut stellen möchte. Am besten behalte ich sie für mich, wenn ich die Nacht in der Hölle überleben will.

„Noah Reece." Ich seufze schwer und nehme auf der Bank neben Mikhail Platz. Ich möchte nicht auf dem dreckigen Zementboden sitzen, der nicht nur unbequem aussieht, sondern auch klebrig ist. Ich möchte nicht wissen, wie viele Männer schon auf diesen Boden gekotzt oder gepinkelt haben.

„Das ist richtig. Du spielst als linker Verteidiger in der Mannschaft."

„Du bist ein Fan?"

Mikhail zuckt mit den Schultern. „Ich war noch nie bei einem Spiel, aber wenn wir beide hier rauskommen, besorge ich vielleicht Karten, um dich spielen zu sehen."

„Vielleicht?" Ich sollte es nicht einmal in Frage stellen. Der Typ ist eine schlechte Nachricht. Es ist nicht in meinem Interesse, mich mit ihm anzufreunden.

„Das hängt davon ab, ob du aussteigst, Teufelskerl", sagt er und taxiert mich.

Ich lache leise vor mich hin. „Vielleicht sehen wir uns dort, vorausgesetzt, du kommst raus", sage ich und versuche, den Spieß umzudrehen. Ich weiß nicht einmal, was man ihm vorwirft.

„Ich habe gute Anwälte." Er ist selbstgefällig und verschränkt die Arme vor der Brust, zufrieden mit sich selbst.

„Weshalb bist du hier?", frage ich.

Er gluckst. „Ein guter Rat. Du fragst einen Mitgefangenen nicht, wenn du es nicht *wirklich* wissen willst.

Mein Mund wird für einen Moment trocken.

Der Beamte hätte einen Mörder nicht mit

jemandem in die Ausnüchterungszelle gesteckt, der beschuldigt wird, ein Kind verletzt zu haben, oder?

Meine Hände ballen sich zu Fäusten. Jeder Atemzug wird lauter, anstrengender und ausgeprägter. Ich versuche, cool zu bleiben und so zu tun, als wäre ich nicht im Geringsten eingeschüchtert, weil ich fast jeden verdammten Tag auf dem Eis gegen Jungs kämpfe.

Aber das hier ist anders.

Es fühlt sich anders an.

„Versuchter Mord", sagt er und starrt mich an, ohne die Fassung zu verlieren. Seine Stimme ist gleichmäßig, tief, und unerschütterlich. „Dieser Typ hat meiner Tochter ein Haar gekrümmt. Er dachte, er könnte sie mit dem Versprechen auf einen neuen Welpen in seinen Van locken. Glaubst du, ich habe ihn danach gehen lassen?"

Meine Stimme bleibt mir in der Kehle stecken.

Versuchter Mord mag eine der Anklagen sein, aber der Typ ist eindeutig schuldig wie die Sünde. Er sieht auch nicht so aus, als würde er sich entschuldigen.

Aber wenn jemand versuchen würde, Zayn in einen Lieferwagen zu locken, könnte ich nicht sagen, dass ich nicht die Nerven verlieren und ausrasten würde. Wer weiß, wozu ich in diesem Moment fähig wäre, um meinen Sohn zu schützen?

„Wie alt ist deine Tochter?", frage ich und versuche, das wilde Pochen meines Herzens in meiner Brust zu verbergen.

„Sie ist vier", sagt er. Er breitet seine Arme aus und blickt auf seine Hände hinunter, wo er den Namen *Kira* zwischen Zeigefinger und Daumen in Schreibschrift auf die Haut geschrieben hat.

DREIZEHN

CHARLOTTE

Der kleine Junge sitzt auf meinem Schoß, während ich am Schreibtisch eines Beamten darauf warte, meine Aussage zu machen.

Seit Noahs Verhaftung ist eine Stunde vergangen, und jede Sekunde fühlt sich langsam und schmerzhaft an, als würde ein Elefant auf meiner Brust sitzen.

Aber ich weiß, dass ich das Richtige getan habe. Ich musste den kleinen Jungen von seinem Peiniger wegbringen. Das war das Einzige, was zählte, verdammt sei diese Beziehung.

„Wie heißt du?", frage ich den kleinen Jungen, und er schenkt mir schließlich ein schwaches Lächeln.

„Zayn", flüstert er und zeigt auf mich, „Dein Name?" Die Worte laufen zusammen und klingen eher wie eine Silbe, die aus seinem Mund kommt.

Seine Worte sind schwer zu entziffern, aber ich versuche, sie zu verstehen. „Ich bin Charlotte", sage ich.

Er schmiegt sich an mich. „Ich will meine Mama", sagt er, und ich schlinge meine Arme schützend um ihn.

„Ich weiß, kleiner Mann. Wir versuchen, sie für dich zu finden."

Eine Beamtin, die schon vor Ort war, die ich aber noch nicht kannte, kommt zu uns herüber und setzt sich an den Schreibtisch. „Ich bin Officer Bradley", sagt sie.

Sie hat ein Notizbuch in der einen Hand, blättert zurück und liest kurz ihre Notizen durch, während sie ihre Schreibtischschublade öffnet. Sie reicht Zayn einen Lutscher und nimmt ihm die Verpackung ab.

„Und Sie sind Charlotte und das ist Zayn", sagt die Beamtin und vergewissert sich, dass sie die richtigen Informationen hat.

„Das ist richtig", sage ich und atme zittrig aus. „Ich bin Charlotte Grace. Zayns Nachnamen kenne ich nicht."

„Der ist Brass", antwortet sie. Sie weiß bereits mehr über den kleinen Jungen als ich, und ich habe mehr Zeit mit ihm verbracht. Natürlich nicht sehr viel. Ich warte nur darauf, dass die Beamtin meine Aussage aufnimmt.

„Warum erklären Sie mir nicht, was passiert ist?", fragt Officer Bradley.

Ich erkläre, was passiert ist, was Zayn gesagt hat, und gestikuliere auf sein blaues Auge.

„Haben Sie gesehen, wie Noah Reece den kleinen Jungen geschlagen hat?", fragt Officer Bradley.

„Nun, nein", sage ich. „Aber er hat ein blaues Auge."

„Ja, das kann ich sehen", sagt sie.

„Der kleine Junge hat mir erzählt, dass sein Vater es getan hat", sage ich und deute auf Zayn, der auf meinem Schoß sitzt. Er wackelt mit seinem kleinen Hintern und starrt Officer Bradley neugierig an, während er an seinem Lutscher mit Orangengeschmack nuckelt.

Die Beamtin lächelt Zayn freundlich an. „Kannst du mir sagen, von wem du das hast?" Sie zeigt auf sein Gesicht, berührt aber nicht den frischen Bluterguss.

Er verzieht das Gesicht, als ihr Finger sich

nähert, entspannt sich aber, als sie ihm nicht wehtut. „Daddy hat mich geschlagen."

„Weißt du den Namen deines Vaters?", fragt Officer Bradley.

„Daddy", sagt Zayn, aber es kommt etwas verstümmelt heraus, weil er den Lolli umklammert, als würde sein Leben davon abhängen.

„Okay, das funktioniert nicht", sagt Bradley. Sie legt ihr Notizbuch weg und tippt auf dem Bildschirm vor ihr herum.

„Es tut mir leid, ich weiß wirklich nicht viel mehr", sage ich.

Die Beamtin tippt noch eine Minute lang auf ihrer Tastatur herum, bevor sie sich zurücklehnt.

„Ich habe die Adresse und Telefonnummer seiner Mutter herausgefunden. Ich werde sie anrufen und sie das Kind abholen lassen, damit wir nicht den Sozialdienst einschalten müssen."

„Gut", sage ich und streichle Zayn den Rücken. Ich würde es hassen, wenn er polizeilich registriert würde, auch wenn es nur für eine Nacht wäre.

———

Ich bleibe am Schreibtisch der Beamtin sitzen, als ein Paar die Polizeiwache betritt. Von meinem Platz aus kann ich einen Blick auf die Frau werfen, und Zayn tut das auch.

„Mama!" Zayn quiekt vor Freude.

„Oh, gut, da ist er", sagt sie und zwingt sich zu einem Lächeln. Als sie sich nähert, ist das Neonlicht grell und der Concealer, den die Frau auf ihre Wange und unter ihr Auge getupft hat, lässt genug durchscheinen, um zu zeigen, dass Zayn nicht der Einzige ist, der ein Veilchen hat.

Hinter ihr, dicht auf ihren Fersen folgt ein stämmiger Mann. Er hat einen Hut und eine Sonnenbrille auf, als ob er unauffällig erscheinen will. Draußen ist es dunkel, und auch drinnen hat er die Sonnenbrille nicht abgenommen.

Trotz seiner sogenannten Verkleidung erkenne ich sein Gesicht. Grant Brass. Er spielt für die *Island Bruisers*.

„Mama!" Zayn klettert von meinem Schoß und wirft seine Arme in die Luft, damit die Frau ihn hochheben kann.

„Ich habe nur ein paar Fragen", sagt Office Bradley und starrt Jasmine und Grant an.

„Daddy", Zayn zeigt auf Grant und kuschelt sich weiter in Jasmins Arme.

Grant schaut auf seine Uhr und wippt von einem Fuß auf den anderen. „Sind die Fragen wirklich nötig?", fragt er. „Du hast unseren Sohn gefunden. Ich will ihn und meine Frau nach Hause bringen. Ich habe morgen einen anstrengenden Tag."

„Ja, ich bin mir sicher, dass das der Fall ist, aber ich habe eine Untersuchung, die angesichts der Missbrauchsvorwürfe erledigt werden muss."

„Missbrauch durch den psychopathischen Eishockeyspieler Noah Reece. Sie sollten ihn hinter Gitter bringen und den Schlüssel wegwerfen", sagt Grant süffisant.

„Sir, wenn es Ihnen nichts ausmacht, folgen Sie mir, damit wir reden können", sagt Officer Bradley und versucht, die Situation unter Kontrolle zu bringen.

„Es macht mir etwas aus", sagt Grant. „Ich habe meine Familie, ich bin fertig. Es ist Zeit für uns, nach Hause zu gehen."

„Sie können noch nicht gehen", sagt Officer Bradley. „Ich muss ihre Aussage und die ihrer Frau aufnehmen."

„Solange wir nicht festgenommen und eines Verbrechens angeklagt werden, können sie uns nicht hier festhalten." Er legt Jasmine einen Arm um die Schultern und führt sie und Zayn mit Nachdruck aus dem Polizeirevier.

Mir dreht sich der Magen um, als ich meinen

Fehler bemerke und den kleinen Jungen direkt wieder in die Arme seines Peinigers gebe. „Ich möchte die Anzeige gegen Noah Reece fallen lassen", sage ich und starre Officer Bradley an.

Sie stößt einen schweren Seufzer aus. „Das war eine große Scheiße heute Abend", murmelt sie und schüttelt bestürzt den Kopf. „Wenn Sie das nächste Mal eine Anschuldigung machen, passen Sie auf, dass Sie auf der richtigen Seite stehen", warnt sie mich.

Als ob ich nicht schon wüsste, dass ich es vermasselt habe. Mir ist übel und schwindlig von der Erkenntnis, dass ich nicht nur Noahs Leben vermasselt habe, sondern auch Zayn in Gefahr gebracht habe.

„Was passiert jetzt?", frage ich. „Sie haben das blaue Auge gesehen, das Jasmine hatte."

„Ich muss das Sozialamt einschalten und eine Untersuchung veranlassen. In der Zwischenzeit kümmere ich mich darum, dass die Anklage fallen gelassen und ihr Freund freigelassen wird. Warten Sie einfach ab."

Leichter gesagt als getan. Ich fühle mich schrecklich und ich kann mir vorstellen, dass Noah mich nach dem, was ich getan habe, hasst.

VIERZEHN

NOAH

Als ich die Polizeiwache verlasse, wimmelt es von Reportern mit gezückten Kameras und Filmrollen.

„Noah, was sagen Sie zu den Kindesmissbrauchsvorwürfen, die ihre Freundin gegen Sie erhoben hat?", fragt eine Reporterin.

Sie schiebt mir das Mikrofon ins Gesicht und ich atme tief durch, ohne es ihr in den Arsch zu schieben.

Das ist nicht ihr Kampf. Sie macht nur ihren Job.

Auch wenn ich die Presse und die Paparazzi hasse, spinnen sie die Version der Ereignisse in die Geschichte ein, die sich gut verkaufen lässt. Es geht nie um die Wahrheit.

„Kein Kommentar", sage ich und befolge den Rat meines Anwalts, als ich ihn auf dem Revier anrief, nachdem die Anklage fallen gelassen worden war. Ich musste wissen, was ich als Nächstes tun muss, um Zayn von Grant weg und zu mir nach Hause zu holen.

Seiner Meinung nach ist es ein langwieriger Prozess, um das Sorgerecht zu kämpfen. Und alles, was ich vor den Kameras tue, kann zu einer guten oder schlechten Kampagne für seine Anwälte werden.

Die einzige Genugtuung, die ich empfinde, ist, dass Grant genauso unter die Lupe genommen werden wird. Und er wird sicher einen Fehler machen.

Die kalte, schneidende Luft ist noch kälter, als ich Charlotte erblicke. Sie steht im Schatten auf dem Bürgersteig. Ihre Unterlippe klemmt zwischen den Zähnen, während sie von ihrem Handy zu mir hochschaut.

„Es tut mir so leid, Noah", sagt sie und tritt hinter der Straßenlaterne auf mich zu. „Ich fühle mich schlecht wegen der ganzen Sache, wenn ich gewusst hätte ..."

Ich halte eine Hand hoch, um sie aufzuhalten.

Ich will ihre lahmen Ausreden nicht hören. Die Wut, die sich in mir aufgestaut hat, lässt sich nicht einmal ansatzweise beschreiben. Ich habe keine andere Wahl, als sie zu zügeln, denn die Reporter filmen unser Gespräch.

„Wegen *dir* ist mein Sohn bei diesem Monster", knurre ich sie an. Was sie getan hat, ist unverzeihlich. Das Taxi hält gerade noch rechtzeitig an. Ich glaube nicht, dass ich noch eine Sekunde mit Charlotte aushalten oder in ihrer Nähe sein könnte, ohne sie anzuschreien. „Ich will dich nie wieder sehen."

Ich reiße die Hintertür des Taxis auf, steige ein und gebe dem Fahrer die Adresse meines Anwalts.

Ich schaue nicht zurück zu Charlotte. Sie hat keine weitere Sekunde meiner Zeit verdient. Was wir hatten, ist vorbei.

Auf dem Rücksitz des Taxis summt mein Handy mit einer SMS. Ich erwarte fast, dass es Charlotte mit einer weiteren Entschuldigung ist, die mich daran erinnert, dass ich ihre Nummer blockieren muss, aber ihr Telefon ist kaputt, also bezweifle ich, dass ich heute Abend noch etwas von ihr höre.

Die Nachricht ist vom Coach.

Malone: Mein Büro um 9 Uhr.

Ich grummele unruhig auf dem Rücksitz des Taxis. „Du bist der Hockeyspieler, nicht wahr?“, fragt der Fahrer. Sein Blick trifft meinen im Rückspiegel, bevor er sich wieder auf die Straße konzentriert.

„Das bin ich.“ Ich gehe nicht näher darauf ein.

„Kann ich ein Autogramm für mein Kind bekommen?“

„Natürlich“, sage ich. „Aber ich habe nichts zum Unterschreiben und auch keinen Stift dabei.“

Als wir an einer Ampel halten, reicht er mir einen Block Papier und einen Stift. „Vielleicht können wir ein Foto machen, wenn wir an deinem Halt sind?“, fragt der Taxifahrer. „Das würde meinem Sohn gefallen.“

„Klar.“ Ich zwinge mich zu einem Lächeln.

Das Radio im Fahrerhaus, ein lokaler Nachrichtensender, rattert den Wetterbericht herunter. Ein weiterer kalter Tag morgen gefolgt von einer Chance auf Schnee.

„Was hast du auf dem Polizeirevier gemacht?“, fragt er und schaut mich wieder im Rückspiegel an. „Einem Freund geholfen? Ich habe gehört, dass ihr letzten Winter eine Lebensmittelsammlung in der Polizeistation auf der Nordseite gemacht habt.“

Der Reporter des Radiosenders bringt eine aktuelle Nachrichtensendung mit meiner Wenigkeit.

Weitere Nachrichten: Noah Reece, ein professioneller Eishockeyspieler der Ice Dragons, wurde verhaftet und wieder freigelassen, nachdem seine neue Freundin ihm Kindesmissbrauch vorgeworfen hatte. Mehr zu dieser Geschichte folgt nach diesen Nachrichten.

„Du wurdest verhaftet?", fragt der Taxifahrer und rutscht unbehaglich auf dem Fahrersitz herum. Seine Hände bleiben auf dem Lenkrad, sein Griff ist fest.

„Ich habe meinen Sohn nicht geschlagen, das war sein Stiefvater, aber niemand interessiert sich für meine Seite der Geschichte. Kannst du den Radiosender wechseln?" Ich knurre und verschränke die Arme vor der Brust.

Als der Taxifahrer mich absetzt, steigt er nicht für das gewünschte Foto aus und ich bin mir ziemlich sicher, dass er das Autogramm, das ich für seinen Sohn geschrieben habe, zusammengerollt und auf den Boden der Beifahrerseite geworfen hat.

Mein Ruf ist ruiniert, und das alles wegen eines lausigen Anrufs und einer Anschuldigung für ein Verbrechen, das ich nicht begangen habe.

Ich würde eher mein Leben aufs Spiel setzen oder vor einen rasenden Bus laufen, als zuzulassen, dass Zayn etwas passiert.

Wie konnte Charlotte das nicht merken?

Ich mache mich auf den Weg zu der Adresse, die mir mein Anwalt gegeben hat. Es stellt sich heraus, dass es seine Wohnung ist, nicht sein Büro. Er lässt mich rein und wir besprechen kurz die nächsten Schritte, um Zayn zu bekommen und wie der Prozess abläuft.

„Ich brauche dich vor den Kameras nach deinem Hockeyspiel."

„Warum?", frage ich. Ich hasse die Medien. Sie machen mir eine Gänsehaut. Es besteht keine Chance, dass sich die Interviewfragen auf das Eishockeyspiel beziehen. Sie werden mich mit der Verhaftung, den Anschuldigungen und der Tatsache bombardieren, dass ich ein Kind habe und nicht für ihn da war, ganz zu schweigen von der Tatsache, dass ich nicht wusste, dass er existiert.

Es wird unweigerlich meine Schuld sein, denn so funktionieren die Nachrichten.

„Willst du mir sagen, dass Grant nicht versuchen wird alles zu verdrehen, um dich schlecht aussehen zu lassen?"

Er hat recht. Deshalb habe ich ihn eingestellt, weil er der Beste ist. Das heißt aber nicht, dass ich mit seinem Rat zufrieden bin. „Gut."

„Und tu mir einen Gefallen, schau glücklich

dabei aus. Du willst, dass die Leute dich mögen, denn der Richter wird Dinge sehen und hören, die man nicht vergessen kann. Auch wenn sie schwören, nicht aufgrund von Medieninformationen zu entscheiden, ist jeder voreingenommen, auch wenn er es nicht beabsichtigt."

„Wunderbar", sage ich und zwinge mich zu einem Lächeln.

„Denk daran, Noah, du tust das für Zayn."

Als ich von dem Anwalt nach Hause komme, muss ich mich entspannen. Mein Kopf rast, mein Herz hört nicht auf zu pochen und ich brauche dringend eine Dusche, nachdem ich die Zeit in der Gefängniszelle verbracht habe.

Ist der Mörder, der Russe, aus dem Gefängnis gekommen?

Ich mache mir keine Sorgen, dass er mich finden könnte. Ich habe kein Problem mit ihm, aber irgendwie stehe ich im Mittelpunkt der Nachrichten, während er fast zugegeben hat, einen Mann ermordet zu haben.

Und ich bin der Unschuldige.

Celebrity Dom vom Feinsten. Diese Welt ist im Arsch.

Ich werfe mein Handy aufs Bett und ziehe mich aus, um eine heiße Dusche zu nehmen. Das ist nicht so entspannend, wie ich es mir gewünscht hätte, denn meine Gedanken rasen und meine Wut auf Charlotte kocht hoch.

Ich hatte echte Gefühle für sie, und sie hat alles kaputt gemacht. Geschieht mir recht, dass ich dachte, ich könnte eines Tages wieder eine Freundin haben.

Frauen enttäuschen immer.

Erst: Jasmine, die mich betrogen und dieses finstere Arschloch Brass geheiratet hat.

Das Wasser in der Dusche ist heiß, verbrüht und rötet meine Haut, aber ich fühle mich taub, als es von Kopf bis Fuß auf mich einprasselt.

Und die süße, bezaubernde Charlotte zeigte ihr wahres Gesicht, als die Katzenkrallen herauskamen, um mich zu zerstören.

Es tut ihr leid.

Pfft.

Das kaufe ich ihr nicht ab. Eine Entschuldigung negiert nicht, was sie getan hat. Sie hat meinen Sohn wieder in die Arme dieses Mistkerls getrieben.

Ich wasche mir die Haare und seife meinen Körper ein, während das Wasser abkühlt, bevor es ganz kalt wird. Ich schalte die Brause aus und nehme mir ein Handtuch, das ich um meine Hüfte wickle, bevor ich aus dem Bad in mein Schlafzimmer trete.

Ich bin kein bisschen müde, aber ich muss schlafen, wenn ich mich morgen früh mit Malone treffen will, was mich daran erinnert, dass ich seine SMS beantworten muss.

Nachdem ich mich mit dem Handtuch abgetrocknet habe, gehe ich zu meiner Kommode und ziehe mir Boxershorts an.

Ich hole mein Handy vom Bett und meine Nachrichten sind wie weggeblasen. Es gibt Dutzende von SMS von meinen Teamkollegen. Es scheint, als hätten sie alle schon von der Verhaftung gehört.

Ich antworte Malone und lasse ihn wissen, dass ich in aller Herrgottsfrühe da sein werde, nur für ihn.

Ich lasse mich auf die Matratze fallen, halte mein Handy in der Hand und starre an die Decke, bevor ich die Nachrichten durchsehe. Praktisch jeder Teamkollege der *Ice Dragons* hat mir eine SMS geschickt, ebenso wie der Hauptgruppenchat, den

Kyler mit einigen seiner engsten Vertrauten gebildet hat.

Kyler: Hat sie ernsthaft die Bullen gerufen und dich verhaften lassen?

Jasper: Verhaftet?!? Wer wurde verhaftet?

Parker: Überraschenderweise nicht du!

Jasper: Nicht lustig. WER WURDE VERHAFTET?

Kyler: Schluss mit den Großbuchstaben!

Asher: Nun, du hast ihm nicht geantwortet.

Jasper: DANKE!

Asher: Okay, jetzt wird es langsam nervig.

Parker: Chase?

Kyler: Das sollte man meinen, aber nein.

Aiden: Willst du uns raten lassen?

Parker: Wer ist im Chat, hat aber noch nicht geantwortet?

Jasper: Noah!

Asher: Noah

Aiden: Owen

Kyler: Zwei von drei ist nicht schlecht.

Jasper: Hier zeige ich dir den Mittelfinger, Bruder.

Parker: Warum wurde er verhaftet?

Die Jungs schreiben sich gegenseitig Nachrichten, während ich auf den Bildschirm starre und endlich meinen Senf dazugebe.

Noah: Weil meine Ex-Freundin eine Idiotin ist.

Kyler: Jasmine?

Jasper: Ich habe sie nie gemocht.

Parker: Warum sollte Jasmine dich verhaften lassen?

Frustriert fahre ich mit den Fingern durch mein Haar. Ich will mich nicht mit den Jungs darüber streiten, was passiert ist, zumindest nicht per SMS, aber sie lassen nicht locker.

Owen: Gib mir mal das Popcorn.

Asher: Du bist ein Arsch.

Owen: Ich?

Verfolgung: Entschuldigung, meine Freundin hat mir einen runtergeholt. Noah wurde verhaftet?

Asher: Los, Chase!

Jasper: OMG

Kyler: Kein Kommentar.

Jasper: Das ist genau das, was du kommentierst.

Diese Typen, das schwöre ich, werden mein Tod sein. Ich kann nicht anders, als zu lachen, selbst nach dem beschissenen Tag, den ich hatte, reibe ich mir die Augen. Sie brennen vor lauter Lachen. Ich schwöre, dass sie versuchen, mich zum Weinen zu bringen.

Noah: Hört auf, mein Telefon zuzutexten, ihr Ärsche.

Kyler: Hör auf, die pikanten Details wegzulassen. Verhaftet.

Noah: Gut. Charlotte hat die Bullen gerufen. Sie hat mich verhaften lassen.

Asher: Brennen.

Jasper: Verdammte Scheiße. Ich muss Amber anrufen.

Noah verlässt den Chat.

Ich kann mich heute Abend nicht mit ihren Eskapaden beschäftigen. Zum Glück fügt mich keiner der Jungs wieder in den Chat ein, und wenn sie über mein fehlendes Liebesleben und die Verhaftung diskutieren, muss ich das nicht lesen. Ich schalte das Licht aus und versuche, ein paar Stunden Schlaf zu bekommen.

Wir spielen morgen zu Hause gegen die *Wolverines* und ich muss meine beste Leistung abliefern, vor allem, wenn ich mit Coach Malone darüber sprechen muss, ob er mich nach dem Spiel in die Presseabteilung steckt.

Die Hälfte der Nacht wälze ich mich hin und her und mache mir Sorgen um Zayn. Die andere Hälfte verbringe ich damit, mir vorzustellen, was ich vor der Presse sagen werde, wie ich sie davon überzeugen kann, dass alles ein Missverständnis ist und ich nicht der brutale Kerl bin, für den sie mich halten.

———

„Noah, komm, setz dich", sagt Malone, als er mich in aller Frühe in seinem Büro trifft.

Ich habe nur drei Stunden Schlaf und zwei Tassen Kaffee hinter mir. Ich habe schon mit weniger Schlaf gespielt, aber es gibt noch mehr Dinge, die mir durch den Kopf gehen, vor allem Zayn.

Mein Anwalt hat noch keine Neuigkeiten. Er will sich mit Jasmins Anwalt in Verbindung setzen, um herauszufinden, ob sie mir das alleinige Sorgerecht zugesprochen hat. Ich bezweifle auch, dass eine Schutzanordnung gegen Grant Brass erlassen wurde.

„Du siehst aus, als würdest du auf dem Zahnfleisch gehen."

„Ist es so offensichtlich?", frage ich. Ich fahre mir mit den Fingern durch die Haare und versuche, mich einigermaßen unter Kontrolle zu halten. „Es war eine lange Nacht."

Malone nickt. „Ich habe sechs verschiedene Reporter, die nach einer Story über deine Verhaftung fragen. Es ist überall in den Nachrichten, dass du angeblich deinen Sohn angegriffen hast. Ich wusste nicht einmal, dass du ein Kind hast!"

Ich ziehe eine Grimasse. Ich schätze, ich habe dem Coach ein paar Dinge verheimlicht. „Das ist alles noch ziemlich neu. Ich habe erst vor kurzem von Zayn erfahren und der Vaterschaftstest hat letzte Woche eine Übereinstimmung ergeben."

Er starrt mich an. „Darüber haben du und die Jungs neulich geredet", sagt er, als ob es bei ihm plötzlich klick macht.

„Das nächste Mal kommst du zu mir", sagt Malone. „Ich kümmere mich um die Jungs, die Medien und all das. Du hast alles vermasselt, Junge."

Ich verzichte darauf, ihm zu sagen, dass ich kein Kind bin, sondern beiße mir stattdessen auf die Zunge. Trainer Malone meint es immer gut. Er ist ein guter Kerl und versucht, sich so gut wie möglich um das Team zu kümmern, aber manchmal sind ihm die Hände gebunden.

„Ja, Sir", sage ich und zolle ihm den Respekt, den er zweifelsohne von mir erwartet.

„Ich nehme an, dass dieser Missbrauchsskandal genau das ist, ein Skandal", sagt Malone und sieht mich eindringlich an.

„Ich schwöre dir, dass ich Zayn nie geschlagen habe. Jasmine ist mit ihm vor meiner Tür aufgetaucht, beide hatten ein blaues Auge."

Er schürzt die Lippen, und sein Blick wird fester. „Und die Anschuldigungen deiner Freundin?"

„Sie hat nichts gesehen. Sie ist aufgetaucht und

hat ein Kind mit einem blauen Auge weinen sehen. Damit das klar ist, Sir, sie ist nicht meine Freundin", sage ich. Sie ist nichts für mich.

„Ex-Freundin", sagt Malone und räuspert sich, um sich zu korrigieren. „Gut. Ich kann also davon ausgehen, dass sie kein Problem mehr darstellen wird."

FÜNFZEHN

CHARLOTTE

Ich habe es vermasselt. Nach dem, was in der Nacht der Verhaftung passiert ist, nimmt Noah meine Anrufe nicht an und antwortet nicht auf meine SMS.

Ich habe ein neues Telefon mit der gleichen Nummer, damit er weiß, wer es ist. Ich habe mich wiederholt per Sprachnachricht und SMS entschuldigt. Ich nehme an, dass er mich inzwischen blockiert hat.

Ich habe ihm eine Entschuldigungskarte geschickt. Sie kam an den Absender zurück. Er hat sich nicht einmal die Mühe gemacht, sie zu öffnen.

Sicher, wenn die Situation umgekehrt wäre,

würde ich ihm auch nicht verzeihen wollen, aber ich habe einen Fehler gemacht.

Ich bin mir nicht sicher, was ich noch tun soll.

Weitergehen?

Leichter gesagt als getan.

„Du kommst heute Abend mit mir raus", sagt Amber. „Ich bin es leid, Trübsal zu blasen, und wir haben deinen Geburtstag nicht zusammen gefeiert."

„Ich bin mir ziemlich sicher, dass ich nicht zu deiner Geburtstagsparty eingeladen war", sage ich und starre sie an.

Amber zieht eine Grimasse. „Noah hat mich gebeten, dich nicht einzuladen, und ich konnte meinen Freund und meine Schwester nicht ausladen. Es tut mir leid. Bin ich eine schlechte Freundin?"

Ich schüttle den Kopf. Ich kann nicht länger wütend auf Amber sein. Ich hätte mit ihr ausgehen können, nur wir beide, um zu feiern, aber unsere Zeitpläne waren in den letzten Wochen verrückt. „Nein, das habe ich mir selbst angetan."

Außerdem ist es nicht so, dass ich bei ihr zu Hause abhängen kann. Sie wohnt mit Jasper zusammen, und ich fühle mich bei ihnen nicht eingeladen. Nicht, dass er direkt etwas gesagt hätte. Ich fühle mich schuldig für das, was ich Noah angetan habe, auch wenn es unbeabsichtigt war. Ich hasse mich dafür, dass ich ihn verletzt habe.

Das Einzige, was noch schlimmer ist, als ihn zu verletzen, ist, dass ich seinen Sohn an einen Kinderschänder übergeben habe.

„Komm schon, wir gehen heute Abend aus. Vergiss die ganzen verrückten Dinge, die in letzter Zeit passiert sind. Wenn du Glück hast, findest du vielleicht sogar einen heißen Typen zum Abschleppen."

„Ich bin im Moment nicht an Beziehungen interessiert."

Amber starrt mich unbeeindruckt an. „Sicher, klar. Was immer du sagst."

„Bin ich nicht!"

„Weil du immer noch auf Noah stehst?", fragt Amber und wackelt mit den Augenbrauen.

Ich rolle meine Lippen zusammen und überlege, was ich antworten soll. „Ich verdiene es nicht, glücklich zu sein, bis Noah und sein Sohn wieder vereint sind."

Amber atmet schwer aus und setzt sich neben mich auf das Sofa. „Das ist eine große Herausforderung. Ich meine, er tut alles, was er rechtlich tun kann, um das Sorgerecht zu bekommen, aber das geht nicht von heute auf morgen. Es hat sich herausgestellt, dass die Mutter, Jasmine, das Sorgerecht für ihren Sohn nicht mehr abgeben will. Ihr Mann hat ihr versprochen, sie nie wieder zu schlagen. Sie kämpft um das volle Sorgerecht."

„Das ist doch Schwachsinn!" Ich stehe auf und laufe durch meine Wohnung, in der ich nicht viel Platz habe. „Das kann sie ihm nicht antun."

„Ja, ich weiß. Sie ist ein richtiges Miststück", sagt Amber. „Ich meine, die Frau hat die Tatsache, dass Noah Vater geworden ist, vor ihm geheim gehalten, dann hat sie die Bombe platzen lassen und nun will sie nicht, dass er ein Recht auf den Jungen hat. Was für ein Mensch tut so etwas?"

Amber scheint mehr über Jasmine zu wissen als ich.

Sie zieht ihre Beine auf dem Sofa hoch und beobachtet mich dabei, wie ich fleißig durch den Raum gehe. „Du machst noch deinen Parkettboden kaputt, wenn du so weitermachst."

„Es ist Laminat", sage ich und zwinge mich zu einem Lächeln. „Was weißt du über Jasmine?" Noah hat mir nichts gesagt. Der Mann ist voller Geheimnisse.

Er war überall in den Nachrichten und wurde von der Presse zu seiner Verhaftung, den

Anschuldigungen und seiner Leistung in den letzten Spielen befragt. Er lächelte immer höflich und schaffte es, die Presse mit einem Lachen zu besänftigen.

Aber hinter seiner Fassade und dem oberflächlichen Grinsen, das er ihnen schenkt, steckt mehr.

Er hat klargestellt, dass das Thema um seinen Sohn tabu ist, dass er sich in einem laufenden Sorgerechtsstreit befindet und die Angelegenheit nicht weiter kommentieren kann.

„Jasmine ist seine Ex-Freundin. Das ist alles, was ich von Jasper weiß. Ich habe gehört, dass sie ihn betrogen hat und mit ihrem jetzigen Mann, Grant Brass, durchgebrannt ist. Ich weiß aber nicht, ob das stimmt." Amber klettert vom Sofa und hält mich am Arm fest. „Genug von Noah. Wir gehen jetzt aus."

Vierzig Minuten, eine halbe Flasche Haarspray und sechs Outfitwechsel später sind wir endlich bereit, in die Clubs zu gehen. Amber hat darauf bestanden, mich zu schminken und meine Kleider für heute Abend auszusuchen.

Ich trage einen schwarzen Lederrock und ein rotes Shirt, das kaum meine Taille bedeckt. Es ist sündhaft süß, aber ich habe es schon ewig nicht mehr getragen.

Sie bestand auch darauf, dass ich die *Sex-Boots* trage, wie sie meine Lederstiefel nennt, die ich bis zu den Knien schnüre. Sie sind sexy, aber ich fand sie und das Outfit nicht so großartig, bis ich beides angezogen hatte.

Ich schwöre, sie hat es sich in den Kopf gesetzt, dass ich heute Nacht gevögelt werde.

Ich werfe einen Blick in den Spiegel, während ich den feuerroten Lippenstift über meine Lippen streiche. Verdammt, ich sehe heiß aus, aber ich bin mir nicht sicher, ob eine zufällige Verabredung ein gebrochenes Herz heilen kann.

„Lass uns gehen!", ruft Amber und zerrt mich praktisch aus der Wohnung. Das ist normalerweise mein Ding, wenn ich darauf bestehe, dass sie mit mir auf College-Partys oder in Bars geht, um eine lustige Nacht zu verbringen.

Heute Abend möchte ich zu Hause bleiben, in meinem Schlafanzug faulenzen und eine Schüssel *Rocky Road* Eis essen, denn das passt zu meinem derzeitigen Liebesleben.

Wir gehen gemeinsam zur nächsten U-Bahn.

„Macht es dir etwas aus, wenn wir in den Club bei mir in der Nähe gehen?", fragt Amber.

Offen gesagt habe ich heute Abend keine Vorliebe. „Was immer du willst. Wir feiern doch deinen Geburtstag." Ich zwinge mich zu einem Lächeln und tue mein Bestes, um mich auf eine Nacht voller Tanzen und Trinken einzustimmen.

„Perfekt. Es gibt eine neue Bar. Sie ist super süß und stylisch. Ich wollte schon mit Jasper hingehen, aber er ist in dieser Saison so beschäftigt, dass wir nicht so oft ausgehen, wie wir es gerne würden.

„Ich habe dich eher für einen Stubenhocker gehalten."

„Oh ja, aber Jasper geht gerne mit mir aus und es macht mir nichts aus, sein Armschmuck zu sein", sagt Amber.

Wir gehen zusammen durch die Stadt und es bildet sich bereits eine Schlange vor der Bar, in die Amber gehen will. Wir stehen am Ende der Schlange und die kalte Luft sticht mir in die Oberschenkel. Alles nördlich meiner Stiefel ist eiskalt.

Die Schlange bewegt sich langsam, und ich schaue auf mein Handy.

„Erwartest du einen Anruf oder eine SMS?", scherzt Amber. Sie durchschaut mich sofort.

Ich schüttle den Kopf und stecke mein Handy in meine Handtasche. „Keine Chance, dass Noah meine Entschuldigung annimmt, oder?"

Amber rollt ihre Lippen zusammen und starrt mich an. „Die Wahrheit?"

„Ich weiß. Er hasst mich für das, was ich getan habe. Aber ich hatte keine Ahnung, dass er einen Sohn hat! Er hat mir nicht gesagt, dass er Vater ist. Woher sollte ich denn wissen, was los ist?"

„Du redest, aber kommunizierst nicht.", sagt Amber. „Ich verstehe schon. Wenn ich nach Hause käme und Jasper hätte ein Kind mit einem blauen Auge, würde ich Jasper wahrscheinlich schlagen und dann die Polizei rufen, in der Annahme, er hätte das Kind entführt."

Ich lache leise vor mich hin. „Na ja, der Junge hat ihn Daddy genannt."

„Hat er?", fragt Amber und starrt mich eindringlich an. „Oder dachtest du, du hättest das gehört?"

Wir treten vor, während sich die Schlange langsam bewegt.

Ich öffne meinen Mund und schließe ihn wieder. „Der Junge sagte, sein Vater hätte ihn geschlagen." So viel weiß ich noch. Es hat sich in meinem Gedächtnis festgesetzt.

„Ich bin mir ziemlich sicher, dass Noah mir gesagt hat, dass er sein Vater ist."

„Ziemlich sicher?"

„Das hat er", sage ich und bekräftige meinen Standpunkt. „Nicht, dass das wichtig wäre. Er antwortet nicht auf meine Anrufe oder SMS. Ich habe ihm sogar einen Entschuldigungsbrief geschrieben und er hat ihn mit der Post zurückgeschickt. Er hat ihn nicht einmal geöffnet. Ich würde ihm Blumen schicken, aber ich bezweifle, dass er sich für so etwas interessiert."

„Du hast ihn verhaften lassen", sagt Amber und sieht mich eindringlich an. „Und du hast seinen Sohn zurück in die Hände des Mannes geschickt, der ihn missbraucht hat."

„Ich weiß!" Ich ziehe eine Grimasse. „Ich fühle mich beschissen. Okay?"

Amber nickt und legt eine Hand auf meinen Arm. „Es wird schon gut gehen. Er kämpft um das volle Sorgerecht."

„Das habe ich in den Nachrichten gehört", sage ich. „Über den Kampf um das Sorgerecht. Ich wusste nicht, dass es um das volle Sorgerecht geht, aber es macht Sinn."

„Genug von deinem Ex", sagt Amber, als wir an der Reihe sind. Ich nehme meinen Ausweis heraus, als wir als Nächste den Club betreten dürfen. „Wir sind hier, um uns zu amüsieren. Kannst du dir diesen Ort nach neun Uhr vorstellen?"

Die Musik dringt durch die offene Tür, während der Türsteher nur ein paar Leute hereinlässt. Ich will unbedingt von der Straße weg, trinken, tanzen und den ganzen Mist vergessen, der gerade passiert, darunter auch die bevorstehende Wohltätigkeitsgala.

Nachdem wir uns draußen den Hintern abgefroren haben, werden wir in den Club geführt. Es ist laut und die Musik pulsiert und lässt den Boden vibrieren.

„Lass uns was trinken gehen. Ich lade dich ein", rufe ich Amber zu und zeige auf die Bar. Ich ergreife ihre Hand und sorge dafür, dass wir in dem Chaos des Clubs nicht getrennt werden.

Sie ist mir dicht auf den Fersen und wir bestellen vier Schnäpse, die wir in Sekundenschnelle hinunterkippen, bevor wir auf die Tanzfläche schlendern.

Ich muss sie nicht zum Tanzen überreden. Sie schließt sich mir an, wir werfen beide den Kopf zurück und genießen den Beat. Wir tanzen und wiegen uns, die Musik ist elektrisierend. „Folge mir", sagt sie, ergreift meine Hand und zieht mich tiefer in die Menge. „Entschuldige, ich dachte, ich hätte jemanden gesehen."

„Dein Freund?" Ich ziehe sie auf. Die *Ice Dragons*

spielen heute Abend nicht, aber ich weiß nicht, was Jasper und das Team heute vorhaben.

„Meine Schwester."

„Verstecken wir uns oder gehen wir auf sie zu?", frage ich. Amber und Emerson haben ein angespanntes Geschwister Verhältnis. Sie stehen sich nicht besonders nahe, was ich gesehen habe und wie Amber über ihre ältere Schwester spricht.

Amber lacht und wirft einen Blick über ihre Schulter auf mich. „Ich muss mich nicht mehr vor ihr verstecken. Ich bin einundzwanzig", sagt sie stolz.

Von Emerson ist nichts zu sehen, aber der Ort ist überfüllt. Es wäre schwer, jemanden in der Menge zu finden.

Wir tanzen eine Weile weiter, bevor ich auf die Bar zeige. „Drinks?", frage ich, während der leichte Rausch bereits nachlässt.

„Ja!", ruft Amber und folgt mir zurück zur Bar, wo ich sechs Shots für uns bestelle. „Willst du mich betrunken machen?"

„Das ist der Plan", sage ich und will den ganzen Mist, der in letzter Zeit passiert ist, für einen Moment vergessen.

„Ja!" Amber quietscht vergnügt und wir

schnappen uns unsere Schnapsgläser und stoßen an, bevor wir sie gleichzeitig austrinken.

Wir stehen ein paar Minuten an der Bar, Amber rutscht auf den Barhocker, während ich mich neben sie stelle.

„Gibt es da draußen irgendwelche heißen Typen?", fragt sie und grinst mich an.

„Sag du es mir."

„Ich habe einen Freund. Du musst Sex haben!"

Sie ist laut, aber die Musik übertönt den größten Teil des Gesprächs. Ich grummele. „Ich will nicht irgendeinen Schwanz."

Ambers Augen weiten sich, und sie kichert heftig. „Du willst Noahs Schwanz", sagt sie mit einem frechen Grinsen.

„Aber er will nicht einmal meine Entschuldigung hören."

„Du solltest heute Abend vorbeikommen. Jasper und Noah sind auch da. Wir können Popcorn machen und einen Weiberfilm gucken."

Ich ziehe mein Handy aus meiner Clutch.

„Was machst du da?", fragt Amber und beugt sich vor, um mich zu beobachten.

„Ich rufe ihn an."

„Er wird nicht abnehmen."

Sie hat recht. Noah nimmt nicht ab, aber ich

muss Noah auch nicht anrufen, um ihn zu erreichen. „Ich rufe deinen Freund an", lache ich. „Wie lautet Jaspers Nummer?"

„Du wirst nicht mit meinem Freund rummachen." Das Lächeln verschwindet aus ihrem Gesicht, als sie mich mustert.

„Entspann dich. Wir müssen sie dazu bringen, hierherzukommen. Jasper wird dich abholen, wenn wir lügen und sagen, dass du betrunken bist. Oder? Dann bringt er uns zu dir, damit wir ausnüchtern können und Noah ist da."

„Ich bin am Ende", sagt Amber.

„Gut. Sei überzeugend."

Amber kippt vom Barhocker auf mich und kichert, als ich sie zurück auf den Sitz schiebe, bevor jemand anderes ihn sich schnappt.

„Mach das, wenn er hier ist. Das ist gut."

„Was willst du tun?", fragt Amber und starrt mich lachend an. „Der Hocker dreht sich."

Ich lächle sie an. „Das ist es nicht."

„Ja, das ist es! Es ist wie eine dieser Karussellfahrten auf dem Rummel. Noah wird es nicht mögen, wenn du vorbeikommst. Er hasst dich jetzt schon."

Ich ignoriere ihre Bemerkung über Noah. Er ist wütend auf mich. Er hasst mich nicht. Das ist ein

Unterschied. Ich habe Mist gebaut und je eher er begreift, dass es mir leidtut, desto eher können wir wenigstens wieder Freunde sein.

„Gib mir dein Handy", sage ich und stecke meins zurück in meine Handtasche. Ich bin mir nicht sicher, ob Jasper abnehmen wird, wenn ich ihn anrufe.

Amber schiebt mir ihre Handtasche zu. Ich hole ihr Telefon heraus, entsperre es mit ihrem Geburtsjahr als Pass Code und suche Jaspers Nummer.

Ich drücke auf „Anrufen" und er hebt nach zwei Klingelzeichen ab.

„Bist du schon fertig im Club?", fragt Jasper, als er den Hörer abnimmt und Ambers Nummer erkennt. Es gibt nicht einmal eine Standardbegrüßung mit *„Hallo"*.

„Deine Freundin hält den Barhocker für ein Karussell."

„Nein!" Amber schreit vor Lachen über die Musik und schiebt ihren Mund an das Telefon. „Das ist wie eines dieser *Tilt-a-Whirls*, die flachen Karuselle."

„Ich bin auf dem Weg. Wo bist du?"

Ich gebe ihm die Informationen und beiße mir

auf die Zunge. „Ich hoffe, ich störe dich nicht bei deinen Plänen für heute Abend", sage ich.

„Lass sie nur keine Dummheiten machen. Okay?" Jasper legt auf und ich lege Ambers Telefon zurück in ihre Handtasche und gebe sie ihr.

„Willst du tanzen, bis die Jungs kommen?", frage ich.

Amber schüttelt den Kopf und zieht eine Grimasse. „Ich glaube nicht, dass ich das kann", sagt sie und verzieht das Gesicht. „Der Raum muss aufhören, sich zu drehen."

Ich hatte ganz vergessen, was für ein Leichtgewicht meine beste Freundin ist. „Wird dir schlecht? Soll ich dich auf die Toilette bringen?" frage ich, besorgt.

„Gott, ich hoffe nicht", murmelt sie. „Geburtstage sollen doch Spaß machen." Sie grummelt vor sich hin.

Ich lege eine Hand auf ihre Schulter. „Geht es dir gut?"

„Gut, aber es ist Atlas Storm."

Ich muss nicht fragen, wer Atlas kennt. Er ist in einer meiner Klassen und es scheint, dass Amber ihn auch kennt. Er ist der jüngere Bruder des Starspielers der *Island Bruisers*, Knox Storm.

„Hey, Ladys", sagt Atlas und schleicht sich mit

einem Bier in der Hand zu uns. Er mustert uns, als würde er anhand unseres Aussehens entscheiden, ob er an uns interessiert ist oder nicht. Wenn sein Blick, mit dem er uns abtastet, nicht schon objektiv ist, dann macht mir sein Pfeifen und sein böses Grinsen eine Gänsehaut.

„Kein Interesse", sage ich und mache ihm klar, dass nichts passieren wird. Er kann genauso gut zu der nächsten Frau gehen, der er nachlaufen will.

Atlas lächelt, sein Blick ist auf mich gerichtet. „Bist du sicher, Prinzessin? Ich habe gehört, dass du und Noah Reece Schluss gemacht habt. Ich verspreche dir, dass ich im Bett viel besser bin, als er es je war, und du wirst deinen Daddy nicht enttäuschen."

Ich rutsche unbehaglich auf meinen Hocker herum. „Mein Vater wählt meine Dates nicht aus, und glaub mir, die Chemie zwischen uns stimmt einfach nicht. Ich mache eine Geste zwischen uns. „Ich habe mehr Wärme mit einem Stein."

Er gluckst und nippt an seinem Bier. „Das ist eine Schande."

„Verschwinde, Atlas." Ich weiß, was er damit bezweckt. Er hat es selbst gesagt: Er will sich mit meinem Vater, dem Chef der *Island Bruisers*, gut stellen. Wahrscheinlich meldet er sich für den

NHL-Draft an und will einen garantierten Platz haben.

„Komm schon", sagt er und tritt näher. Er legt seine Hand auf meinen Arm, seine Finger sind fest, aber nicht schmerzhaft. „Ich habe gesehen, wie du mich im Unterricht anschaust. Aus uns könnte etwas Großes werden."

In der Klasse baggert er jedes Mädchen an.

Er benutzt mich nur, um einen *Draft Pick* zu bekommen. „Bitte Knox um Hilfe. Ich bin nicht dein Mädchen. Nimm deine Hände von mir, Atlas." Ich versuche, mich aus seinem Griff zu befreien, aber sein Griff wird fester, und seine andere Hand legt sich um meine Hüfte.

„Mir geht es nicht um den *Draft Pick*", flüstert er mir zu.

Das glaube ich ihm nicht.

„Nimm deine Hände von ihr", ertönt Noahs Stimme hinter mir.

„Wir gehen", sagt Jasper, kommt an meine Seite und hilft Amber auf die Beine.

Atlas löst seinen Griff und wirft die Arme hoch, als ob er sich ergeben würde. „Tut mir leid, Mann. Ich wusste nicht, dass ihr noch zusammen seid", sagt er und gibt nach, als wäre ich Noahs Eigentum und würde ihm gehören.

„Lass uns gehen", knurrt Noah in mein Ohr. Er packt mich am Arm und zieht mich mit Jasper und Amber im Schlepptau aus der Bar.

Er tritt hinaus in die kalte Luft und löst seinen Griff von meinem Arm. „Musst du immer und überall Ärger machen?", fragt Noah in einem scharfen Ton, und ich presse die Lippen zusammen.

Ich glaube nicht, dass er nach einer Antwort sucht.

„Wo ist das Auto?", fragt Amber und schwankt beim Gehen. Jasper legt einen Arm um ihre Taille, um sie zu beruhigen.

„Wir sind nur ein paar Blocks von zu Hause entfernt. Viel näher hätte ich auch nicht parken können", sagt er.

Jasper anzurufen war eine schlechte Idee.

Die Hitze von Noahs Blick bereitet mir Bauchschmerzen, oder vielleicht sind es auch seine Bemerkungen, die mir zu schaffen machen. Ich bin mir nicht sicher, was von beidem sich schlimmer anfühlt. Er will nicht in meiner Nähe sein. Warum hielt ich es für eine gute Idee, sie heute Nacht zu stören?

„Ich werde die U-Bahn nach Hause nehmen", sage ich und gehe in die entgegengesetzte Richtung.

Noah schnaubt leise vor sich hin. „Du gehst da

nicht allein hin." Seine Schritte passen sich meinen an, selbst als ich das Tempo erhöhe. Er berührt mich nicht.

Wir nähern uns der U-Bahn-Station, aber ein Schild warnt vor einer großen Verspätung.

Er seufzt und fährt sich mit einer Hand durch die Haare. „Komm einfach mit mir zurück", sagt er.

Ich weiß, dass es nicht das ist, was er will. Es ist das Letzte, was er will, und selbst wenn er es anbietet, dann nur aus Mitleid.

„Du kannst nach Hause gehen. Ich warte auf die U-Bahn. Es ist in Ordnung."

„Und die Chance, dass du auf die Gleise fällst, weil du betrunken bist?" Sein Lachen ist dunkel, und seine Augen sind groß. „Nein. Das ist das Letzte, was ich brauche, dass die Presse davon Wind bekommt. Du kommst mit mir nach Hause."

Ich streite mich nicht. Es hat keinen Sinn.

Ich möchte zwar Zeit haben, ihm alles zu erklären und mit ihm zu reden, aber so habe ich mir das nicht vorgestellt.

Wir gehen die U-Bahn-Treppe wieder hoch auf die Straße. Es ist nicht allzu weit, ein paar Blocks, bevor wir sein schickes Gebäude betreten.

Ich spüre die Augen des Portiers und des

Hausmeisters, wie sie mich anstarren. Hatten sie in der Nacht von Noahs Verhaftung Dienst?

Ich fühle mich, als würde ich an den Ort des Verbrechens zurückgebracht werden.

Mein Magen ist wie verknotet.

Das Schweigen zwischen uns ist unerträglich. Ich weiß nicht, warum er mich mit zu sich nach Hause genommen hat, obwohl er sagt, dass er sich Sorgen macht, dass ich auf die Gleise fallen könnte. Er könnte mich einfach in ein Taxi setzen. Es gibt so viel, was zwischen uns ungesagt ist. Die Luft ist dünn und mein Herzschlag erhöht sich, während ich auf meinen Füßen schwanke.

Noah legt einen Arm um meine Taille, als er mich in den Aufzug führt. „Nach oben." Das ist ein Befehl. Heute Abend gibt es keinen Streit mit ihm. Er ist fest entschlossen, mich mit zu sich nach Hause zu nehmen.

Wir fahren zusammen im Aufzug nach oben, und ich habe mich noch nie so klaustrophobisch gefühlt. Die Wände tanzen und stürzen auf mich ein. Jeder Atemzug wird schwerer und ich schnappe nach Luft, aber es ist nicht genug da.

Ich bin am Ersticken.

Flecken vernebeln meine Sicht, bevor alles schwarz wird.

SECHZEHN

NOAH

Ich hätte nicht mit Jasper in die Bar gehen dürfen, aber als ich hörte, dass Amber und Charlotte eine Mitfahrgelegenheit brauchen, weil sie getrunken hatten, wollte ich es nicht Jasper überlassen, sich um die beiden Mädchen zu kümmern. Amber ist seine Freundin.

Charlotte, nun ja, sie ist nicht gerade meine Freundin. Aber ich hätte uns gerne als Freunde betrachtet, bevor das alles passiert ist.

Und ein kleiner Teil von mir will sich rächen.

Vielleicht bin ich aufgetaucht, weil ich sie sturzbetrunken und unglücklich sehen wollte, weil sie mein Leben versaut hat. Bin ich deshalb der

Bösewicht? Es ist nicht so, dass ich sie zum Trinken überredet habe.

Aber ich musste auch sicherstellen, dass sie gut nach Hause kam.

Ich bin wütend auf sie, aber ich bin kein Arschloch. Ich will nicht, dass Charlotte etwas Schreckliches oder Tragisches zustößt. Ich könnte nicht damit leben, wenn sie auf die Straße geht und von einem Auto angefahren wird oder eine Mitfahrgelegenheit bestellt und in das falsche Fahrzeug steigt.

Irgendwie habe ich mich dabei ertappt, dass ich die süße und liebenswerte Charlotte Grace mit nach Hause genommen habe. Fürs Protokoll: Was sie in meinem privaten und beruflichen Leben angerichtet hat, überwiegt bei weitem die Niedlichkeit, die sie ausstrahlt.

Ich sollte sie hassen.

Aber alles, was ich fühle, ist Besorgnis, als ich neben ihr im Aufzug stehe und sie zu Boden sinkt.

Ich habe es nicht kommen sehen.

Es hat sich herausgestellt, dass es eine Menge gibt, was ich nicht voraussehen kann, wenn es um Charlotte geht. Das Mädchen hat mein Leben einfach auf den Kopf gestellt.

Oder vielleicht liegt es an den Frauen im

Allgemeinen. Es ist nicht so, dass ich nicht einmal geahnt hätte, dass ich Vater bin.

„Charlotte?", sage ich und beuge mich hinunter, um nach ihr zu sehen. Ihr Puls ist stabil und ich hebe sie mit Leichtigkeit in meine Arme, während die Fahrstuhltüren zum Penthouse sich öffnen.

Ich trage sie in meine Wohnung, in mein Schlafzimmer und lege sie auf das Bett.

„Noah?", murmelt ihre schläfrige Stimme meinen Namen und mein Schwanz erregt sich.

Ich hasse es, dass sie immer noch mein Herz und meinen Körper im Griff hat. Ich möchte sie am liebsten nie wieder sehen, so wie ich es ihr in der Nacht gesagt habe, als sie mich hinter Gitter gebracht hat, aber etwas hält mich zurück.

Wut.

Verlangen.

Lust.

Alles wirbelt zusammen und brennt in mir. Am liebsten würde ich sie vergessen und eine weitere Tür zuschlagen, was auch immer wir miteinander geteilt haben, aber ich brauche Antworten, zum Beispiel, warum sie mich verraten hat. Denn jedes Wort, das sie in der Nacht des Vorfalls gesagt hat, verschwand mit der Wut, die mich verzehrte.

Ich sollte nichts mehr für sie empfinden, aber da

ist eine Traurigkeit, ein Verlust für etwas, das nie war, mich aber verzehrt. Und vielleicht verwickeln sich diese Emotionen und Gefühle mit meinem Sohn, den ich nicht von Anfang an kennenlernen durfte, und den ich nicht großziehen kann.

Der Hass auf Charlotte ist deshalb ungerechtfertigt. Es ist nicht ihre Schuld, dass Jasmine mir Zayn vorenthalten hat. Vielleicht verzehrt mich die Trauer über diesen Verlust genauso sehr wie das, was sie in dieser Nacht getan hat.

„Ruh dich aus", sage ich und stelle mich an den Rand des Bettes, weigere mich aber, neben ihr zu sitzen oder zu liegen. Ich nehme einen Mülleimer und stelle ihn neben das Bett.

Ich verlasse das Schlafzimmer, um eine Wasserflasche aus dem Kühlschrank und ein paar Aspirin zu holen. Außerdem brauche ich eine Minute, um meinen Kopf freizubekommen.

Sie ist nur ein Mädchen. Meine Gefühle für sie sind tot. Nun, das sollten sie auch sein, aber sie sind noch nicht ganz abgekühlt.

Auf dem Weg zurück ins Wohnzimmer liegt ihre Handtasche auf dem Boden und ich hebe sie auf, damit ich nicht darüber stolpere.

Ihr Telefon vibriert im Inneren.

Wahrscheinlich ist es Amber, die sich nach ihr erkundigt. Ich sollte es besser lassen, aber das Fach ist nicht verschlossen und ich lasse das Telefon „versehentlich" auf den Küchentisch fallen, als ich ihre Handtasche darauf lege.

Der Bildschirm leuchtet mit einem Dutzend Nachrichten auf, aber keine ist von ihrer Freundin. Sie sind alle von ihrem Vater.

Wenn wir zusammen wären, fände ich es höchst unpassend, ihre Texte zu lesen, aber sie wird mit Nachrichten von ihrem Vater bombardiert.

Ist das der Grund, warum sie heute Abend mit Amber ausgegangen ist und sich betrunken hat? Jasper hatte Ambers einundzwanzigsten Geburtstag erwähnt, aber ich bin mir nicht sicher, ob Charlotte nicht einen Hintergedanken hatte.

Ich lese den Anfang eines der Texte auf dem Bildschirm, aber ich entsperre das Telefon, um den ganzen Thread zu lesen, was nicht schwer ist, ihr Passwort zu erraten. Ich habe gesehen, wie sie es in ihr Telefon wiederholt eingegeben hat, ihren Geburtsmonat.

Nun, wenn sie ihr Telefon sicher halten wollte, hätte sie wahrscheinlich einen besseren Pass Code wählen sollen.

Ich blättere durch die SMS ihres Vaters, ohne

mir die anderen Threads anzuschauen oder zu sehen, von wem die Nachrichten sind. Das sollte mich nichts angehen. Ich weiß, dass ich in ihre Privatsphäre eindringe und jede Grenze überschreite, die sie setzen würde, wenn wir zusammen wären - aber wir sind nicht zusammen.

Das heißt aber nicht, dass das, was ich tue, in Ordnung ist. Ich weiß, dass ich mich wie ein Arschloch benehme, wenn ich ihr Telefon durchsuche. Aber ich lese nur die Nachrichten von ihrem Vater.

Was, wenn sie wichtig sind? Was, wenn sie Pläne hatte und es vergessen hat und er sich jetzt Sorgen macht, dass sie tot in einem Graben liegt oder die Polizei anruft, um eine Vermisstenanzeige aufzugeben?

Okay, darum geht es in den Texten gar nicht, aber sie sind hitzig und sehr einseitig. Charlotte hat in der letzten Woche auf keine seiner Nachrichten geantwortet, aber die meisten davon sind heute angekommen.

Papa: Du gehst besser allein zu der Wohltätigkeits-veranstaltung. Du bringst dieses Faultier Reece nicht zu MEINER Party mit.

Papa: Ich brauche kein Eisdrachen-Drama in meinem Revier.

Papa: Habe wenigstens den Anstand, deinem Vater zu antworten!

Papa: Es ist mir egal, dass du nicht gehen willst. Du wirst tun, was ich sage.

Papa: Willst du mir nicht antworten? Wenn du nicht auftauchst, sperre ich dich aus. Kein Schulgeld. Keine Wohnung. Kein Geld.

Die SMS gehen weiter, aber ich halte bei der mit meinem Namen inne. Sie hatte ihrem Vater erzählt, dass sie einen Freund hat und mich gebeten, dabei zu sein. Das war vor meiner Verhaftung. Hatte sie ihrem Vater erzählt, dass ich ihr Freund war, oder hatte er sich das aus den Nachrichten zusammengereimt, denn jeder, der in New York City einen Fernseher hatte oder an einem Zeitungskiosk vorbeiging, war sich des Dramas bewusst, das sich vor kurzem abgespielt hatte?

Ich scrolle weiter nach oben, um zu sehen, was sie ihm vielleicht noch über mich erzählt hat.

Charlotte: Ich gehe zu deiner blöden Veranstaltung unter einer Bedingung: Du machst mich nicht zu einem Preis für die Auktion.

Papa: Ich habe deinen Namen schon auf alle Flyer geschrieben. Das wird großartig für die Wohltätigkeitsorganisation sein.

Charlotte: Geh und tu es. Ich habe einen Freund.

Ich schaue auf das Datum, an dem die SMS gesendet wurde. Es war der Tag vor meiner Verhaftung. Die Antwort ihres Vaters kommt zwei Tage später.

Papa: Noah Reece? Ich habe dir beigebracht, dass du dich nicht mit einem Eishockeyspieler treffen solltest.

Charlotte hat ihm danach nicht mehr geantwortet, wahrscheinlich weil sie dachte, dass ich nicht mehr zu der Veranstaltung kommen würde. Das sollte ich auch nicht. Ich würde ihr einen Gefallen tun, während sie mich bescheißt. Aber die Wahrheit ist, dass ich jede Gelegenheit ergreife, ein anderes Team zu verarschen, besonders die *Island Bruisers.*

Ich spitze die Lippen und weiß, dass ich Charlotte verarsche, aber verdammt, sie muss ein bisschen Rache für das bekommen, was sie mir angetan hat. Ich schreibe ihrem Vater eine SMS von ihrem Telefon aus.

Charlotte: Ich komme zu deiner blöden Veranstaltung. Der Freund kommt auch. Sei darauf vorbereitet, Noah zu treffen.

Ich schalte ihr Telefon aus und hoffe, dass ihr Vater damit zufrieden ist und sie weiterhin ihr Schulgeld bekommt. Ich will ihr nicht die Zukunft oder ihre Ausbildung versauen. Ich nehme mein

Ladegerät und schließe es an ihr Handy an. Ich lasse es in der Küche an ihrer Handtasche liegen, während ich ihr die Flasche Wasser und die Aspirin bringe.

Sie murrt und reibt sich die Stirn. „Ich kann mich nicht daran erinnern, dass ich ins Bett gegangen bin", sagt sie, als sie sieht, wie ich das Schlafzimmer betrete.

„Du bist im Aufzug ohnmächtig geworden." Ich habe schon viele erwachsene Männer gesehen, die vom Trinken umgefallen sind, aber ich habe noch nie erlebt, dass einer von ihnen ohnmächtig wurde. „Wie geht es deinem Kopf?" Ich hätte sie auffangen sollen. Ich hatte meinen Arm um ihre Taille gelegt, um sie zu stützen, und sie entglitt meinem Griff.

Schuldgefühle belasten mich.

„Gut", flüstert sie und starrt zu mir hoch. Ihr Blick schweift durch den Raum und nimmt die Umgebung auf.

Es folgt weiteres Schweigen.

„Soll ich dich ins Krankenhaus bringen?" Ich bin mir nicht sicher, was ich nach ihrem Ohnmachtsanfall tun soll. Ist es eine Alkoholvergiftung?

Ich bin erleichtert, dass ich sie zu mir nach

Hause gebracht habe und sie nicht in ein Taxi gesetzt habe.

Wortlos schüttelt sie den Kopf.

„Auf dem Nachttisch stehen eine Flasche Wasser und ein paar Aspirin, wenn du sie verträgst."

„Danke", murmelt sie, setzt sich auf und nimmt einen Schluck Wasser zusammen mit den Pillen.

Ich beobachte sie, um sicherzugehen, dass sie sich nicht an dem Wasser und den Tabletten verschluckt oder erbricht. „Bist du sicher, dass ich dich nicht in die Notaufnahme bringen soll?"

„Ich fühle mich gut." Sie setzt sich im Bett auf, und ich helfe ihr, die Kissen hinter sich zu schieben, während sie an der Wasserflasche nippt. „Der Aufzug war etwas stickig und ich glaube, ich brauchte einfach mehr Wasser.

Sie nippt an dem Wasser und trinkt die Flasche aus, während ich sie anstarre und nicht zulassen will, dass ihr noch etwas passiert.

„Fällst du beim Trinken oft in Ohnmacht?"

„Es gibt für alles ein erstes Mal", flüstert sie, bevor sie zurück auf die Matratze fällt, und unter die Decke kriecht. „Es tut mir leid, wegen allem."

Ich frage sie nicht, was ihr leidtut, dass sie heute den Abend mit Jasper ruiniert hat, oder die Verhaftung. Vielleicht entschuldigt sie sich, weil sie meinen Sohn zu dem Monster zurückgeschickt hat, das ihn und seine Mutter missbraucht hat.

„Es tut mir leid, aber das macht nicht ungeschehen, was passiert ist." Ich bin immer noch wütend, auch wenn ich nicht wütend sein will.

Sie presst ihre Lippen zusammen und nickt mit einem düsteren Gesichtsausdruck. „Du hast jedes Recht, mich zu hassen."

„Verdammt richtig."

„Wenn du willst, dass ich einen Brief an den Richter schreibe oder in den Zeugenstand gehe und ihm sage, dass ich dich zu Unrecht beschuldigt habe, dass es ein Missverständnis war ..."

„Ich brauche deine Hilfe nicht", schimpfe ich. Glaubt sie wirklich, ich würde ihr vertrauen, dass sie mir hilft, nach dem Schlamassel, den sie angerichtet hat? Sie ist der Grund dafür, dass mein Sohn nicht unter meinem Dach lebt.

„Es tut mir wirklich leid. Wenn ich irgendetwas tun kann, um den Schlamassel zu beseitigen, den ich angerichtet habe, dann sage es mir."

Damit hat sie recht, es ist ein Schlamassel, und das ist ganz allein ihr Verdienst. Jetzt, wo Jasmine bei Grant zu Hause ist, wollen beide das volle Sorgerecht.

Die einzige Rettung ist der Brief, den Jasmine

mit ihrem Anwalt geschrieben hatte, um mir das volle Sorgerecht zu übertragen. Ich hatte ihn am nächsten Tag abgeholt, sobald die Kanzlei öffnete, bevor Jasmine Zeit hatte, den Brief zu vernichten.

Es ist jetzt ein Beweismittel für unsere bevorstehende Sorgerechtsanhörung. Mein kleiner Hoffnungsschimmer, dass der Richter mir das volle Sorgerecht zusprechen wird, da sie einen schriftlichen Antrag gestellt hat, den sie notariell beglaubigen ließ.

In der Zwischenzeit untersucht das *DCFS*, das Jugendamt, Zayns aktuelle Lebenssituation mit Grant und Jasmine. Es ist geplant, dass sie bei der Sorgerechtsanhörung über ihre Ergebnisse berichten.

Sie nimmt mein Schweigen als Antwort. „Nochmal: Es tut mir leid. Du kannst dich auf das Bett legen. Ich kann meine Hände bei mir behalten", sagt Charlotte.

Das ist eine schlechte Idee. Ich sollte sie ausschlafen lassen, während ich im Gästezimmer schlafe. Aber sie allein zu lassen, scheint auch eine schlechte Idee zu sein.

Ich bin hin- und hergerissen.

Was ist, wenn sie ohnmächtig wird und sich im Schlaf übergibt? Sie könnte daran ersticken.

SIEBZEHN

CHARLOTTE

Ich drehe mich auf die Seite und reibe mir den Schlaf aus den Augen, damit ich in dem ungewohnten Schlafzimmer scharf sehen kann.

Ich bin nicht zu Hause.

Ich erinnere mich an die Nacht und daran, wie Noah mit mir zu seiner Wohnung ging. Ich schaue auf die schlafende Gestalt neben mir.

Noah Reece.

Es ist noch früh, die Sonne ist gerade aufgegangen, und ich versuche, leise aus seinem Zimmer zu kommen, bevor er aufwacht.

Müssen wir reden?

Ja, aber ich fühle mich heute Morgen nicht ganz in der Lage dazu. Außerdem werden alle

Entschuldigungen der Welt dieses Chaos nicht beheben. Soll ich vor ihm kriechen? Ihn um Vergebung bitten?

Noah ist stur und es ist nicht so, dass ich einen kleinen Fehler gemacht hätte.

Ich habe ihn verhaften lassen.

Mir dreht sich der Magen um, wenn ich daran denke, wie er in Handschellen abgeführt wurde.

Auf Zehenspitzen schleiche ich aus seinem Schlafzimmer in den Flur und finde auf dem Küchentisch meine Handtasche und mein Handy, das an ein Ladegerät angeschlossen ist. Ich stecke mein Handy aus und stecke es in meine Handtasche, bevor ich aus seiner Wohnung flüchte.

Entweder schläft er tief und fest oder er tut so, als ob er schliefe, damit ich entkommen kann.

„Du hast immer noch nicht mit ihm gesprochen?", fragt Amber und beobachtet, wie ich das x-te Kleid für die Wohltätigkeitsveranstaltung anprobiere.

„Wer? Noah?" Ich habe das Drama mit meinem Vater nicht erwähnt. Komisch, dass er mir nicht mehr schreibt. Anscheinend habe ich ihm in meinem betrunkenen Zustand geschrieben, dass ich Noah zu der Veranstaltung mitbringen werde.

Papa wird erleichtert sein, wenn Noah nicht auftaucht, denn die Chance, dass ich Noah überzeugen kann, mir einen Gefallen zu tun, ist gleich null.

Ich mache mir nicht einmal die Mühe, ihn zu fragen. Ich habe ihm schon vor der Katastrophe zwischen uns von der Veranstaltung erzählt und wage es nicht, ihn an den versprochenen Termin zu erinnern.

Es wäre eine Katastrophe, wenn wir beide zusammen hingehen würden. Zunächst einmal ist die Wohltätigkeitsauktion eine Spendenaktion für das örtliche Kinderkrankenhaus. Die meisten der besonderen Gäste sind Spieler der *Island Bruisers*.

„Ja", sagt Amber und starrt mich an, als ich ihr das schwarze Kleid zeige, das für meinen Geschmack zu eng geschnitten ist. Sie deutet mir an, mich umzudrehen, damit sie sich ein Bild von dem Kleid machen kann.

„Dieses Kleid könnte in zwei Teile zerfallen, wenn ich mich hinsetze."

Amber kichert über meine Antwort und deutet mir an, zurück in die Umkleidekabine zu gehen, um ein anderes Kleid zu probieren.

„Ich meine Noah", sagt sie und ich bin erleichtert, dass der Vorhang meinen Gesichtsausdruck verdeckt, während ich mein Spiegelbild betrachte.

„Noah?", krächze ich. „Die Wahrscheinlichkeit, dass er kommt, ist gleich null. Er hasst mich." Ich öffne den Reißverschluss von dem Kleid und ziehe es aus.

„Er hasst dich nicht", scherzt Amber. „Er ist nur ... zurückhaltend, und du weißt, dass es kompliziert ist. Diese Woche geht er zum Gericht, um das Sorgerecht für seinen Sohn zu bekommen."

„Wirklich?" Ich stecke meinen Kopf seitlich aus dem Vorhang. „Das hat er mir nicht gesagt."

Fürs Protokoll: Er hat mir seit der Nacht, in der ich ihm und seinem Sohn alles vermasselt habe, nichts mehr über Zayn erzählt.

„Er will sich keine Hoffnungen machen und enttäuscht werden, aber sein Anwalt glaubt, dass er gute Chancen hat. Aber du hast recht. Er wird wahrscheinlich zu beschäftigt sein, zu der Wohltätigkeitsveranstaltung zu kommen, wenn er seinen Sohn zu Hause hat."

In Ambers Stimme liegt etwas, das mich nervös macht. Ich schlüpfe in ein anderes Kleid. „Du musst den Reißverschluss hinten zumachen."

„Oh", gurrt Amber aufgeregt und hilft mir, den Reißverschluss zu schließen.

Das Kleid ist schwarz, wie all die anderen, die ich anprobiert habe.

Aber dieses hier läuft an den Hüften aus und lässt mir mehr Platz zum Tanzen und Bewegen. Außerdem hat das Design komplizierte Nähte im Mieder, die einen großen Teil des Dekolletés zeigen. Gerade genug, um Daddy zu verärgern. Es ist süß, schick und schmeichelt meiner Figur.

„Das ist *es*", sagt Amber, die das Kleid schon an mir liebt, bevor ich es ihr richtig vorgeführt habe.

„Ich wünschte, du könntest mein Date für die Wohltätigkeitsveranstaltung sein."

„Und was ist mit deinem Vater?" Sie schüttelt den Kopf, ihre Augen sind groß wie bei einem Reh. „Eher würde ich über heiße Kohlen laufen."

„Ich glaube nicht, dass das so schmerzhaft sein soll. Ich meine, machen die das nicht bei Wellness-Kuren oder so?" frage ich.

„Hast du es schon mal probiert?", fragt Amber.

„Nein", sage ich, und ich kann mich auch nicht erinnern, jemanden zu kennen, der das getan hat.

„Genau. Sie sagen vielleicht, dass es keine große Sache ist, aber es sind heiße Kohlen! Nein, danke."

Amber presst die Lippen zusammen. „Das ist das Kleid. Kauf es."

„Glaubst du das?" Ich wirble für sie herum, und sie lächelt und legt den Kopf schief.

„Ja. Ich glaube nicht, dass ich noch eine Minute länger hier stehen und zusehen kann, wie du noch ein schwarzes Kleid anprobierst, außer es ist für deine Beerdigung."

Ich strecke ihr die Zunge raus.

ACHTZEHN

NOAH

Meine Gedanken waren nicht beim Spiel, nicht im Training und schon gar nicht, als wir gegen die *Wolverines* gespielt haben.

Ich bin überrascht, dass Coach Malone mich nicht auf die Bank gesetzt hat, aber es scheint, dass die gesamte Moral des Teams diese Woche am Boden liegt. Ich weiß, warum ich so schlecht drauf bin, aber der Rest der Jungs hat keine Ausrede, um sich ablenken zu lassen.

Ich kann nicht aufhören, an Zayn zu denken. Die Sorgerechtsanhörung ist diese Woche. Ich habe versucht, die Nachrichten zu meiden, weil einer der Jungs erwähnte, dass Brass ein Interview gab und sich darüber ausließ, dass er seinen einzigen Sohn verlieren könnte, den kleinen Jungen, den er seit seiner Geburt aufgezogen hat.

Mein Sohn.

Er war seit seiner Geburt mit Zayn zusammen, obwohl ich es hätte sein sollen.

Ich bin dankbar, dass wir erst nach der Anhörung nächste Woche gegen die *Island Bruisers* spielen werden. Im Moment bin ich mir nicht sicher, ob ich Grant Brass nicht die Scheiße aus dem Leib prügeln würde, wenn ich ihn sehe, und es wäre nicht gut, wenn er nicht wenigstens den Puck hat.

Ich muss meine Wut im Zaum halten.

Das war der Rat, den mir der Anwalt gegeben hatte.

Das Jugendamt nimmt Zayns derzeitiges Zuhause unter die Lupe, aber sie wollen auch sichergehen, dass ich ein geeigneter Elternteil bin, wenn ich das Sorgerecht erhalte. Ich kann es ihnen nicht verdenken, dass sie das Beste für meinen Sohn wollen. Es könnte vor Gericht leicht verdreht werden, dass ich „Wutausbrüche" habe, wenn die Eishockeykämpfe aus dem Zusammenhang gerissen werden.

Das war auch der weise Rat meines Anwalts.

Ich vermeide so viele Kämpfe wie möglich und halte das Spiel sauber. Das sind auch die Regeln von

Coach Malone, aber das bedeutet nicht, dass es auf dem Eis keine Scharmützel gibt.

Ich habe noch nie an einem Spiel teilgenommen, bei dem nicht irgendwann jemand auf der Strafbank gelandet ist. Das ist ein Risiko in diesem Job.

Aber im Moment stehe ich zusammen mit Grant Brass unter Beobachtung. Ich habe mir bis spät in die Nacht seine Spiele angeschaut und aufgezeichnet, um zu sehen, wo er Fehler macht und welche Aggressionen er auf dem Eis gezeigt hat.

Er ist immer wieder in die Falle getappt, bei ihm steht die Brutalität an erster Stelle. Das Spiel kommt an zweiter Stelle.

Ich weigere mich, das Gleiche zu tun.

„Du musst mir einen Gefallen tun." Ich ziehe Kyler nach dem Spiel gegen die *Wolverines* zur Seite. Wir haben da draußen auf dem Eis ganz schön was abgekriegt, obwohl wir verloren haben, war es ein knappes Spiel.

„Sag es", sagt Kyler und nickt, während er seine Hockeyausrüstung auszieht.

„Wenn ich das Sorgerecht für Zayn bekomme ..."

„Wann", korrigiert mich Kyler. Er hat keinen Zweifel daran, dass mein Sohn wieder mit mir vereint sein wird, und dies nur ein kleines Hindernis auf dem Weg ist. Ich wünschte, ich hätte sein Vertrauen.

„Wann", sage ich und atme scharf ein. Ende dieser Woche ist die Gerichtsverhandlung. Es war schwierig, mich ganz auf das Spiel zu konzentrieren. „Wenn ich das Sorgerecht für Zayn bekomme, brauche ich vielleicht jemanden, dem ich vertrauen kann, und der auf ihn aufpasst."

„Oh, natürlich." Kylers Augen leuchten auf. „Du wirst ein Kindermädchen brauchen, wenn du Spiele und Training hast. Mein Kindermädchen kannst du nicht haben, aber ich kann dir ein paar Namen geben."

„Das weiß ich zu schätzen, aber ich dachte eher an einen Babysitter. Vielleicht möchte ich abends ausgehen, genauer gesagt, zu einer Wohltätigkeitsveranstaltung.

Jasper dreht sich um und belauscht das Gespräch. „Ist das die Gala, wo Amber mir das Ohr abgekaut hat? Die, an der Charlotte teilnimmt und an der ihr Vater beteiligt ist?"

„Das ist sie", grunze ich. Ich bin kein Fan ihres alten Herrn, aber nach den Interaktionen, die ich gelesen und gehört habe, ist sie es auch nicht. „Wenn ich diese Woche das Sorgerecht für Zayn bekomme, brauche ich Hilfe, und jemanden, der eine Nacht auf ihn aufzupassen kann."

„Ich bin sicher, dass es Em nichts ausmacht, auf die Kinder aufzupassen. Du kannst Zayn mitbringen, dann kann er bei uns übernachten", sagt Kyler. „Welche Nacht?"

„Samstag. Ich hoffe, ich kann dich noch um einen weiteren Gefallen bitten."

„Dir gehen die Gefallen wohl nicht aus, Reece", sagt Kyler. „Mach weiter." Er macht eine Geste, damit ich weitersprechen kann.

„Die Wohltätigkeitsveranstaltung ist für die *Island Bruisers*. Ich will dort die Dinge etwas aufmischen."

„Die Dinge aufmischen?", scherzt Jasper mit einem bösen Grinsen. „Ich bin dabei."

„Ich auch", fügt Kyler hinzu. „Wenn es darum geht, sich mit den *Bruisers* anzulegen, bin ich dabei.

———

Ich könnte schwören, dass ich eine Magen-Darm-Grippe habe, so wie die Übelkeit über mich hereinbricht und meine Haut fahl ist, aber ich bin mir ziemlich sicher, dass ich gesund bin.

Es ist die Angst, die durch meinen Körper dringt und mich vor Sorge krank macht.

„Bist du bereit?", fragt Deon. Er ist mein Anwalt und ich zahle ihm viel Geld, damit er mir hilft, den Sorgerechtsstreit zu gewinnen.

Ich vermute, dass Grant Jasmins Sorgerechtsanwälte finanziert, denn Deon scheint den gegnerischen Anwalt zu kennen. Er hat mit ihm geplaudert, während ich vor dem Gerichtssaal stand und auf unsere Anhörung gewartet habe.

Ich will nicht hineingehen.

„Ja", sage ich mit einem schweren Seufzer.

Er nickt und nimmt seine Aktentasche mit in den Gerichtssaal.

Schweiß rinnt mir über die Stirn. Ich habe den ganzen Morgen nichts gegessen. Nicht einmal Kaffee konnte ich vertragen und jetzt bin ich froh, dass ich gefastet habe, denn sonst hätte es sich bestimmt überall auf dem Boden verteilt.

Jasper sitzt mit Amber im Gerichtssaal. Er ist zur moralischen Unterstützung da, genauso wie Kyler, Owen und ein paar andere Jungs aus dem Team. Ich atme scharf ein, als ich Charlotte erblicke.

Was macht sie denn hier? Ich schaue meinen Anwalt an und frage mich, ob er sie als Zeugin eingeladen hat, als sich die Tür hinter uns öffnet und

Jasmine mit ihrem Anwalt und meinem kleinen Jungen hereinkommt.

Grant ist nirgends zu sehen, was eine Erleichterung ist, aber er ist wahrscheinlich nicht allzu weit weg. Ich bezweifle, dass er Jasmine aus den Augen lässt, nachdem sie Zayn das letzte Mal bei mir gelassen und mir das Sorgerecht übertragen hat.

Ich folge der Anweisung meines Anwalts und tue, was er mir sagt. Das ganze Verfahren dauert länger, als es sollte, denn der Richter liest die Ergebnisse des Jugendamtes, den Brief, den Jasmine ursprünglich beglaubigen ließ, und die Polizeiberichte vor. Ein Kinderpsychologe, den Zayn seit Beginn des Sorgerechtsstreits aufsucht hat, sagt, dass er meinen Sohn gesehen hat und er der Meinung ist, dass er die Beratungsgespräche fortsetzen sollte.

Es fühlt sich an wie Stein auf Stein, keiner von uns bewegt sich. Wenn es keine Missbrauchsprobleme gäbe, würde der Richter zweifellos das gemeinsame Sorgerecht genehmigen, aber ich kann mir vorstellen, wie er versucht, herauszufinden, wer der tatsächliche Missbraucher ist und wer nicht.

Und dann ruft mein Anwalt, Gregory Deon,

Charlotte Grace in den Zeugenstand und will von ihr wissen, wie es zu meiner Verhaftung kam.

Ich versuche, nicht die Stirn zu runzeln, meine Hände ballen sich zu Fäusten, und die Tür zum Gerichtssaal öffnet sich quietschend.

Wenn es nicht Hohn ist, dann weiß ich nicht, was es sein soll, als Grant Brass in den Gerichtssaal stolziert und sich neben seine Frau Jasmine Brass setzt.

NEUNZEHN

CHARLOTTE

72 Stunden früher

„Sag mir, was ich tun muss, damit Noah mir vergibt?", frage ich und schaue zu Jasper hoch. Er ist Noahs bester Freund. Er muss wissen, was nötig ist, um Noahs Vergebung zu erlangen.

„Ich glaube nicht, dass du etwas tun kannst. Glaub mir, du hast ihn richtig verarscht."

Ich spotte über seine Bemerkung. „Ich habe ihn verhaften lassen, aber die Anklage wurde fallen gelassen."

„Glaubst du, das kümmert den anderen Anwalt? Er wurde verhaftet. Grant hingegen war noch nie hinter Gittern. Das lässt Noah wie einen unfähigen Elternteil aussehen."

„Das ist nicht fair! Grant ist nicht einmal der biologische Vater", sage ich. Ich nippe an meinem Kaffee, während Jasper seinen zwischen den Händen hält.

Ich konnte Jasper davon überzeugen, sich mit mir auf einen Kaffee zu treffen, damit wir über Noah reden können. Er war mit der Vereinbarung einverstanden, was ich nicht erwartet hatte.

Ich dachte, ich müsste seine Freundin, also meine beste Freundin überreden, ihn in den Coffee-Shop zu schleppen, damit ich mit ihm sprechen kann. Jasper scheint ein cooler Typ und ein anständiger Freund zu sein.

„Solange Jasmine mit Grant verheiratet ist, ist er im Bilde." Jasper stößt einen schweren Seufzer aus. „Ich wünschte, ich hätte eine bessere Lösung. Du hast mich gebeten, dich zu treffen. Was hast du vor?" Sein Blick versteinert sich, als er versucht herauszufinden, was ich will.

Und er hat recht. Ich habe ihn nicht nur angerufen, um mit ihm Kaffee zu trinken.

Noahs Sorgerechtsanhörung ist diese Woche.

„Grant sollte hinter Gittern sitzen. Ich kann nicht glauben, dass Jasmine keine Anzeige gegen ihn erstattet."

„Ich weiß. Aber daran können wir nichts

ändern", sagt Jasper. „Glaub mir, ich habe mich schon umgehört. Wir können Grant auf dem Eis aufmischen, aber er ist immer noch ein Idiot, wenn er nach Hause zu Jasmine und Zayn geht."

„Ich brauche den Namen von Noahs Anwalt."

„Was? Warum?" Jasper schiebt seinen Stuhl ein paar Zentimeter zurück, sodass das Metall über den Boden kratzt. „Was hast du vor?"

„Nichts Schlimmes."

Er starrt mich an und mustert mich. Versucht Jasper herauszufinden, ob ich ihn anlüge oder ob ich einfach nur verrückt bin?

„Ich brauche mehr als *nichts Böses*", sagt er.

„Ich möchte für Noah aussagen. Ich kann wahrscheinlich nicht als Leumundszeuge aussagen, aber ich bin der Grund, warum er verhaftet wurde. Wenn ich dem Richter erkläre, was passiert ist, dass es ein Missverständnis war und Grant der Täter ist, kann ich vielleicht helfen."

Jasper legt seine Hände auf den Tisch und dreht sie nach oben. „Oder du vermasselst es vielleicht noch mehr."

———

Noahs Blick brennt durch mich hindurch, dass sich mein Magen zusammenzieht und ich mir auf die Zunge beiße, um die aufkommende Übelkeit in Schach zu halten.

Ich tue das für ihn, um ihm zu helfen, das Sorgerecht für seinen Sohn zu bekommen.

Wenn es nicht funktioniert, wird er mich hassen, genau wie der Rest seines Teams. Ich bin mir nicht einmal sicher, ob Amber dann noch mit mir befreundet sein will. Es ist nicht so, dass ich ihr oder Jasper meinen Plan verraten hätte, denn sie gab zu, dass sie überrascht war, mich zu sehen, als wir uns am Eingang des Gerichtsgebäudes begegneten.

Als ich in den Zeugenstand gerufen werde, gehe ich an Noah vorbei und atme zittrig aus. Er könnte mich für immer hassen, weil ich ihn überrumpelt habe.

Er beugt sich zu seinem Anwalt und flüstert ihm etwas ins Ohr, als ich vereidigt werde und in den Zeugenstand gehe.

Alle Augen sind auf mich gerichtet, aber die Einzigen, die zählen, sind die von Noah, und er kann meinen Blick nicht erwidern. Sein Blick ist auf den Tisch vor ihm gerichtet. Macht er sich Sorgen, was ich sagen werde?

Ich widerrufe meine Geschichte aus der Nacht

von Noahs Verhaftung und erkläre ausführlich, dass ich nicht wusste, dass Noah Vater ist, weil er es mir nicht gesagt hatte, bis ich seinen Sohn kennenlernte, den er damals auch gerade erst kennengelernt hatte.

Ich erkläre den Notruf, was Zayn im Haus gesagt hat und was ich gesehen habe, als seine Mutter ihn von der Polizeiwache abholte und ihr blaues Auge, das sie mit Concealer schlecht versteckt hatte.

Der Richter hebt die Hand und unterbricht Jasmins Anwalt, der nach vorn tritt, um meine Aussage zu hinterfragen.

„Werden wir eine Aussage von Jasmine Brass hören?", fragt der Richter mit Nachdruck.

„Ja, Euer Ehren", sagt Jasmins Anwalt.

Jasmine sieht aufgeregt aus, während ihr Mann mit einem süffisanten Grinsen neben ihr sitzt. Ich bin mir nicht sicher, ob Jasmine aussagen will, aber es ist klar, dass der Richter ihre Sicht der Dinge hören möchte.

Jasmine wird auf keinen Fall vor ihrem Peiniger Grant Brass zugeben, dass er sie schlägt. Sieht der Richter das nicht ein? Sie wird einen Meineid leisten müssen, wenn er im Gerichtssaal bleibt.

„Haben Sie noch weitere Fragen an Ms. Grace?", fragt der Richter Jasmins Anwalt. „Wenn nicht, schlage ich vor, dass wir eine Mittagspause machen und danach wieder zusammenkommen."

„Nur eine, Euer Ehren." Jasmins Anwalt tritt vor und stellt sich vor mich. Er ist größer als Noah, aber schlaksig. Sein Anzug ist professionell geschnitten, während er auf seine Notizen blickt. „Schläfst du mit Noah Reece?"

„Einspruch, Euer Ehren. Relevanz", unterbricht Noahs Anwalt.

„Ich werde es zulassen", sagt der Richter.

Ernsthaft? Ich versuche, nicht zu erbleichen bei dem Gedanken, die Frage von Jasmins Anwalt beantworten zu müssen. Mein Gesicht bleibt stoisch, während ich in einem gleichmäßigen Ton antworte.

„Nein, wir schlafen derzeit nicht miteinander."

„Aber du hast mit ihm geschlafen", drängt Jasmins Anwalt.

„Ja, bevor ich erfuhr, dass er einen Sohn hat, haben wir miteinander geschlafen."

„Und was ist mit der jüngeren Vergangenheit?"

„Einspruch, Euer Ehren. Relevanz", unterbricht Noahs Anwalt.

„Kommen Sie zur Sache, Herr Anwalt", sagt der Richter und wirft Jasmins Anwalt einen strengen Blick zu. „Wir sind nicht hier, um über das Sexualleben von Frau Grace zu sprechen."

„Ich werde die Frage umformulieren", sagt ihr Anwalt und schenkt ihr ein gezwungenes Lächeln. „Frau Grace, waren Sie in einer festen Beziehung mit Noah Reece, als Sie erfuhren, dass er einen Sohn hat?

„Einspruch, Euer Ehren. Relevanz", unterbricht Noahs Anwalt.

Ich schwöre, an diesem Punkt ist der Mann ein Papagei.

„Ich muss Counselor Deon zustimmen. Ihr Beziehungsstatus mit Noah Reece ist nicht relevant."

„Mr. Reece hat den Ruf eines Playboys, und ich versuche nur herauszufinden, ob das mit der Aussage von Frau Grace der Wahrheit entspricht. Und wenn das der Fall ist, macht ihn das dann zu einem geeigneten Vater?"

Der Richter schüttelt den Kopf. „Ich werde meinen Gerichtssaal nicht in einen Zirkus mit drei Manegen verwandeln. Es ging nie um den Ruf von Mr. Reece oder seine Promiskuität. Soweit ich weiß, will er am Leben seines Sohnes teilhaben, und es gibt keine Beweise, die dem im Weg stehen. Die Verhaftung war ein Missverständnis und ich spreche Frau Grace meine Anerkennung dafür aus, dass sie das getan hat, was ihrer Meinung nach im besten Interesse des Kindes war. Die einzige Frage, die sich mir stellt, ist, ob er das volle Sorgerecht bekommen sollte. Nach dem Mittagessen möchte ich auch Mr. Reece in den Zeugenstand bitten. Ich habe ein paar Fragen an ihn", sagt der Richter.

„Ich kann immer noch nicht glauben, dass dieses Arschloch von Anwalt ständig nach meinem Sexleben gefragt hat", sage ich und beiße in mein Sandwich. Ich sitze Amber gegenüber, und Jasper sitzt neben ihr. Kyler sitzt neben mir.

„Ein perverser Anwalt", sagt Amber und nippt an ihrer heißen Schokolade.

Wir sitzen draußen an einem Picknicktisch, einen Block vom Gerichtsgebäude entfernt. Die Luft ist frisch, aber es gibt nicht allzu viele Möglichkeiten, in der Nähe, um etwas zu essen. Ein Hotdog-Wagen auf der anderen Straßenseite und ein Sandwich-Verkäufer einen Block weiter in der Nähe des Parks.

„Er hat nur seinen Job gemacht und versucht, Noah schlecht aussehen zu lassen", sagt Kyler. „Aber er wird ein besserer Vater sein als Grant."

„Das legt die Messlatte wirklich hoch", sagt Jasper und lacht.

„Was denkst du, was der Richter Noah fragen will?", frage ich und nehme noch einen Bissen. Wir haben nicht allzu viel Zeit und ich will sichergehen, dass wir zurück sind, bevor der Richter vom Mittagessen zurückkommt.

„Wahrscheinlich eine Liste seiner letzten Eroberungen", scherzt Jasper.

Amber schlägt ihm auf den Arm. „Hör auf, ein Idiot zu sein. Er will wahrscheinlich wissen, wie er einen Sohn mit einer Vollzeit-Hockeykarriere großziehen will. Ich meine, das wäre meine erste Frage."

Ich atme scharf ein. „Hat Noah darüber nachgedacht? Hat er darüber nachgedacht, ein Kindermädchen einzustellen, oder hat er Familie, die ihm helfen kann?"

Kyler setzt sich auf die Bank und schaut mich an. „Ich habe mit ihm über ein Kindermädchen gesprochen, aber es ist nicht so, dass er schon etwas in Aussicht hat. Wir wären alle bereit zu helfen, aber für Reisen und Spielabende braucht er jemanden, der bei Zayn bleibt, bis er ein Kindermädchen eingestellt hat."

„Seine Familie ist keine Option", sagt Jasper. „Er hat kein gutes Verhältnis zu seiner Mutter, sie hat psychische Probleme, und seine Eltern sind noch verheiratet. Sein Vater ist ein Narzisst und wird eine Gegenleistung erwarten. Ich glaube nicht, dass Noah ihnen Zayn anvertrauen würde. Auch keine Geschwister."

Ich kann mich nicht erinnern, dass Noah jemals über seine Eltern gesprochen hat, aber ich habe das Thema auch nicht angesprochen.

„Ich könnte es tun", sage ich und nehme einen Schluck von meiner Limonade. „Er will mich vielleicht nicht dabeihaben, aber ich habe abends und am Wochenende frei. Ich kann Zayn immer mit zur Arbeit nehmen. Nur während des Unterrichts muss vielleicht jemand anderes auf ihn aufpassen."

„Was machst du, damit du ein kleines Kind mit zur Arbeit nehmen kannst? Gibt es dort eine Kindertagesstätte oder so etwas?" fragt Kyler.

„Ich arbeite für den Parkbezirk. Es gibt eine Kindertagesstätte im Freizeitzentrum. Das habe ich noch gar nicht in Erwägung gezogen, aber normalerweise verbringe ich meine Nachmittage damit, kleinen Kindern das Schlittschuhlaufen oder Hockeyspielen beizubringen."

„Warte, du magst tatsächlich Hockey?" Kylers Augen weiten sich. „Kannst du Em davon überzeugen, dass es gar nicht so schlecht ist und Spaß macht?"

Jasper grinst. „Vielleicht färbt etwas von dieser Hockeyliebe auch auf Amber ab."

„Hey, ich bin noch hier!" Amber kneift Jasper in den Arm. „Sei nett."

„Ich bin nett. Du bist diejenige, die mich in den Arm kneift", brummt er.

―――――

Nach dem Mittagessen gehen wir zurück ins Gerichtsgebäude. Noah steht auf dem Flur neben seinem Anwalt.

Langsam gehe ich auf ihn zu, meine Hände sind ineinander verschränkt, und ich bin voller nervöser Energie. „Hey", sage ich und schenke ihm ein warmes Lächeln.

Noah stößt einen leisen Seufzer aus.

„Ich gebe euch beiden einen Moment Zeit, aber macht schnell. Wir müssen in fünf Minuten wieder drinnen sein", sagt sein Anwalt.

„Es wird nicht lange dauern", sagt Noah und starrt mich an. Ich warte darauf, dass er mich unterbricht oder anschreit, aber er tut nichts davon.

„Es tut mir leid wegen des Überfalls heute Morgen", sage ich. Ich verlagere mein Gewicht von einem Bein auf das andere, weil ich mich unter seinem hitzigen Blick unwohl fühle.

Noah sieht heiß aus, scharf gekleidet in seinem schwarzen Anzug. Es ist wahrscheinlich eines der Outfits, die er nach einem Spiel trägt, wenn er vor die Kamera gezwungen wird. Ich weiß, dass er das Rampenlicht nicht mag, aber er hat sich in letzter Zeit meinetwegen damit auseinandergesetzt.

„Wir werden sehen, ob es funktioniert hat", sagt er. Seine Augen sind angespannt, sein Gesicht ist abweisend.

„Das klang vor dem Mittagessen nach guten Nachrichten."

„Es kann sich alles ändern. Ich mache mir keine großen Hoffnungen", sagt Noah. Er wirft einen Blick auf seine Uhr. „Ich sollte wieder reingehen."

„Warte", sage ich und stoße einen nervösen Atemzug aus. „Ich weiß, dass ich die letzte Person auf der Welt bin, deren Hilfe du brauchst, aber ich bin für dich und Zayn da. Wenn du Hilfe brauchst, bis du ein Kindermädchen gefunden hast, überlege es dir. Okay?"

Er öffnet den Mund und ich denke, er will mir widersprechen, aber er nickt. „Ja, okay. Ich muss wieder rein."

Ich lasse ihn los und sehe zu, wie er weggeht. Er

ist nur ein paar Meter von mir entfernt, aber es tut weh. Es ist, als hätte er mir den Rücken zugewandt, nicht dass ich etwas anderes verdient hätte.

Seine Teamkollegen und Amber sind bereits aus dem Flur verschwunden. Ich folge ihm leise in den Gerichtssaal und setze mich wieder neben Amber. Was auch immer passiert, wir alle wollen für Noah da sein.

Noah tritt in den Zeugenstand und die erste Frage des Richters lautet: „Wie wollen Sie Ihren Sohn und Ihre professionelle Eishockeykarriere unter einen Hut bringen? Sie stecken mitten in der Saison. Ich kann mir nicht vorstellen, dass das Timing ideal ist.“

„Er ist mein Sohn. Ich werde ihn immer an die erste Stelle setzen. Ich würde meinen Sohn nicht managen, Euer Ehren. Ich würde ihn aufziehen. Andere professionelle Eishockeyspieler haben Kinder und Familien, die sie unterstützen. Meine Mannschaftskameraden haben mir angeboten, mir zu helfen, während ich ein Kindermädchen einstelle, und ich habe Freunde, die sich bereit erklärt haben, für mich einzuspringen, wenn ich am Anfang Hilfe brauche“, sagt Noah und sein Blick bleibt an meinem hängen.

Einen Moment lang verleiht mir das Hoffnung. Vielleicht ist noch nicht alles verloren.

„Ich habe das im Griff. Ich versichere Ihnen, das ist keine spontane Entscheidung", sagt Noah. „Ich habe bereits ein Bett und Spielzeug gekauft. Ich habe das ehemalige Gästezimmer in Zayns Schlafzimmer umgewandelt. Ich möchte ihn mit nach Hause nehmen, Euer Ehren, und ihn beschützen, wie ein Vater seinen Sohn beschützen sollte.

„Ich habe genug gehört. Ich möchte Mrs. Jasmine Brass in den Zeugenstand rufen", sagt der Richter.

Noah setzt sich und Jasmins Augen weiten sich, als sie ihrem Anwalt etwas zuflüstert.

„Euer Ehren, kann ich Sie kurz in Ihrem Büro sprechen?"

Beide Anwälte und der Richter verlassen kurzzeitig den Gerichtssaal.

Ich bin fassungslos und weiß nicht, was los ist.

Zehn Minuten später kehren die Anwälte an ihre Tische zurück und der Richter folgt in den Gerichtssaal.

„Ich habe meine Entscheidung getroffen", sagt der Richter.

ZWANZIG

NOAH

Es ist schwer, sie nicht anzustarren. Sie hat mich nicht gesehen und sie weiß nicht, dass ich hier bin, aber es war einfach für mich, in die Wohltätigkeitsveranstaltung zu kommen.

Jeder erkennt mich.

Deshalb hasse ich diese Art von Veranstaltungen. Sie alle erwarten von mir, dass ich mein Portemonnaie öffne und ohne mit der Wimper zu zucken ein Monatsgehalt beisteuere, was mir nichts ausmachen würde, wenn ich nicht viele andere Dinge bezahlen müsste. Dazu gehört auch, dass ich die Anwaltskosten für die Sorgerechtsanhörung an meinen Anwalt bezahlen muss.

Aber das ist noch nicht das Schlimmste. Ich habe eigentlich keine Zeit, um an der Gala heute Abend teilzunehmen, aber ich schulde Charlotte etwas. Zu sagen, dass ich viel zu tun habe, ist eine Untertreibung.

Aber ich habe Charlotte Grace ein Versprechen gegeben, und ich halte immer meine Versprechen.

Sie weiß nicht, dass ich teilnehme, und sie hat mich auch noch nicht gesehen. Sie versteckt sich an der Bar, mit einem Glas Champagner in der Hand. Sie nippt an ihrem Schampus und schaut sich im Raum um, wahrscheinlich nach einem bekannten Gesicht.

Ich bin schon halb durch den Raum gegangen und stehe hinter ihr. Sie hat sich noch nicht einmal umgedreht, damit ich ihr Kleid oder die Art, wie sie es trägt, bewundern kann. Sie sieht verdammt sexy aus.

Ich bin hin- und hergerissen, was Charlotte angeht. Ich hasse sie dafür, dass ich verhaftet wurde, aber ich schätze, was sie im Gerichtssaal getan hat. Sie hat sich selbst geoutet und ihre Fehler und Missgeschicke zugegeben.

Ich glaube wirklich, dass Charlottes Aussage dem Richter geholfen hat, meine Verhaftung zu verstehen und die Lügen zu durchschauen, die

Jasmins Anwalt immer wieder versucht hat, zu spinnen. Ich weiß nicht, warum Jasmine sich vor der Aussage gedrückt hat, aber das ist auch egal. Alles, was sie gesagt hätte, wäre eine Lüge gewesen. Sie hätte Grant auf Kosten unseres Sohnes geschützt.

Es war herzzerreißend, ihr dabei zuzusehen, wie sie das Sorgerecht abgab und sich noch einmal verabschiedete.

Zayn weinte.

Jasmine weinte.

Ich verdrängte die Tränen, aber mein Herz schmerzte, und das tut es immer noch, wenn ich an den Nachmittag denke, an dem Zayn mein wurde.

Es hätte eine glückliche Erinnerung sein sollen. Es war ein Sieg, aber warum fühlt es sich wie ein Verlust an?

Emerson, Kylers Verlobte, hat sich bereit erklärt, heute Abend auf Zayn aufzupassen, während ich bei der Wohltätigkeitsveranstaltung bin, die Charlottes Vater für die *Island Bruisers* veranstaltet. Als ich Zayn heute Nachmittag abgesetzt habe, war auch Amber da und sie hat angeboten, die Nacht bei Emerson zu verbringen, um mit auf die Kinder aufzupassen.

Zayn ist nicht besonders schwierig, aber er hat seine Probleme.

Welches Kind hat das nicht?

Ich bin mir sicher, dass ich für meine Eltern ein Biest war und doch habe ich mich gut entwickelt. Ich bin mir nicht sicher, ob sie da zustimmen würden.

Charlotte nippt an ihrem sprudelnden Getränk und lehnt sich gegen den Tresen. Ihr Blick trifft auf meinen und sie hebt neugierig die Augen.

Ich bin beim Starren erwischt worden.

Ich lächle, und schlendere zu ihr, um mir ein Bier zu bestellen.

„Ich hätte nicht gedacht, dass du kommst", sagt Charlotte und schaut mich an. Das Lächeln auf ihrem Gesicht verrät mir, dass sie meinen Smoking gut findet. Ihre Augen funkeln und ich schwöre, dass mir die Kinnlade runterfällt, als ich ihr Kleid bewundere, einschließlich des üppigen Dekolletés, das sie zur Schau stellt.

„Du hast mich um Hilfe gebeten und ich wollte dich unterstützen." Ich nehme das Bier vom Barkeeper, werfe einen Zwanziger in die Trinkgeldkasse und nehme einen Schluck.

Ihr Lächeln wird noch breiter, als sie mich in eine Umarmung zieht. „Danke!" Ihre Begeisterung bringt sie zum Strahlen und ich kann nicht anders, als stolz zu sein, dass ich ihr dieses Grinsen ins Gesicht gezaubert habe.

„Bedank dich noch nicht bei mir. Wir haben uns deinem Vater noch nicht vorgestellt."

Charlotte rollt bei seiner Erwähnung mit den Augen. „Kann ich ihm sagen, dass wir uns verloben werden? Das würde ihn wirklich verärgern."

Auf ihren Vorschlag hin verschlucke ich mich fast an meinem Bier. „Ich werde deinen falschen Freund spielen. Mehr nicht." Verlobt? Das ist eine Grenze, die ich nicht überschreiten werde. Wahrscheinlich sind überall Reporter und Kameras auf dem Gelände. Das ist die letzte Art von Aufmerksamkeit, die ich jetzt brauche, aber wenigstens ist der Sorgerechtsstreit vorbei.

„Danke, das betrachte ich als Sieg", sagt Charlotte und zwinkert mir zu. Sie verschränkt ihren Arm mit meinem, stellt ihr halb geleertes Sektglas auf den Tresen und zieht mich auf die Tanzfläche. „Lass es lieber überzeugend aussehen."

„Für wen?", frage ich, ohne ihren Vater zu sehen. Hätte ich nicht gewusst, dass sie Charlotte Grace ist, hätte ich keine Ahnung gehabt, wer ihr Vater ist, aber jetzt, wo ich ihn kenne, möchte ich ihn lieber nicht sehen.

„Alle anderen Gäste", sagt sie. „Wir müssen sie eifersüchtig machen, als wäre ich eine heiße Ware, wenn ich für ein Date versteigert werden soll.

Ich lehne mich zu ihr und ziehe sie an mich, während ich sie auf die Tanzfläche führe. „Vielleicht kaufe ich mir das heiße Date mit dir", flüstere ich ihr ins Ohr.

Ein natürliches Lächeln umspielt ihr Gesicht. „Vielleicht?", stichelt sie und schaut zu mir hoch. „Ein falscher Freund muss zumindest mit dem Bieten anfangen."

Es fühlt sich natürlich an, sie in meinen Armen zu halten, während ich sie an mich drücke und mich zur Musik wiege. Es gibt nicht allzu viele tanzende Paare.

Sie stützt ihren Kopf an meine Schulter und seufzt leise. „Ich hätte nicht gedacht, dass du kommst, und ich war mir nicht sicher, wie ich den heutigen Abend allein überstehen würde."

„Du bist nicht allein."

Charlotte zieht ihren Kopf zurück und starrt zu mir hoch. „Nun, das weiß ich. Ich meine, es sind Hunderte von Leuten hier, aber ich fühle mich allein. Ich hasse diese extravaganten Veranstaltungen mit Gästen, die ich nicht kenne oder die mich wenig interessieren."

„Du bist nicht die Einzige", flüstere ich ihr ins Ohr. Was ich noch mehr hasse, ist, dass ihr Vater Charlotte für seinen eigenen Vorteil benutzt.

Sie wird rot, als sie sich zurückzieht und mich anlächelt. „Du bist etwas anderes."

„Das hat man mir gesagt." Meine Hand ruht auf ihrem unteren Rücken und drückt sie an mich. Sie ist warm und ihr Körper schmilzt unter meiner Berührung dahin. „Hör zu, ich konnte mich im Gericht nicht bei dir bedanken ..."

„Du brauchst dich nicht zu bedanken. Nachdem, was ich getan habe, verdiene ich das nicht."

„Du hast mir geholfen, das volle Sorgerecht für Zayn zu bekommen. Wenn du dich nicht an meinen Anwalt gewandt hättest, weiß ich nicht, was passiert wäre.

„Das warst allein du", sagt Charlotte. „Ich habe nur ein paar Stolpersteine auf dem Weg verursacht."

Das ist noch milde ausgedrückt. „Ich glaube, ich verstehe, warum du in dieser Nacht gehandelt hast, und mich von der Polizei verhaften lassen hast. Ich bin nicht glücklich darüber, aber ich verstehe deine Beweggründe, um meinen Sohn zu schützen."

„Ich habe immer versucht, das Richtige zu tun. Es tut mir leid, dass Zayn zu seiner Mutter zurückgebracht wurde, als du verhaftet wurdest." Das Lächeln verschwindet aus ihrem Gesicht, und hinter ihren strahlend blauen Augen liegt eine Schwere. „Wenn mir klar gewesen wäre, was ich getan habe, ich könnte mir das wohl nie verzeihen. Ich erwarte auch nicht, dass du mir das jemals verzeihen wirst."

„Ich bin bereit, weiterzumachen und nach vorn zu schauen", sage ich. Was sie getan hat, tut immer noch weh, und es gibt keinen Zweifel daran, dass es Konsequenzen hatte, aber ich will nicht ewig einen Groll gegen sie hegen. Meine Hand berührt ihr Gesicht und bringt ihren Blick dazu, sich mit meinem zu treffen.

„Wie wäre es, wenn wir daran arbeiten, uns gegenseitig zu vertrauen?", fragt sie und lächelt schwach an meiner Hand. „Wir fangen neu an."

Mein Daumen streift ihre Unterlippe.

Sie hat keine Ahnung, was ich getan habe und was ich für heute Abend geplant habe. Ich bin mir nicht sicher, ob sie mir nach diesem Abend noch vertrauen wird. Aber die Rädchen sind in Bewegung. Es lässt sich nicht mehr aufhalten.

„Wir müssen uns nicht verabreden. Ich meine, ich habe es verstanden. Ich bin wahrscheinlich die letzte Person auf der Welt, mit der du romantisch sein willst", sagt Charlotte, „aber können wir heute Abend so tun, als wären wir glücklich und verliebt?"

Ihre Lippen sind rot und süß. Sie sind so nah, dass ich meine Lippen auf ihre legen und sie küssen kann. Mein Verstand schreit, dass ich mich zurückziehen soll, aber ihr Duft ist berauschend und es ist, als ob ich in ihrem Bann stehe. „Ich kann das", flüstere ich, beuge mich vor und koste von der reifen verbotenen Frucht.

Der Kuss dauert nur Sekunden, aber es fühlt sich an wie Minuten, in denen wir unsere Münder erforschen. Der Druck ist perfekt, denn wir beginnen langsam und erforschen einander hungrig mit unseren Zungen.

Meine Finger krallen sich in ihre Hüfte, ohne sich in ihrem Haar zu verheddern. Ich möchte die Hochsteckfrisur ruinieren, ihre roten Locken ausschütteln und sie über die Bar beugen. Ich würde es genießen, sie von hinten zu ficken und meinen Schwanz ihre enge Muschi ausfüllen zu lassen, während sie meinen Namen für alle hörbar schreit.

Aber das ist nur ein Hirngespinst.

Und ich bin nicht bereit, meine Karriere und Zukunft aufs Spiel zu setzen, nur weil es Reporter und Gäste mit Handys gibt, die aus einer Laune heraus alles aufnehmen, was auch nur annähernd interessant aussieht, um es für zwei Minuten Ruhm in ihren sozialen Medien hochzuladen.

„Reece", reißt mich eine raue Männerstimme aus dem Kuss mit Charlotte. Mir dreht sich der Magen um, denn ich weiß bereits, wem diese Stimme gehört, ohne dass ich nachschauen muss. Grant Brass.

Natürlich würde er heute Abend bei der Veranstaltung dabei sein. Er ist einer der Starspieler der *Island Bruisers*.

Er hat ein tadelloses Timing.

„Was machst du denn hier?", fragt Grant scharfzüngig, während er mich mustert. „Wir sind nur auf Einladung hier, und du ruinierst die Atmosphäre."

Zwei seiner Teamkollegen, Knox Storm und Mack Conrad, schlendern hinter Grant her. Glaubt er, dass er bei einer Wohltätigkeitsveranstaltung Verstärkung braucht?

„Meine Freundin hat mich eingeladen", sage ich und lege einen Arm um Charlottes Taille.

„Es hat nicht lange gedauert, bis ihr wieder zusammengekommen seid", sagt Grant und sieht zu Charlotte hinüber. „Ich habe Glück, dass Char sich für eine Nacht versteigert." Er wackelt anzüglich mit den Augenbrauen.

Ich trete vor und hindere Grant daran, sich Charlotte zu nähern. „Wenn du ein Gebot abgibst, schwöre ich, dass ich ..."

„Du wirst was?", fragt Knox, legt den Kopf

schief und tritt um Grant herum. „So wie ich das sehe, gibt es hier nur einen von euch und das gesamte Team der *Island Bruisers*. Du hast nicht den Hauch einer Chance, uns zu entkommen, Reece."

„Willst du gegen mich kämpfen?" Ich lache über seine Andeutung. „Dein ganzes Team gegen einen Typen? Wie zum Teufel soll das fair sein?"

„Ich habe nie gesagt, dass wir fair spielen", sagt Mack. „Du bist in unserem Revier und legst dich mit einem von uns an."

„Einer von euch, der Frauen und Kinder schlägt?", sage ich und schaue Mack ins Gesicht. „Das ist wirklich nobel von dir, Conrad."

„Er lügt", sagt Grant und fährt sich mit der Hand durch die Haare. Die Anschuldigung hat ihn aus der Fassung gebracht.

„Deine Frau hat das gleiche blaue Auge wie *mein* Kind", schimpfe ich. „Willst du, dass die Gerichtsprotokolle dich daran erinnern, was passiert ist?"

„Es gibt keine Abschriften. Sie hat keine Anzeige gegen mich erstattet", prahlt Grant. „Eine Ehefrau weiß es besser, als ihren Mann zu betrügen."

Mack macht einen Schritt zurück. „Du meinst, der Scheiß in der Zeitung über den Jungen ist echt?"

Er schaut verblüfft, als hätte er nicht gemerkt, dass Grant ihn die ganze Zeit angelogen hat.

„Das ist Quatsch!", schreit Grant mit lauter Stimme und erntet damit ein paar Blicke von Anwesenden, die in unsere Richtung schauen.

„Geh raus", sagt Charlie Hayes. Er ist in seiner Rookie-Saison für die *Island Bruisers*, ein junges, talentiertes Blut. Wenigstens hat er den Verstand, die Gala professionell und den Streit zwischen den Rivalen zu halten.

„Wir gehen nirgendwo hin", sagt Charlotte. „Ich habe Noah eingeladen, an dieser Veranstaltung teilzunehmen. Ihr Jungs müsst mit seiner Anwesenheit klarkommen. Werdet erwachsen!"

Ein paar seiner Teamkollegen lachen nervös; sie scheinen nicht begeistert davon zu sein, Befehle von einem Mädchen entgegenzunehmen, aber sie richten sich auf und räuspern sich.

„Drinks?", sagt Storm zu den anderen Jungs aus seinem Team, als Charlottes Vater sich nähert.

Der Rest von ihnen zerstreut sich wie Kakerlaken und ich atme nervös ein, weil ich den Mann treffen muss, der mich zweifellos hassen wird, bevor die Nacht vorbei ist, vor allem, weil ich mit meinen Teamkollegen etwas geplant habe.

„Reece." Mr. Graces Gesichtszüge sind hart, seine

Augen kalt und seine Lippen schmal. Er starrt mich an, als würde er mich für eine Prüfung studieren und ich wäre der Unterrichtsstoff.

„Mr. Grace", sage ich und versuche, so formell und höflich wie möglich zu sein. Wenn er glaubt, dass ich mich mit Charlotte treffe, dann muss ich überzeugend wirken. Ich strecke meine Hand aus und stelle mich vor.

Er nimmt meine Hand nicht. Er ignoriert sie, als ob ich sie unbeholfen hinhalte und gerade zurückgewiesen worden wäre. „Charlotte, würdest du uns einen Moment entschuldigen?", fragt Mr. Grace seine Tochter.

Sie erzwingt ein Lächeln. „Natürlich. Ich hole uns an der Bar frische Getränke", sagt sie und legt ihre Hand kurz auf meinen Arm, bevor sie ihn zaghaft drückt, bevor sie geht.

„Charlotte ist mein kleines Mädchen", sagt er und seine Augen bohren sich in meine.

Ich verzichte darauf, ihn daran zu erinnern, dass sie kein Baby ist und er sie sonst nicht zu einer Wohltätigkeitsauktion schicken würde.

„Sie ist wichtig für mich", sage ich. Es ist einfacher, wenn ich nicht lügen muss und die Wahrheit in meinen Worten steckt. Ich war noch nie gut im Lügen. Als Kind habe ich mich in meinen kleinen Geschichten verrannt und hatte am Ende einen blutigen Hintern.

„Charlotte ist mir und dem Team wichtig." Mr. Grace legt den Kopf leicht schief, sein ergrautes Haar schimmert durch die hellen Lichter, die sich mit dunklem Braun vermischen.

Mit ihren blauen Augen und roten Locken muss sie das Haar ihrer Mutter haben, denn sie sieht ihrem Vater überhaupt nicht ähnlich. Ich gehe davon aus, dass sie nicht adoptiert ist.

„Was auch immer du glaubst, mit meiner Tochter zu haben, es ist nur eine Affäre. Sie wird es zu gegebener Zeit auflösen. Sie ist klug genug, um zu wissen, dass ihre Zukunft bei den *Island Bruisers* liegt, wenn sie für mich arbeiten wird. Mach es ihr nicht noch schwerer. Wenn du einen Funken Anstand hast, wirst du diese Verabredung beenden, bevor du ihr das Herz brichst."

———

Wir bekommen Hors d'oeuvres serviert, ein üppiges Essen und dann beginnt endlich die Auktion. Ich bin dankbar für die Ablenkung, denn das Gespräch mit ihrem Vater war die reinste Folter.

Vielleicht sollte es mich nicht überraschen, dass

Daddy möchte, dass seine Tochter in seine Fußstapfen tritt, aber Charlotte hat mir gegenüber noch nichts davon erwähnt. Nicht, dass wir in letzter Zeit über unsere Karrieren oder irgendetwas anderes gesprochen hätten.

Aber ich habe gehört, wie sie darüber sprach, für den Parkbezirk zu arbeiten, was eine Karriere bei den *Island Bruisers* auf den Weg bringt.

Es ist nicht so, dass wir uns treffen.

Heute Abend geht es um Spiel und Spaß, zumindest wenn man so tut, als wäre man ein Paar. Das ist nicht die einzige Unterhaltung, die heute Abend bei der Wohltätigkeitsauktion geboten wird.

„Ich bin gleich wieder da", flüstere ich und gebe Charlotte einen kurzen Kuss auf die Wange, bevor ich mich von der Auktion abwende und zur Hintertür gehe. Ich bin leise, als ich mich zu meinen *Ice Dragons* Teamkollegen schleiche. Ich habe fast alle Spieler aus unserem Kader davon überzeugt, bei der Hauptveranstaltung dabei zu sein, weil es für einen guten Zweck ist.

Zumindest habe ich das den Neulingen gesagt. Schließlich ist es eine Wohltätigkeitsorganisation, der wir helfen.

Kyler, Jasper, Owen, Chase und ein paar andere Jungs kennen die Wahrheit bereits. Sie sind diejenigen, die mich mit Zayn vor Gericht unterstützt haben und würden alles tun, um die *Bruisers* zu verarschen, besonders wenn es um Grant Brass geht.

Als ich mir den Plan ausgedacht habe, war ich immer noch sauer auf Charlotte und wollte mich an ihr rächen. Hoffentlich findet sie das, was wir geplant haben, witzig.

Wenn nicht, ist unsere vorgetäuschte Romanze vorbei.

EINUNDZWANZIG

CHARLOTTE

Ich schaue auf meine Uhr. Noah ist schon seit einer Weile weg. Ich sitze bei der Auktion in der zweiten Reihe, und schon bald werden sie von Kreuzfahrten und schicken Reisen zu einem Date mit mir wechseln.

Ich hatte gehofft, dass Noah meinen Vater zur Vernunft bringen könnte, aber der Gesichtsausdruck von Noah, als ich uns Getränke holte, war abgrundtief. Ich glaube, mein Vater hat Noah die Rede gehalten, die kein Mann von dem Vater seiner Freundin hören möchte. Die *„Wenn du ihr wehtust, bringe ich dich um"*-Rede. Zumindest nehme ich an, dass das zwischen den beiden gesagt wurde, denn keiner von beiden hat sich zu einer Diskussion bekannt.

Vater sitzt neben mir, während der Auktionator die Preise aufzählt und dann die Gebote für die einzelnen Artikel abgibt. Er redet so schnell, dass es ein Wunder ist, dass die Auktion nicht in wenigen Minuten zu Ende ist. Aber es gibt Hunderte von Gegenständen, die von verschiedenen Organisationen für die heutige Veranstaltung gespendet wurden. Von signierten Trikots, die von den *Island Bruisers* gespendet wurden, bis hin zu einem Abendessen mit meiner Wenigkeit.

Obwohl ich mich nicht selbst für eine Verabredung zum Essen gespendet habe, hat mein Vater beschlossen, das für mich zu tun. Er denkt gerne, dass er mein Leben und meine Zukunft kontrollieren kann. Er irrt sich.

„Als Nächstes", sagt der Auktionator, „kommt ein signiertes Mack Conrad-Trikot. Komm her, Mack." Der Auktionator feuert ihn an.

Er klettert die Treppe hinauf und nimmt das Trikot entgegen, öffnet es und unterschreibt es für alle sichtbar. „Ich unterschreibe sogar mit einem Herz neben meinem Namen", sagt Mack. „Einzigartig." Er zwinkert, und ich schwöre, dass alle Frauen aufgeregt aufstöhnen.

Ich verstehe den Reiz nicht, aber Mack Conrad sieht gut aus. Außerdem ist er ein Freund von Grant, was ihn automatisch zu einem Arschloch macht. Jeder, der mit Grant Brass befreundet ist, fällt unter die Kategorie Arschloch.

„Wir beginnen mit einem Gebot von eintausend Dollar", sagt der Auktionator.

In diesem Moment sehe ich Noah am Rand der Bühne stehen. Er wartet darauf, herauszukommen, aber ich bin mir nicht sicher, warum.

Was zum Teufel hat er vor?

Das Gebot für Macks Trikot steigt auf dreihundertdreißig Dollar, bevor ich endlich meine Antwort bekomme.

Noah geht auf die Seitenbühne, zum Auktionator hinüber und flüstert ihm etwas zu. „Schieß los", sagt der Auktionator und reicht Noah das Mikrofon.

„Meine Damen und Herren, heute Abend haben wir einen ganz besonderen Leckerbissen für Sie."

Mein Magen grummelt und ich mache mir Sorgen darüber, was Noah geplant hat. Sagt er ihnen, dass das Date mit mir abgesagt ist und er meinen Abend aufkauft, bevor jemand anderes die Gelegenheit dazu hat?

Das wäre doch gar nicht so schlecht, oder?

Es besteht die Möglichkeit, dass einer der *Island Bruisers* auf ein Date mit mir bietet. Wenn es Grant Brass ist, muss ich den Mann vielleicht sogar umbringen, bevor wir zum Essen kommen.

„Was ist das?", fragt mein Vater und blickt auf die Bühne zu Noah und zu mir, um eine Antwort zu erhalten.

Mit offenem Mund versuche ich, ein paar Worte zu formulieren, um Noah nicht von meinem Vater unterbrechen zu lassen. „Schau einfach zu. Es wird gut werden."

Ich hoffe, ich liege richtig. Ich meine, Noah würde mich nicht in die Irre führen. Wir haben ein gutes Verhältnis zueinander.

„Das sollte er auch. Dein Arsch steht auf dem Spiel, wenn er mich in Verlegenheit bringt."

Ich atme zittrig aus, als Noah mit dem Mikrofon in der Hand in die Mitte der Bühne tritt. „Meine Damen und Herren, ich habe heute Abend einen ganz besonderen Leckerbissen für Sie."

Meine Hände sind schweißnass und ich wische sie am Rock meines Kleides ab und versuche, meinen Atem zu beruhigen. Die Grube in meinem Magen wächst wie ein Felsbrocken und ich habe das seltsame Gefühl, dass sie gleich mit voller Geschwindigkeit bergab geschleudert wird.

An der Seite der Bühne macht Chase etwas mit seinem Handy. Eine Minute später dringt peppige Musik in den Saal.

Noah lächelt und ist nicht im Geringsten überrascht, als der Ton einsetzt. „Unser nächster Auktionsgegenstand ist nicht nur ein Trikot eines NHL-Spielers. Es ist ein heißes Date mit unserem Torwart in einem Vier-Sterne-Restaurant."

Aiden stolziert in Anzug und Krawatte auf die Bühne. Er trägt zwar nicht gerade eine elegante schwarze Krawatte für die Veranstaltung, aber der Mann hat sich herausgeputzt.

Er dreht sich in der Mitte der Bühne, während Noah einen Schritt zur Seite geht, um Aiden das Rampenlicht zu überlassen.

„Dein Date beinhaltet ein Abendessen mit dem heißesten Torwart in New York City. Er spielt für die *Ice Dragons*. Er ist hart, aber gutaussehend. Bei dieser Auktion geht es um ein Date mit Aiden Blake, bei dem er dich zum Essen und Trinken einlädt. Wenn du Glück hast, bringt er dich sogar bis zu deiner Haustür." Noah zwinkert der Menge zu.

Die Damen sind alle von seiner Anwesenheit und dem Date mit dem Torwart fasziniert.

„Zehntausend Dollar!", schreit eine Dame.

Noah grinst. „Okay, wir beginnen das Gebot bei 10.000 Dollar."

Aiden sieht überrascht aus, als er das hört, lässt er seine Muskeln spielen und dreht sich herum, um mit seinem Hintern zu wackeln, damit alle Mädchen ihn begaffen können.

Ich sollte es nicht tun, aber ich werfe einen Blick auf meinen Vater, der in seinem Sitz kocht. Er hat Noah nicht unterbrochen, wahrscheinlich, weil die Frauen für Aiden schwärmen und dabei die Wohltätigkeitsorganisation unterstützen.

„Du wirst mir das später erklären müssen", faucht mein Vater und starrt mich an. Ich schwöre, dass der Mann gleich Dampf durch seine Nasenlöcher blasen wird, wie in einem dieser Drachen-Cartoons.

Noah versteigert weiterhin einzelne Spieler der *Ice Dragons* für eine Date Night. Das Angebot reicht von einem Vier-Gänge-Menü bis hin zum Nachtisch, der als süßes Date in der Eisdiele gedacht ist. Aber die Damen öffnen ihre Geldbörsen, als wäre Weihnachten und kaufen Geschenke für alle ihre Kinder und einige von ihnen auch für ihre Enkelkinder.

„Und zu guter Letzt das ultimative Eishockey-Date mit drei *Ice Dragons*-Spielern. Du fliegst mit unserem Privatjet zu einem Ziel deiner Wahl, wo wir dich zum Essen und Trinken einladen."

„Gehört dazu auch der Mile High Club?", witzelt ein Gast.

Einige andere Damen kichern über diese Frage.

Noah räuspert sich und versucht, seine Fassung wiederzuerlangen. „Diese drei Männer sind zwar nicht gerade Junggesellen, aber sie wissen, wie man ein Mädchen verwöhnt und ihr das Gefühl gibt, dass es sonst niemanden gibt. Applaus für Jasper Greyson, Kyler Greyson und mich, Noah Reece."

Die Greyson-Brüder sind die Einzigen, die keine Anzugjacke tragen. Jasper und Kyler zwinkern sich gegenseitig zu, bevor sie ihre Hemden aufreißen, damit alle Mädchen ihre nackten Bauchmuskeln sehen können. Sie werfen ihre Hemden ins Publikum und drehen sich zur Musik, während sie mit ihren Hintern vor den Damen wackeln.

Der Rest der *Ice Dragons* gesellt sich zu ihnen auf die Bühne und macht das Gleiche, um den Damen ein aufregendes Vergnügen zu bereiten und die Gebote in die Höhe zu treiben.

„Fünfundzwanzigtausend", ruft eine Frau von hinten und hebt ihre Zahl hoch, während sie aufspringt.

„Fünfzigtausend", steht eine andere Frau auf und

hält ihre Nummer hoch, um deutlich zu machen, dass sie den Preis gewinnen will.

Die Damen sind noch nicht fertig mit dem Bieten und Streiten um die drei.

Noah sieht mich mit einem selbstgefälligen Gesichtsausdruck an, zufrieden mit dem Ergebnis.

Mein Vater lehnt sich nach vorne, um aufzustehen, und ich greife nach seinem Arm, um ihn daran zu hindern, die Sache zu beenden, bevor der Auftrag erledigt ist. „Denk an die Kinder. Sie haben Krebs", sage ich und flehe ihn an, seinen Hintern auf dem Stuhl zu halten.

Er starrt mich an und schüttelt den Kopf. „Was hast du getan?"

ZWEIUNDZWANZIG

NOAH

Es ist ein Wunder, dass wir nicht rausgeschmissen werden, aber die älteren Damen, die ihre Brieftaschen öffnen und dicke Schecks ausstellen, helfen sicher.

Die Gäste freuen sich mehr über unsere Anwesenheit als über die der *Island Bruisers*. Ich möchte glauben, dass es daran liegt, dass wir das bessere Team sind, aber es ist ja nicht so, dass sie ein Date, ein Dessert oder eine Reise im Privatjet versteigern würden.

Wir tun es nicht als Teil unserer Werbevereinbarung laut Vertrag. Das war alles nur, um die *Bruisers* zu verarschen. Und um zu verhindern, dass Charlotte sich als Date versteigern muss, denn damit bin ich nicht einverstanden.

Vielleicht hätte sie sich als Preis für eine Nacht anbieten sollen.

Nein.

Ich wollte nicht, dass sie das tut. Irgendein mieser Typ könnte auf die Idee kommen, nachdem er einen Haufen Geld für ein Abendessen und Drinks mit ihr bezahlt hat.

Meine Teamkameraden können mit den Frauen umgehen. Die meisten von ihnen sind älter als wir. Manche hätten auch Omas sein können. Offen gesagt ist es schwer, über Charlotte hinwegzusehen, die neben ihrem Vater sitzt.

Sein starrer Blick wird mir wahrscheinlich ein paar Albträume bescheren, aber es ist ja nicht so, dass ich tatsächlich mit seiner Tochter ausgehe. Es ist nur zum Spaß.

Ich sollte Charlotte suchen und sicherstellen, dass ich sie mit unserem kleinen Streich nicht in allzu große Schwierigkeiten gebracht habe. Aber es war für eine gute Sache. Wie lange wird sie sauer auf mich sein, weil ich ihr aus der Patsche geholfen habe? Sie machte deutlich, dass sie nicht an der Auktion teilnehmen wollte, also bot ich ihr etwas anderes als Gegenleistung an.

Ihre feuerroten Haare sind das Erste, was mir auffällt. Sie passen zu ihrer Hautfarbe, als sie auf mich zustürmt.

Oh, Mist.

Sie ist wütend.

Ich kann die Hitze sehen, die von ihrer winzigen Gestalt ausgeht, und ich bin kurz davor, in die entgegengesetzte Richtung zu rennen und meinen Teamkollegen zuzurufen, dass sie *abbrechen* sollen und wir alle durch den Hinterausgang fliehen, dort wo ich die Jungs reingelassen habe.

„Das war was", sagt Charlotte und starrt durch mich hindurch.

Sie ist klein, aber mächtig.

Ich rühre mich nicht von der Stelle, und die Jungs stehen hinter mir. Jasper und Kyler haben ihre Anzüge an, aber ihre Hemden haben sie schon längst abgelegt. Ich bin mir sicher, dass ihnen ein paar Knöpfe geplatzt sind, als sie ihre Hemden aufgerissen haben, um die Damen zum Bieten zu bewegen.

Das war mein Vorschlag gewesen.

Alle Jungs hätten das schon früher tun sollen, aber Kyler hat ein gutes Argument. Wenn wir da rausgehen, um zu strippen, haben wir nur einen Versuch und sind fertig. Wir könnten mehr Geld für die Wohltätigkeitsorganisation einnehmen, wenn wir die Auktion in die Länge ziehen und mehrere Date-Nächte und Preise anbieten würden.

Legt euch mit den *Bruisers* an.

Es schadet auch nicht, dass die Presse da war und Fotos gemacht hat. Ich habe ein paar Gäste mit ihren Handys gesehen. Ich weiß nicht, ob sie live gestreamt oder aufgezeichnet haben, aber so oder so wird es morgen früh überall im Internet zu sehen sein.

Die einzige Person, die noch nichts davon weiß, ist Coach Malone. Es ist besser, wenn er es erst später erfährt, damit er keinen Ärger bekommt. Wir retten ihm den Arsch.

„Es war ziemlich toll, wenn ich das so sagen darf." Ich bin begeistert, dass die Auktion wie geplant verlaufen ist. Ich war etwas besorgt, dass der Auktionator mir das Mikrofon nicht aushändigen würde, wenn ich die Kontrolle über die Bühne bekäme. Ihn vor Tausenden zu bestechen, würde nicht gut ankommen, wenn es von den Kameras aufgezeichnet wird.

„Mein Vater ist sauer, und die *Island Bruisers* wohl auch", sagt Charlotte.

Die Jungs aus dem anderen Team stehen schmollend am anderen Ende des Raums. Einige scrollen durch ihre Handys und warten darauf, dass der Abend zu Ende ist und sie gehen dürfen.

Charlotte sieht nicht glücklich aus, als sie mich sieht. Ich wusste, dass ich damit das Risiko eingehe, sie zu verärgern. Es ist nicht so, dass ich nicht darüber nachgedacht hätte, aber etwas in mir wollte sich dafür rächen, was sie mir angetan hat, aber nicht auf Kosten von anderen.

Soweit es mich betrifft, war der Abend ein Erfolg. Wir haben der Wohltätigkeitsorganisation geholfen. Die Gäste waren von unserem Überraschungsauftritt begeistert. Vielleicht haben wir einen alten Mann und seine Tochter verärgert, so ist eben das Leben.

„Das ist schade", sage ich in einem gleichmäßigen Ton. „Dank der Jungs haben wir eine Menge großzügiger Spenden bekommen."

Charlotte rollt ihre Lippen zusammen. „Ihr solltet alle gehen", sagt sie eindringlich und ihre Wangen röten sich, als sie meinen Blick nicht erwidert.

„Gilt das auch für mich?", frage ich und lege meine Hand an ihr Kinn, um ihren Blick zu heben.

„Ja." Ihre Zunge schnalzt an ihre Mundwinkel. Sie hält etwas zurück.

„Tun wir so, als würden wir uns trennen?", frage ich.

„Ich sehe keine andere Möglichkeit. Nachdem, was du mit den Jungs gemacht hast." Sie tritt zurück und verschränkt die Arme vor der Brust. „Ich kann mich nicht mit jemandem sehen lassen, der Partys stürmt."

Mein Kiefer spannt sich an. „So ist es nicht gewesen." Sie weiß, dass wir die Wohltätigkeitsveranstaltung nicht ruiniert haben. Wir haben es besser gemacht.

„Du musst gehen, bevor die Medien reinkommen, und wie ich meinen Vater kenne, wird er alles in seiner Macht stehende tun, um deinen Ruf und den des Teams zu zerstören."

Paparazzi und die Presse warteten vor dem Haupteingang, als wir ankamen. Sind sie hiergeblieben und warten darauf, dass die *Island Bruisers* gehen?

Sie schiebt uns zum Hinterausgang.

„Komm mit uns", sage ich und streiche ihr eine lose Haarsträhne hinters Ohr. Ihre Hochsteckfrisur fällt auseinander, löst sich auf, und so fühle ich mich auch gerade.

„Ich kann nicht. Ich muss dein Chaos aufräumen."

Ich zwinge sie nicht. Wenn ich das täte, müsste ich sie über meine Schulter legen und hinaustragen. Ihr Vater würde die Polizei rufen und mich wegen Entführung seiner Tochter verhaften lassen. Ich erwarte nicht, dass er mich mag, aber nach dem, was ich heute getan habe, verachtet er mich zweifelsohne.

Ich beuge mich vor und drücke Charlotte einen züchtigen Kuss auf die Wange, bevor ich rückwärts durch die offene Tür trete, um als Letzter zu den Jungs nach draußen zu gehen.

Die meisten meiner Teamkollegen haben sich in ihr Fahrzeug gesetzt, mit dem sie gekommen sind. Ich bin allein gekommen.

Jasper und Kyler warten draußen auf mich. Die beiden, sind nicht im Geringsten aufgeregt, wahrscheinlich weil sie vielversprechende Karrieren haben, zumindest Kyler. Jasper ist noch neu im Team, genau wie ich, aber sein älterer Bruder passt auf ihn auf.

„Treffen wir uns bei mir zu Hause?", fragt Kyler.

„Darauf kannst du wetten." Seine Verlobte passt auf meinen Sohn auf und sosehr ich mir wünsche, dass Zayn seine erste Übernachtung bei Freunden erlebt, wird es nicht heute Abend sein.

„Wie ist die Auktion gelaufen?", fragt Emerson. Sie ist mit den Kindern im Wohnzimmer.

Bristol, Kylers Tochter, liegt hellwach auf ihrem Prinzessinnenschlafsack und mampft Popcorn, während sie einen Disney-Film schaut.

Mein kleiner Tiger, Zayn, schläft tief und fest in seinem kleinen Schlafsack und schnarcht leise.

Wir gehen alle in den Flur und behalten die Kinder im Auge, wollen aber Zayn nicht wecken.

„Perfekt", sagt Kyler stolz. „Wir haben mit all unseren Preisen weit über eine halbe Million Dollar eingenommen.

„Wie viel hat das Date für euch drei eingebracht?", fragt Em. Es war ihre Idee, Kylers Privatjet einzubeziehen, um einen glücklichen Gast mit drei der heißesten NHL-Spieler irgendwohin zu bringen.

„Fünfundsiebzigtausend Dollar", sagt Kyler.

Em's Mund fällt runter. „Wer war der Gewinner?"

Wir schauen uns alle an und schütteln den Kopf. „Eine Dame mit einem sehr großzügigen Scheckbuch?" scherze ich.

Kyler schlingt seine Arme um Em's Taille und zieht sie an sich. „Ich habe dich vermisst, M&M."

Sie rümpft die Nase und knurrt ihn spielerisch an.

Er hält ihre Lippen fest, eine Hand auf ihrer Hüfte, die andere verheddert sich in ihrem Haar, während er den Kuss vertieft und sie mit seiner Zunge erforscht.

„Ich schwöre, ihr zwei nehmt euch ein Zimmer!", sagt Amber. „Das ist meine Schwester, die du mit der Zunge fickst."

„Wenigstens einer hat was davon", murmle ich und lehne mich an den Türpfosten. Meine Junggesellenzeit ist vorbei, besonders jetzt, wo ich ein Kind habe.

Jasper taucht von hinten auf und schlingt seine Arme um Ambers Taille. Sie lehnt sich an ihn und wirft ihren Kopf für einen süßen Kuss zurück.

Ich schaue unbeholfen weg. Seit wann bin ich der Typ, der keine Tussi hat? Mir ist es immer leichtgefallen, Mädchen zu bekommen und Sex zu haben, aber Zayn macht alles komplizierter.

Nicht, dass ich mit ihm etwas anders machen würde. Ich bin froh, dass ich das alleinige Sorgerecht bekommen habe. Ich bin dankbar, dass er in meinem Leben ist und ich mich auf ihn konzentrieren kann. Aber ich vermisse die Wärme, das Knistern zwischen den Laken, das Gefühl eines warmen weiblichen Körpers unter mir, wenn ich sie küsse und vergewaltige.

Und in meiner Fantasie sehe ich einen Hauch von feurigem Haar.

Strahlend blaue Augen.

Es ist zu hundert Prozent Charlotte Grace.

Selbst wenn ich keine Gefühle für sie haben will, ist sie immer noch in meinem Hinterkopf und drängt sich an der Barriere vorbei.

„Ich sollte Zayn nach Hause bringen und ihn ins Bett bringen", sage ich und gehe ins Wohnzimmer.

„Er kann gerne hier übernachten. Du weißt, dass wir genug Betten für Gäste haben", bietet Kyler an.

„Danke." Auch wenn ich sein Angebot zu schätzen weiß, versuche ich, Zayn in eine Routine zu bringen und möchte, dass er sich bei mir wie zu Hause fühlt.

———

Seit der Wohltätigkeitsveranstaltung ist jetzt eine Woche vergangen. Ich habe nichts von Charlotte gehört. Ich habe ihr Blumen geschickt, um die Wogen zwischen uns zu glätten.

Ich habe ihr eine SMS geschrieben, was bedeutet, dass ich ihre Nummer wieder entsperrt habe. Ich bin mir aber nicht sicher, ob sie mich blockiert hat.

Seit dem Ereignis habe ich kein Wort mehr von ihr gehört.

Sie ist wahrscheinlich sauer auf mich. Coach Malone war nicht gerade begeistert, als er erfuhr, was ich inszeniert hatte, und der Grund dafür schien ihn noch mehr zu verärgern.

Aber er hat sich damit abgefunden. Er weiß, dass es nicht gut für das Team ist, mich auf die Bank zu setzen, und solange ich meine gewohnte Leistung erbringe, lässt er die Sache mit mir auf sich beruhen.

Er ist wie ein Elternteil, zu dem man geht, wenn man lange wegbleiben will oder Geld braucht. Er ist derjenige, der dir keinen Hausarrest gibt, wenn du Mist baust, und ich habe schon genug davon gebaut.

Obwohl ich rückblickend nicht sicher bin, ob ich ein einfaches Elternhaus hatte. Das ist wahrscheinlich auch der Grund, warum ich Coach Malone so sehr mag. Er ist eine anständige Vaterfigur, anders als mein alter Herr.

„Ich erwarte von euch, dass ihr euer Bestes gebt und das Spiel sauber haltet, denn wir wissen alle, dass sie das nicht tun werden, nach der Nummer, die ihr letzte Woche mit ihnen abgezogen habt." Malone muss uns nicht an die Wohltätigkeitsveranstaltung erinnern.

Wir spielen heute Abend gegen die *Island Bruisers* in ihrem Heimstadion, und ich freue mich nicht darauf. Ich liebe Eishockey, das Spiel, die Atmosphäre, die Aufregung, wenn der Puck fällt - einfach alles. Aber zu wissen, dass Grant Brass immer noch da draußen ist, und ein Idol für Kinder ist, zerreißt es mich innerlich.

„Sie werden sich rächen wollen", sagt Aiden und lacht. „Sollen sie es doch *versuchen*."

„Sei nicht so eingebildet, Blake", Coach Malone wirft Aiden einen Blick zu. „Das ist es, was uns verlieren lässt. Geh da raus und zeig ihnen, dass du der Beste bist. Dass die Stadt dich wegen deines Talents liebt."

„Du meinst, es liegt nicht an unserer Angeberei?" scherzt Owen.

„Ich dachte, weil Jasper und Kyler sich die Hemden vom Leib gerissen haben, lieben die Frauen sie", scherzt Chase.

Die Jungs glucksen und lachen und nicken zustimmend. Das Team wird von Sekunde zu Sekunde unruhiger.

„Das könnte es sein", sagt Jasper. „Die Frauen wollen einen echten Mann im Bett."

„Das reicht jetzt, Jungs!" Malone schimpft mit uns, als wären wir Teenager, obwohl sich einige von uns immer noch so verhalten. „Zieht eure Ausrüstung an, konzentriert euch auf das Spiel und macht die *Island Bruisers* fertig."

„Wie läuft es mit dem neuen Kindermädchen?", fragt Kyler, als wir gemeinsam aus der Umkleidekabine gehen.

„Gut. Sie ist mit Zayn zu Hause." Ich hatte überlegt, das Kind mit zum Spiel zu nehmen, aber dann habe ich es mir anders überlegt, weil Grant gegen uns spielt. Das Letzte, was ich will, ist das Kind zu traumatisieren.

Offen gestanden war ich genauso besorgt, dass er Grant sehen würde, sich vertrauter und verbundener mit diesem Monster fühlen würde und die ganze Zeit, die wir uns nach vorn gearbeitet haben, wie zwei Schritte zurück wären.

Ich bin ein wenig unsicher, wenn es darum geht, ein Kind zu erziehen. Ich bin mir sicher, dass es wie bei einem Fahrrad ist: Ich falle runter und muss wieder aufsteigen und es erneut versuchen. Ich werde Fehler machen, das ist unvermeidlich, aber ich will nicht, dass einer dieser Fehler Brass betrifft.

„Ich bin froh, dass eine meiner Empfehlungen für dich funktioniert hat."

„Ja, sie kann gut mit Zayn umgehen. Sie scheint zu wissen, was er braucht, bevor ich es weiß." Allerdings verbringt sie jetzt viel mehr Zeit mit ihm als ich. Die Eishockeysaison ist hart, und ich kann keine Pause vom Training oder den Spielen machen, um mein Kind zu erziehen. Ich brauche das Geld.

„Du wirst es schon herausfinden. Sie ist nur da, um dir zu helfen, vor allem jetzt. In der Nebensaison wird es leichter werden."

Ich hoffe, Kyler hat recht. Er war schon immer ein alleinerziehender Vater. Im Moment hat er seine Verlobte, die ihm mit Bristol hilft, aber sie haben auch ein Kindermädchen.

Es fühlt sich nicht so an, als gäbe es eine richtige Off-Saison. Auch wenn wir nicht mitten in der Eishockeysaison sind, heben wir immer noch Gewichte, trainieren, üben und sorgen dafür, dass wir konzentriert bleiben.

„Ich weiß nicht, wie du das machst", sage ich. Es fühlt sich wie ein Kampf an, aber ich schaffe es. Es hilft, dass ich einen soliden Job habe, der gut bezahlt wird. Ich muss mir keine Sorgen um die Finanzen für meinen Sohn oder ein Vollzeit-Kindermädchen machen, solange ich bei der Mannschaft beschäftigt bin.

„Genauso wie du." Kyler klopft mir auf die Schulter, als wir auf das Eis gehen. „Du schaffst das. Du machst das großartig. Lass es dir nicht unter die Haut gehen, wenn du Brass siehst."

Mein Teamkollege kennt mich zu gut. Ich stand eigentlich Jasper immer näher, aber jetzt, wo Kyler und ich beide Väter sind, sind wir uns durch diese Verbindung noch näher gekommen. Er war wie ein Mentor, der mir geholfen hat, das Rechtssystem für das Sorgerecht und die Erziehung meines Sohnes zu durchschauen.

Jasper läuft direkt auf mich zu und gestikuliert in Richtung des Glases. „Sieht aus, als hättest du ein heißes Date auf der Tribüne."

Wovon redet er?

Wir laufen vor dem Spiel ein paar Minuten auf dem Eis, um uns aufzuwärmen, und um sicherzustellen, dass unsere Kufen bereit sind, und wir dehnen uns, damit wir uns keinen Muskel verzerren, wenn wir anfangen.

Ich schaue in die Richtung, in die Jasper gestikuliert hatte, als ich ihre roten Locken entdecke. Sie sitzt in der ersten Reihe neben der Loge des anderen Teams. Wahrscheinlich hat ihr Vater ihr diese Plätze besorgt, damit sie die *Island Bruisers* unterstützen kann.

Sie trägt einen Mantel, also kann ich nicht sehen, wessen Trikot sie darunter trägt.

Stimmt das, was er gesagt hat, dass sie nach dem Schulabschluss für ihn arbeiten wird? Mir dreht sich der Magen um, wenn ich nur daran denke, dass sie in Grants Nähe ist. Ich will ihn nicht in ihrer Nähe sehen.

„Wir nehmen Brass aus dem Spiel", sage ich leise zu Owen. Er spielt auf dem linken Flügel gegen Grant Brass, es sei denn, Grant schafft es, den Puck zu stehlen und kommt in meine Richtung.

„Ich weiß, dass du Streit mit ihm hast, und jeder, der sich mit meinen Kumpels anlegt, verdient eine Tracht Prügel ..." Owen lässt die Worte sacken, „... aber ich kann mich nicht aus dem Spiel werfen lassen."

Ich beiße mir auf die Zunge. „Das wirst du nicht. Das werden wir nicht. Schlimmstenfalls landen wir im Sündenpfuhl."

Owen muss nicht einmal darüber nachdenken. „Normalerweise spiele ich nicht gerne schmutzig, aber manchmal muss man tun, was das Beste für den Sport ist.

„Was das Beste für die Menschheit ist", sage ich.

Obwohl ich nicht vorhabe, ihn zu töten, ich bin kein brutaler Mensch. Ich würde gerne sehen, wie sein Gesicht ein paar Mal gegen die Wand knallt, vielleicht eine blutige Nase und wenn ich Glück habe, ein gebrochenes Bein oder etwas, das ihn für eine Weile vom Spiel fernhält.

Aber absichtlich einen Spieler zu verletzen, ist nicht meine Art zu spielen. Ich schütze mich und meine Mitspieler und jage den Puck. Wenn jemand verletzt wird, dann ist das eben so.

Ich habe mich gut benommen.

Mein Anwalt wollte, dass ich die Dinge sauber halte, und ich habe in den letzten Monaten ein wenig zu nett gespielt. Ich habe seine Ratschläge und Anweisungen genau befolgt, um das Sorgerecht für Zayn zu bekommen.

In mir brodelt Wut, die sich aufgestaut hat und darauf wartet, herauszukommen.

Das Eis schmilzt fast unter meinen Kufen.

Das Spiel beginnt. Ich bin linker Verteidiger, das ist meine Position, aber ich mache das mit Bravour, klaue den Puck so oft wie möglich und halte die *Bruisers* vom Toreschießen ab.

Aiden ist ein fantastischer Torwart, aber er ist unsere letzte Verteidigung vor dem Tor. Wenn Chase und ich verhindern können, dass der Puck in seine Nähe kommt, ist die Chance auf ein Tor geringer.

Ich drücke Conrad an die Scheibe. So sehr ich mir auch wünsche, dass es Grant ist, er ist einige Meter von mir entfernt.

Er erwidert den Gefallen und ich lande mit dem Rücken gegen die Bande, aber ich spiele weiter und kämpfe um den Puck, während wir uns auf dem Eis fair bekämpfen.

„Wenn du und deine Jungs so dringend ein Date bräuchtet, hätten wir euch ein paar von unseren Hasen leihen können", spottet Conrad.

Ich ignoriere seine Bemerkung, klaue den Puck und spiele ihn zu Owen, während wir nach vorne gehen und versuchen, ein Tor zu erzielen.

Es ist ein beherzter Kampf, bei dem das andere Team Owen in die Bande drückt. Kyler schafft es, den Puck zu stehlen und spielt ihn zu Jasper.

Ich kann nicht hören, was gesagt wird, aber die *Island Bruisers* beschimpfen uns bei jeder Gelegenheit. Sie versuchen, uns aufzuwiegeln, aber Jasper weiß, dass er einen kühlen Kopf bewahren muss.

Er ist an den Trash Talk anderer Teams gewöhnt, für ihn ist das nichts Neues.

Der einzige Unterschied ist, dass wir sie dieses

Mal vor dem Spiel zu Recht verärgert haben. Es geht nicht nur um den Kampf auf dem Eis. Sie versuchen, ihren Stolz wiederzuerlangen. Wir haben sie vor der Presse lächerlich gemacht, vor allem als die Nachrichtensender von unserem Überraschungsbesuch erfahren haben.

Der Puck rutscht zurück zu Owen, und Grant ist sofort zur Stelle. Er zieht seinen Schläger zurück, schwingt hoch und landet einen Schlag in Owens Gesicht, der seine Nase trifft.

Blutstropfen fallen auf das Eis.

Kyler und ich rennen quer über die Eisfläche auf Grant zu und weigern uns, ihm das durchgehen zu lassen. Kyler knallt ihn gegen die Bande, und ich schließe mich an. Wir sind nicht die Einzigen. Jasper ist direkt hinter uns. Die Spieler der anderen Mannschaften tun das Gleiche und rennen auf Grant zu, um ihn zu schützen oder zu verteidigen.

Owen zu sagen, dass er Grant für mich verfolgen soll, war ein Fehler. Er sollte nicht meine Kämpfe austragen. Nicht, dass es wichtig wäre, was ich sage. Grant war eindeutig auf Blut aus. Das ist bei ihm nichts Neues, ob zu Hause oder auf dem Eis.

Ich schlage immer wieder auf Grants Brustkorb ein, als Conrad mich rückwärts auf das Eis zieht.

„Mach mal halblang", sagt Conrad und hält mich zurück.

Charlie Hayes mischt sich in den Kampf ein und greift Kyler zusammen mit einem anderen Spieler des *Island Bruisers* an. Es ist schwer zu erkennen, wer gegen wen kämpft, wenn ich dem Gerangel den Rücken zuwende.

Die Schiedsrichter pfeifen und versuchen, den Kampf zu unterbrechen. Grant wird auf die Strafbank geschickt. Er ist nicht der Einzige. Kyler und ich werden auch bestraft. Nicht, dass es mich stört, aber sie haben einen Spieler mehr als wir.

———

Kyler und ich werden von der Strafbank entlassen, aber wir liegen mit einem Punkt zurück. Ich lasse mich davon nicht beirren. Wir haben noch genug Zeit, um den *Bruisers* in den Arsch zu treten.

In der Pause haben wir Zeit, um uns zu erholen, während wir in die Umkleidekabine geschoben werden. Es gibt keine aufmunternden Worte des Trainers. Er schüttelt den Kopf und blickt uns enttäuscht an.

„Sie beleidigen dich, um dich dazu zu bringen, Kämpfe anzufangen. Sie wollen, dass du aus dem

Spiel geworfen wirst oder zumindest vom Eis gehst",
sagt Malone. Ihm ist nicht entgangen, was vor sich
geht.

„Wir haben noch zwei weitere Perioden. Das
Spiel ist noch nicht vorbei", fügt Chase hinzu. Er
versucht, die Moral zu heben. Wir liegen zwar nur
mit einem Punkt zurück, aber das hätte nicht
passieren dürfen. Dank der Strafbank haben sie es
geschafft, auf die Anzeigetafel zu kommen.

Zum Glück ist Owens Nase nicht gebrochen. Er
hat ein paar *Steri-Strips* von der Attacke, aber wenn
er den Helm wieder aufsetzt, sieht er so gut wie neu
aus. Ein bisschen Blut auf seiner Ausrüstung, und es
ist wie ein weiterer Tag auf der Eisbahn.

Der Trainer gibt uns einige Ratschläge und sagt
Dinge, an denen wir arbeiten sollen, bevor er uns
aus der Umkleidekabine schickt.

Ich folge den Jungs zurück zu unserer Bank und
setze mich, während wir auf das Ende der Pause
warten. Ich kann nicht umhin, einen Blick in
Charlottes Richtung zu werfen. Wenn ich zu ihr
rüberlaufen und mit ihr reden könnte, würde ich
das tun. Aber das ist nicht erlaubt. Ich kann das
Team nicht im Stich lassen.

Malone ist der letzte, der aus der
Umkleidekabine kommt. „Was ist los?", fragt er.

Er muss mich beim Starren erwischt haben. Es ist nicht so, dass ich meinen Blick von ihr abwenden könnte. „Charlotte Grace."

„Ich dachte, ihr zwei seid fertig. Sie ist eine Belastung, mein Sohn."

Ich öffne den Mund, um gegen seine Beschreibung von ihr zu protestieren, aber er unterbricht mich.

„Sie ist eine Ablenkung. Hast du ihr etwas zu sagen, was du dir von der Seele reden möchtest?"

Ich nicke energisch. Malone schnauzt einen unserer Praktikanten für Eishockeyausrüstung an.

„Ja, Sir?", fragt der Praktikant mit leuchtenden Augen.

„Hol die Rothaarige", sagt Malone und zeigt auf Charlotte Grace. „Sie soll zu unserer Bank kommen. Wir müssen mit ihr reden."

„Ja, natürlich." Er rennt zu ihr und stellt keine Fragen; er tut, was ihm gesagt wird.

„Konzentriere dich wieder auf das Spiel, Reece." Malone kann es nicht lassen. Gibt es denn keine anderen Jungs, auf die er schimpfen kann? Ich bin nicht der Einzige, der abgelenkt ist.

DREIUNDZWANZIG

CHARLOTTE

Zum Spiel der *Island Bruisers* zu kommen, war nicht meine Vorstellung von Spaß. Ja, ich liebe Eishockey, aber ich bin eigentlich nur wegen einem Gefallen für Pflegeeltern aus dem Parkbezirk hier. Ihre Tochter war noch nie bei einem Spiel, also habe ich ihr angeboten, sie mitzunehmen.

Und da ich Freikarten für die Spiele der *Island Bruisers* bekomme, war es nur logisch, dass ich sie mitnahm. Ich wünschte, wir hätten woanders sitzen können.

Hinter dem Glas ist es fantastisch, es sind die besten Plätze im Haus, aber es ist auch das schlimmste, weil mein Vater seine Spieler anbrüllt und sie schikaniert, wenn sie einen Schuss verpassen oder ein Tor nicht machen.

Abbi schaut entsetzt drein. Da hilft es auch nicht, dass jedes zweite Wort aus dem Mund des Trainers ein Schimpfwort ist. Mein Vater hätte ein Seemann werden sollen.

Anfangs habe ich versucht, ihr die Ohren zuzuhalten, aber das habe ich inzwischen aufgegeben. Es ist sinnlos. Ich müsste ihr Ohrstöpsel in die Ohren stecken, damit sie die Sprüche aus seinem Mund nicht hört.

Es ist Pause, also wird wenigstens nicht geflucht. Oder besser gesagt, wenn er flucht, dann in der Umkleidekabine mit den Jungs. Abbi und ich müssen es nicht hören.

„Glaubst du, sie werden mein Trikot signieren?", fragt Abbi und starrt mich mit leuchtenden Augen an.

Ich liebe das Kind. Sie ist meine Lieblingsschülerin, die ich im Hockey unterrichte, nicht dass wir Lieblinge haben sollten. Aber das Kind ist nicht nur ein Naturtalent, was die sportlichen Fähigkeiten angeht, sondern auch frech.

Abbi trägt ein Trikot der *Ice Dragons*, genauer gesagt die Nummer von Kyler Greyson. Die Chance, dass sie auf diesem Trikot ein Autogramm von einem *Bruiser* bekommt, ist gleich null. Mein Vater wirft mir immer wieder Todesdolche zu, wenn er das kleine Mädchen mit mir sieht.

Er nimmt wahrscheinlich an, dass es für die Arbeit oder ein freiwilliges Jugendprogramm ist. Er ist nicht so verrückt, und macht sich Sorgen, dass ich ein achtjähriges Kind vor ihm versteckt habe.

„Ich glaube nicht, dass sie das gegnerische Team besonders gut finden", sage ich.

„Nein, ich meinte das coole Team. Die *Ice Dragons*", sagt sie und zeigt auf ihre Bank. Ihre Spieler kommen langsam aus der Umkleidekabine zurück und ich schaue Noah in die Augen.

Nun, ich bemerke ihn. Er starrt in meine Richtung, aber ich bin mir nicht sicher, ob er weiß, dass ich bei dem Spiel bin. Es ist töricht von mir zu glauben, dass er mich in der Menge entdecken kann.

Ein Junge, der auf den ersten Blick ein Schüler sein könnte, kommt auf uns zu. Aber ich erkenne, dass er für die *Ice Dragons* arbeitet. Er trägt das Logo der *Ice Dragons* auf seinem Hemdkragen und hat eine schwarze Hose an. Er ist viel professioneller gekleidet, als es die Fans normalerweise sind.

„Hey, unser Chef will mit dir sprechen."

„Und was ist, wenn ich nicht mit ihm reden will?", frage ich.

Er zieht eine Grimasse und schlurft mit den Füßen. Ich habe ihn in Verlegenheit gebracht. „Ich bin nur ein Praktikant, der versucht, seinen Job zu machen. Bitte, kommen Sie mit mir."

Abbi legt die Stirn in Falten und verschränkt die Arme vor der Brust. „Wir gehen nicht mit Fremden mit", sagt Abbi.

Ich lege einen Arm auf ihre Schulter. „Das stimmt, und es tut mir leid, aber ohne meinen Schützling gehe ich nirgendwo hin."

„Das klingt gut", sagt Abbi und grinst zu mir hoch.

„Sie kann auch mitkommen, aber sie müssen sich beeilen. Das Spiel fängt bald an."

Ich schnappe mir meine Tasche und wir folgen ihm durch die Tribüne, bis wir das Team erreichen.

„Wer ist diese junge Dame?", fragt Kyler.

Abbis Augen weiten sich und sie dreht sich um und zeigt ihm ihr Greyson-Trikot.

„Das Mädchen hat Talent", scherzt er grinsend und ist stolz darauf, dass sie ein Fan von ihm ist.

„Das ist Abbi", sage ich und stelle sie dem Team vor. „Sie ist eines der Kinder aus dem Hockeycamp, das ich trainiere.

„Du trainierst Hockey?", fragt Malone, sichtlich überrascht.

„Ich mag Eishockey, manchmal mag ich die Spieler nicht, aber ich mag das Spiel."

„Autogramm!", sagt Abbi und schnippt mit den Fingern.

Noah lächelt sie an. „Ich wette, hier hat jemand einen Marker. Coach, können wir einen Permanentmarker für das Trikot des Kindes bekommen?" scherzt Noah.

„Ich will, dass Kyler Greyson mein Trikot signiert", verkündet Abbi.

„Ich wollte eigentlich vorschlagen, dass wir alle unterschreiben", sagt Noah und wirft die Hände in die Luft, „aber wenn du nur Greysons Unterschrift willst ..."

„Ihr alle?" Der Freudenschrei kommt mit einem Kicheranfall heraus, während sie Mühe hat, still zu stehen. „Echt jetzt?" Sie gibt nach und beginnt auf- und abzuspringen.

Die anderen Jungs nicken zustimmend und zucken lässig mit den Schultern. „Ja, klar. Wir können dein Trikot signieren, Kind."

„Ich heiße Abbi", sagt Kyler und ich schwöre, das Mädchen wird gleich ohnmächtig. Die Tatsache, dass er ihren Namen kennt und sich an ihn erinnert, reicht aus, um ihre Wangen zum Glühen zu bringen.

Jemand drückt kräftig zu.

Ich werde ihr nicht das Herz brechen und ihr sagen, dass er verlobt ist oder sie viel zu jung ist, um einen Mann zu mögen, der dreimal so alt ist wie sie.

„Hast du uns deshalb herbestellt?", frage ich und werfe einen Blick auf Noah, weil ich vermute, dass er etwas damit zu tun hat. „Hast du Abbi in ihrem *Ice Dragons*-Trikot gesehen?"

Noahs Ohren röten sich, sein Helm liegt auf der Bank. „Ich wollte, dass wir uns unterhalten", sagt er und nickt mir zu, damit ich ihm folge, und wir ein paar Meter von Abbis lauschenden Ohren und seinen Teamkollegen entfernt sind.

Ich verschränke meine Arme vor der Brust. „Also, rede." Ich warte darauf, dass er mir sagt, warum er mich von unseren Plätzen geholt hat, obwohl ich dankbar bin, dass seine Mannschaftskameraden mit Abbi nachsichtig sind und auf der Rückseite ihres Trikots unterschreiben.

„Ich heiße Abbi mit I", sagt sie und achtet darauf, dass man ihren Namen richtig schreibt. „Und ich mag Herzen und Hockey."

Die Jungs kichern und versuchen alle, kleine Zeichen auf ihren Rücken und ihre Ärmel zu malen oder zu unterschreiben. Sie hat eine Fülle von verschiedenen Farben, mit denen auf dem Trikot unterschrieben wird.

„Können wir von vorn anfangen?", fragt Noah.

Ich presse meine Lippen zusammen. Das scheint keine realistische Option zu sein. „Ich wüsste nicht, wie", sage ich. Wir haben schon genug Drama zwischen uns verursacht.

„Ich habe dir verziehen, dass ich verhaftet wurde. Was ich bei der Wohltätigkeitsveranstaltung getan habe, war keine große Sache. Ich meine, im Vergleich dazu war es buchstäblich nichts. Ich habe kranken Kindern geholfen."

„Ist es das, was du dir einredest?" Ich koche vor Wut. „Weil du meinen Vater, dein rivalisierendes Team und mich blamiert hast."

„Warum ist dir das peinlich?", fragt Noah und geht einen Schritt auf mich zu.

„Ich habe für dich gebürgt, dich als meinen falschen Freund eingeladen, aber dann hast du das, was mein Vater geplant hatte, zum Gespött gemacht. Das war erniedrigend."

„Für ihn oder für dich?", fragt Noah.

Ich beiße mir auf die Zunge. Mir war die ganze Sache, die passiert war, gar nicht so peinlich. Wenn überhaupt, denn ich hatte Noah und seine Teamkollegen für ihr Verhalten gegenüber meinem Vater verteidigt.

„Du hättest es mir sagen sollen. Ich hätte dir helfen können."

„Du hättest es auf keinen Fall durchgezogen."

„Das kannst du nicht wissen", sage ich. „Ich wäre vielleicht dabei gewesen, aber stattdessen hast du die ganze Veranstaltung und vor allem mich nicht respektiert."

Noah schließt kurz die Augen und atmet tief durch, um seine Fassung wiederzuerlangen, bevor er mich anschaut. Sein Blick schickt Schmetterlinge direkt in meinen Magen. „Hör auf, alles auf mich zu schieben. Alle hatten eine gute Zeit. Die Wohltätigkeitsorganisation hat mehr Spenden erhalten, als sie sonst bekommen hätte. Es war ein Gewinn für alle."

„Die *Island Bruisers* sind sich nicht einig. Hör auf, egoistisch zu sein."

Seine Kinnlade fällt herunter. „Wir haben also auf Beschimpfungen zurückgegriffen, ist es das?"

„Ich habe gesagt, dass du egoistisch bist. Das ist kein Schimpfwort für dich. Es ist eine Tatsache. Es ging dir um Ruhm und Anerkennung. Du wolltest im Mittelpunkt stehen und hast deine Chance auf Kosten der gegnerischen Mannschaft bekommen."

„Das ist nicht fair", sagt Noah. Er zieht die Stirn in Falten und zerrt mich von der Spielerbank weg in den Gang zur Umkleidekabine. „Was ich getan habe, war dazu gedacht, dir zu helfen und zu verhindern, dass du dich mit einem Idioten treffen musst, der dir an die Wäsche will.

„Glaubst du, ich kann nicht auf mich aufpassen?"

Noahs Gesichtszüge sind angespannt. „Du legst mir Worte in den Mund. Das habe ich nie gesagt oder angedeutet."

„Das hast du, wenn du denkst, dass ein zufälliges Date Glück bringt. Nur weil ich beim ersten Date mit dir geschlafen habe, heißt das nicht, dass ich das mit jedem Typen mache, den ich treffe." Ich verlagere mein Gewicht auf meinen Füßen, weil ich mich bei diesem Gespräch unwohl fühle.

„Du hast mir erzählt, dass dein Vater dich zwingt, dich als Date für die Auktion zur Verfügung zu stellen. Ich habe dir einen Gefallen getan und versucht, mehr Geld für die Wohltätigkeitsorganisation einzunehmen, dir deinen Vater vom Hals zu halten und ein bisschen Spaß zu haben."

„Es ist der kleine spaßige Teil, den du vermasselt hast", sage ich. „Alles war gut, bis deine Jungs beschlossen haben, auf der Wohltätigkeitsauktion eine Stripshow zu veranstalten. Diese älteren

Damen hätten einen Herzinfarkt bekommen können!"

Das Lachen, das durch seinen Körper geht, ist zu viel. Er beugt sich vor und versucht, nach Luft zu schnappen, während er über das Bild lacht, das ich ihm in den Kopf gesetzt habe. „Hör auf! Du bringst mich noch um!" Noch lacht immer noch.

„Das ist nicht lustig", sage ich.

„Irgendwie schon", behauptet Noah und stellt sich aufrechter hin. „Vielleicht hätten wir einige meiner Teamkollegen nicht dazu bringen sollen, einen kleinen Striptease zu machen, aber mehr war es nicht - ihre Boxershorts haben sie nicht ausgezogen.

„Genau, denn das macht es so viel besser! Hörst du dir selbst zu?"

„Hörst du dich selbst?", erwidert Noah. „Ich wusste, dass du mir vielleicht nicht für das, was ich getan habe, danken würdest, aber ich dachte, du würdest erkennen, wie sehr ich dir geholfen habe und dankbar sein." Er kommt näher und dringt in meinen persönlichen Raum ein, während wir uns auf Augenhöhe gegenüberstehen.

„Das macht doch keinen Sinn!"

„Du auch nicht!", sagt Noah etwas lauter, und das Nächste, was ich spüre, sind seine Lippen auf meinen, als er mich an die Wand drückt und seine Zunge über meine Lippen streicht und mein Mund sich hungrig nach ihm öffnet.

Während sich eine Hand in meinen Haaren verheddert, streicht die andere über meine Wange, wandert meinen Hals hinunter und streichelt meine Brüste.

Hitze durchflutet meinen Körper. Zweifellos spürt er sie auch.

Er schmeckt nach Kastanie und Eiche. Seine Berührung setzt mein Innerstes in Brand und lässt mich von kribbelnden Gefühlen durchfluten. Er hat alle meine Sinne geweckt und sie in erhöhte Alarmbereitschaft versetzt.

Nach unserem intensiven Kuss stoße ich ihn weg. „Du kannst mich nicht einfach küssen und erwarten, dass ich dir in die Arme falle und wir glücklich bis an unser Lebensende sind.

Noahs Blick zuckt. „Ich habe erwartet, dass es dich zum Schweigen bringt."

„Ha!", sage ich und zeige auf ihn. „Tja, da liegst du mal wieder falsch."

VIERUNDZWANZIG

NOAH

Charlotte Grace ist die frustrierendste Frau, die ich kenne.

Berichtigung.

Charlotte Grace ist die frustrierendste Person auf diesem Planeten. Wahrscheinlich auch auf jedem anderen Planeten, der in diesem oder einem anderen Universum existiert.

Ich schwöre, sie genießt es, die Dinge zu verkomplizieren, nur um mit mir zu spielen.

Ich sitze auf der Bank und der Trainer lässt mich das Spiel aussitzen, weil ich nach der Pause zu spät gekommen bin. Es besteht die Chance, dass er mich wieder einsetzt, aber ich zahle die Strafe.

Ja, der Kuss mit Charlotte hat etwas damit zu

tun. Das war aber nicht das Einzige. Es war der Ständer, den sie mir verpasst hatte, der mich in die Umkleidekabine eilen ließ, um mich zu erholen, bevor ich aufs Eis ging.

Ich wollte nicht riskieren, dass meinem Trauzeugen etwas zustößt.

Ich schob es auf einen Muskelkrampf in meiner Wade, aber der Trainer glaubte mir das nicht. Er sagte mir, wenn meine Muskeln so verkrampft sind, dann sollte ich mich auf die Bank setzen und sie ausruhen.

Diese kleine Lüge habe ich nicht durchdacht.

Malone ist kein Idiot. Ich bin mir sicher, dass er wusste, was wir tun. Ich bin mir nur nicht sicher, was er tut.

Abbi und Charlotte sitzen hinten auf der Bank bei den Spielern. Warum hat er sie nicht auf ihre Plätze zurückkehren lassen, nachdem das Spiel begonnen hat?

„Hast du noch etwas zu klären?", fragt Malone und blickt mich an, bevor er sich wieder seinen Spielern auf dem Eis zuwendet.

„Nein, Sir."

Er scheint nicht überzeugt zu sein, aber ich versuche mein Bestes, um es glaubhaft zu machen. „Mir geht es gut. Ich bin bereit, wieder eingesetzt zu werden.“

„Deine Krämpfe mögen besser sein, aber dein Kopf ist nicht im Spiel.“

Es dauert weitere fünf Minuten, bis er mich reinlässt und Cole Stephens rausnimmt. Ich mache meinen Fehler wieder gut und sorge dafür, dass der Puck nicht in die Nähe des Tores kommt, als die *Bruisers* auf unsere Seite der Eisfläche kommen.

––––––––––

Wir haben mit einem Punkt gewonnen, das ist alles, was zählt. Das enge Spiel mag brutal gewesen sein, aber zumindest waren wir heute Abend die Sieger.

Die Jungs kommen vom Eis und gehen in die Umkleidekabine.

Charlotte und Abbi stehen da und warten, bis die Jungs weg sind.

„Das hat so viel Spaß gemacht!“, schreit Abbi über den Lärm in der Arena hinweg. Die Fans feiern immer noch den Sieg.

Ich erwarte nicht, dass ich Charlotte heute Abend in der Bar sehe, um zu feiern, denn sie hat ein Kind dabei, was wahrscheinlich das Beste ist. Ich muss sowieso nach Hause zu Zayn.

Langsam verstehe ich, warum Kyler und Em

nach den Spielen nicht mit uns abhängen, wenn wir gewinnen, er setzt Prioritäten. Ich habe gemerkt, dass er sein Kind und seine Familie über das Feiern stellt, aber das Gefühl, das Richtige zu tun, lässt meine Brust vor Stolz anschwellen.

„Danke, dass du uns heute Abend unterstützt hast", sage ich und schaue auf Abbi.

„Natürlich!", quietscht sie und freut sich, dass ein Spieler der *Ice Dragons* mit ihr spricht.

Ich bin mir nicht sicher, welches Team Charlotte heute Abend angefeuert hat. Vielleicht ist das für sie nicht wichtig, aber für mich ist es wichtig. Ich möchte, dass sie mein Trikot trägt und mich unterstützt.

Ich atme schwer aus. „Ich muss jetzt duschen gehen."

„Gutes Spiel, Reece", sagt Charlotte und klemmt ihre Unterlippe zwischen die Zähne.

Denkt sie immer noch so sehr an den Kuss wie ich?

Ich schenke ihr ein schiefes Lächeln und trete näher. „Wie kommt ihr zwei nach Hause?", frage ich.

„Wir werden die U-Bahn nehmen", sagt Charlotte.

„Wenn ihr zwanzig Minuten warten könnt, fahre ich euch Mädels nach Hause."

„Bist du sicher? Ich muss Abbi noch bei ihren Eltern absetzen", sagt Charlotte und schaut auf ihre Uhr. Sie wird es kaum schaffen, den Zug in weniger als zwanzig Minuten zu erreichen, und ich will nicht riskieren, dass sie Abbi in der Menge verliert.

„Meine Pflegeeltern", sagt sie. „Bitte, können wir?" Abbi ergreift Charlottes Hände, und fleht sie mit großen Augen an.

Ich mag dieses Kind.

„Ja, wir warten vor der Umkleidekabine auf dich."

———

Nach dem Spiel dauert es etwas länger, weil der Trainer uns noch etwas zu sagen hat, danach gehe ich schnell duschen. Während ich mit den Jungs mit dem Bus zur Arena gefahren bin,- das ist eine der Voraussetzungen für Auswärtsspiele - habe ich mir einen Fahrdienst organisiert, der mich nach Hause bringt. Nicht, dass ich nicht gerne mit den Jungs nach Hause fahren würde, aber ich wollte etwas schneller zu Zayn nach Hause kommen und nicht in Versuchung geraten, danach noch etwas trinken zu gehen.

Als ich in der Umkleidekabine fertig bin,

verabschiede ich mich von meinen Teamkameraden und gehe auf den Flur hinaus, wo Charlotte und Abbi geduldig warten.

Mir gefällt, dass Charlotte gut mit Kindern umgehen kann. Für jemanden, der mir gesagt hat, dass er nie welche haben will, dachte ich, sie würde Kinder hassen.

„Lass uns hier verschwinden", sage ich. Ich führe sie durch das Labyrinth der Gänge, zücke mein Handy und schreibe dem Fahrer eine SMS, dass wir auf dem Weg sind.

„Bist du gefahren?"

„Nicht ganz", gebe ich zu.

Landon, mein Fahrer, wartet bereits am Seitenausgang. Er steigt aus und öffnet die Hintertür des Geländewagens, damit wir einsteigen können.

Es gibt drei Sitzreihen und Abbi klettert in die hinterste Reihe, sodass ich neben Charlotte Platz habe.

Das Kind ist ein Genie.

Charlotte gibt dem Fahrer Abbis Adresse, bevor wir von der Eisarena wegfahren.

„Großartiges Spiel heute Abend", sagt Landon.

Wahrscheinlich hat er sich das Spiel im Radio angehört, während er auf mich gewartet hat. Ich habe angeboten, ihm Karten zu besorgen, aber er nimmt keine Geschenke an. Er arbeitet für eine Firma, also habe ich angenommen, dass es gegen ihre Regeln verstößt, wenn er etwas anderes annimmt als ein Trinkgeld.

„Das hat so viel Spaß gemacht!", schreit Abbi vom Rücksitz. „Das erste und beste Eishockeyspiel aller Zeiten."

„Du hast dich heute Abend auf dem Eis gut geschlagen", sagt Charlotte und lächelt, während ihr Blick auf meinen gerichtet ist.

Mein Atem stockt, das Funkeln in ihrem Blick setzt meinen Körper in Brand. Sie sieht mich an, als wolle sie mich verschlingen, aber seit dem feurigen Kuss hat sie mich nicht einmal mehr berührt.

Ich muss daran denken, meinen Schwanz im Zaum zu halten. Auf dem Rücksitz sitzt ein Kind, und Charlotte und ich stehen immer noch auf wackligen Beinen.

Ich habe es geschafft, ihr zu verzeihen. Es wäre schön, wenn sie die gleiche Höflichkeit zeigen würde.

Was ich getan habe, war nicht annähernd so schlimm wie das, was sie getan hat, obwohl Kyler mich bei der Wohltätigkeitsveranstaltung davor bewahrt hat, alles noch schlimmer zu machen. Dafür muss ich ihm später noch danken, wenn

Charlotte mir verzeiht, das wird sie hoffentlich irgendwann tun. Ich werde nicht aufgeben, bis wir die Dinge zwischen uns wieder ins Lot gebracht haben.

Selbst wenn nichts mehr zwischen uns passiert, werden wir uns begegnen. Sie ist die beste Freundin von Amber, die mit meinem besten Freund zusammen ist.

Wir machen uns auf den Weg zu Abbis Haus und Charlotte steigt aus und bringt Abbi zu ihrer Haustür. Sie stellt sicher, dass sie Abbi ihren Pflegeeltern übergibt, bevor sie zum Auto zurückkehrt.

„Wohin?", fragt der Fahrer.

Ich will Landon Charlottes Adresse geben, als sie eine Hand auf meinen Arm legt und mich aufhält. „Wie wäre es, wenn wir zu dir gehen? Reden, außerdem kannst du es sicher kaum erwarten, Zayn zu sehen", sagt Charlotte.

„Danke."

Landon fährt auf meinen Wohnkomplex zu. Die Luft im hinteren Teil des Fahrzeugs ist dick vor Anspannung.

Sie will zum Reden mitkommen. Ist das ein Zeichen für Sex? Wie ich Charlotte und ihr feuriges Mundwerk kenne, wahrscheinlich nicht. Aber wenigstens kann ich ins Bett gehen, wenn wir mit dem Streiten fertig sind, hoffentlich leise genug, um Zayn nicht zu wecken.

„Gutes Spiel heute Abend", sagt Charlotte.

„Das hast du schon gesagt." Ich lächle halbherzig.

Sie nickt und schürzt ihre Lippen. „Du hast mich als Kontakt freigeschaltet. Zumindest nehme ich das an, da du mir kürzlich eine SMS geschickt hast. Danke für die Blumen", sagt Charlotte und atmet schwer, als hätte sie all ihre Energie gebraucht, um diesen einfachen Satz zu sagen.

„Gern geschehen. Danke, dass du bei der Sorgerechtsanhörung dabei warst."

Es folgt ein Schweigen, aber sie ist ruhiger und gelassen, und ich greife nach ihrer Hand. Charlotte bietet sie mir an, öffnet ihre Handfläche und verschränkt unsere Finger miteinander.

„Abbi ist ein süßes Kind", sage ich und bin überrascht, dass Charlotte sie zu einem Spiel mitgenommen hat.

„Ja, das Kind hat eine Menge durchgemacht."

„Das habe ich mir schon gedacht, als sie ihre Pflegeeltern erwähnte."

Charlotte nickt. „Ja, viele der Kinder, mit denen ich arbeite, haben einen schwierigen Hintergrund.

Eltern, die süchtig sind oder drei Jobs haben, um ein Dach über dem Kopf zu haben. Sie sind die Schlüsselkinder ohne ältere Geschwister zu Hause. Die meisten können sich nicht einmal die Hockeyausrüstung leisten, also versuchen wir, sie mit Spenden oder gebrauchter Ausrüstung zu versorgen, so gut wir können.

„Ich könnte mit dem Team reden und fragen, ob wir nicht ein paar Sachen spenden können, die wir nicht mehr brauchen", biete ich an.

Sie lächelt schwach. „Danke, aber ich bin mir ziemlich sicher, dass deine Füße zu groß sind und dein Hockeyschläger größer ist als einige meiner Kinder."

„Du denkst, mein Schläger ist zu groß", scherze ich und stupse sie an. Sie lacht, was ich als großen Erfolg werte. „Und was machst du mit den Kindern?"

„Ich leite die Eishockey- und Anfängerkurse für Schlittschuhlaufen.

———

Als wir bei mir zu Hause ankommen, schläft Zayn auf dem Sofa neben dem Kindermädchen.

„Tut mir leid, Mr. Reece. Ich habe versucht, ihn

ins Bett zu bringen, aber er ist immer wieder aufgewacht und hat nach Ihnen gefragt."

„Das ist in Ordnung. Ich kann ihn in das Bett bringen." Ich bücke mich, hebe den schlafenden Zayn in meine Arme und trage ihn durch den Flur in sein Schlafzimmer.

Charlotte schaut von der Küche aus zu und lächelt.

„Brauchen Sie noch etwas?", fragt das Kindermädchen, als ich zurückkomme, nachdem ich Zayn ins Bett gebracht habe.

„Nein, das ist alles. Wir sehen uns dann morgen früh", sage ich.

Sie geht aus der Penthouse-Suite.

„Das arme Mädchen muss morgen früh zurückkommen?", fragt Charlotte und blickt auf ihre Uhr. Es ist bereits nach Mitternacht.

„Ja, aber sie muss nicht weit gehen. Ich habe ihr eine Wohnung ein paar Stockwerke tiefer gemietet. Es ist nicht ideal, aber ich habe hier keinen Platz, sonst müsste ich umziehen."

„Das ist wirklich schön", sagt Charlotte und überrascht mich. „Wenn ich ein Kindermädchen wäre, würde ich es lieben, nicht mitten in der Nacht aufstehen zu müssen, um auf das Kind aufzupassen."

Ich klopfe ihr spielerisch auf den Hintern. „Wird es so sein?", frage ich und lache. „Du weigerst dich, nachts auf unser Kind aufzupassen?"

„Unser Kind?", fragt Charlotte und zieht eine Augenbraue hoch. „Meinst du Zayn oder ein zukünftiges Kind, ich bin übrigens nicht schwanger. Diese Gebärmutter zieht es vor, unbewohnt zu sein."

„Ich dachte nicht, dass du schwanger bist, aber ich schätze deine Ehrlichkeit", sage ich. Das war etwas, das Jasmin mir nie gegeben hat. „Unbewohnt?" Sie hat eine komische Art, Dinge zu sagen, aber ich finde sie liebenswert und bezaubernd.

„Ja, denn Kinder sind eine kleine Brut. Ich bin mir sicher, dass Zayn eine Ausnahme ist, aber ich werde kein Baby in mich hineinlassen, dass ich dann wieder herausholen muss. Auf keinen Fall."

Mir läuft das Wasser im Mund zusammen. „Warte. Bist du deshalb gegen Kinder?"

„Ich bin nicht gegen sie", entgegnet Charlotte. „Ich will sie nur nicht austragen. Da gibt es einen Unterschied. Ich mag Kinder. Abbi ist großartig."

„Abbi ist wie alt, zehn?"

„Sie ist acht", korrigiert mich Charlotte. „Keine Windeln mehr. Keine Babynahrung oder

Milchnahrung. Sie ist im perfekten Alter, bevor sie anfangen, in die Teenagerjahre zu kommen."

„Lass mich raten, du warst als Teenager ein kleiner Rebell", sage ich.

„Ja, und ich will keinen kleinen Teufelsbraten aufziehen. Ich habe getrunken, mit Jungs geknutscht und alles Mögliche ausprobiert."

FÜNFUNDZWANZIG

CHARLOTTE

Ich hatte noch nie viel für Hochzeiten übrig. Ich freue mich, mit dem Paar zu feiern und ihren Tag zu teilen, aber wenn man jemandem ewige Liebe schwört, warum braucht man dann einen Ring, um seine Treue zu beweisen?

Vielleicht bin ich einfach nur abgestumpft.

Ich bin eine Halb-Romantikerin. Ich liebe Liebesfilme. Setze mich ans Feuer, und ich kuschle mich unter eine Decke und schaue zu, wie zwei Liebende um ihr Glück kämpfen.

Mit Büchern ist es bei mir genauso.

Aber sobald eine Beziehung echt ist und die Paare anfangen, ihre Verlobungsfotos zu posten, möchte ich kotzen.

Noah hat mich als seine Begleiterin eingeladen. Meine beste Freundin ist auch dabei, da ihre ältere Schwester heiratet, was die Party noch ein bisschen lustiger machen wird. Außerdem werde ich einige Gäste kennen, weil sie Noahs Teamkollegen sind.

Ich freue mich für Emerson und Kyler.

Ihre Hochzeit findet im Freien in ihrem Garten statt. Für einen Milliardär, der überall heiraten könnte, hat er sich für sein Zuhause entschieden.

Der Hinterhof ist wunderschön dekoriert, mit weißer Weihnachtsbeleuchtung, die die Immergrünen Pflanzen umgibt. Tiki-Fackeln bieten genügend Licht für die abendlichen Feierlichkeiten und ein Zelt, in dem die Gäste nach der Trauung speisen und tanzen können. Da es sich um eine Winterhochzeit handelt, werden riesige Heizstrahler aufgestellt, um die Gäste warmzuhalten.

Ein leichter Schneestaub fällt vom Himmel, sprenkelt den Boden, und lässt die Luft noch kälter werden.

Bristol geht als Blumenmädchen zum Altar und sieht dabei aus wie eine kleine Prinzessin. Sie wirft vorsichtig ein Blütenblatt nach dem anderen und wartet, bis es anmutig landet, bevor sie ein weiteres wirft.

Als sie das Ende des Ganges erreicht, wirft sie die

restlichen Blütenblätter direkt in die Luft und lässt sie auf sich herabregnen.

Das Mädchen weiß, wie man einen Auftritt hinlegt.

Das Publikum kichert, Kyler blickt sie an und ermahnt seine Tochter, sich zu benehmen, während er darauf wartet, dass seine Braut zum Altar schreitet.

„Bristol!", ruft Zayn und winkt ihr zu, als sie mit ihrem Vater vorn steht. Noahs Gesicht wird so rot wie die Nase von Rudolph. Ich schätze, er hat nicht mit einem Zwischenruf seines Sohns gerechnet.

Noah sitzt neben mir, mit Zayn auf dem Schoß, der mit einer Latzhose und seiner Anzugjacke eingepackt ist. Noah hatte darauf bestanden, dass sein Sohn sich nicht erkältet, da die Hochzeit draußen stattfindet.

Die Hochzeit von Kyler und Emerson ist perfekt. Ihre Zeremonie ist kurz, aber der Austausch ihres Eheversprechens treibt sogar mir die Tränen in die Augen. Es ist klar, dass die beiden sehr verliebt sind, und ich freue mich für sie.

Nach der Zeremonie muss Noah Zayn festhalten, damit er nicht auf die Tanzfläche rennt und die Torte umwirft, während wir darauf warten, dass

Kyler und Em die Hochzeitstorte anschneiden und dann ihren ersten Tanz haben.

Zayn ist unruhig und es ist klar, dass er Noahs Geduld strapaziert. Er steht und schaukelt seinen Sohn, der kein Interesse daran hat, stillzuhalten.

„Darf ich?", frage ich und biete an, ihm Zayn abzunehmen.

Zayn schlängelt sich aus Noahs Armen in meine. „Viel Glück", sagt Noah, aber sein besorgter Blick verrät mir, dass er sich nicht sicher ist, ob ich es besser machen werde.

„Willst du einen Spaziergang durch den Garten machen?", frage ich Zayn und trage ihn von den Gästen weg.

Er scheint sich zu beruhigen und ich werfe einen Blick auf Noah, der uns genau im Auge behält. Wir gehen hinüber zu den Blumenbeeten, die um diese Jahreszeit leer sind. Aber es gibt einige wunderschön beleuchtete Bäume, hinter denen weiße Lichter funkeln.

Das reicht, um Zayns Aufmerksamkeit für ein paar Minuten zu erregen. Aus der Entfernung ist es schwer, das Anschneiden der Torte zu sehen, aber es macht mir nichts aus, es zu verpassen, wenn Noah dadurch ein paar Minuten für sich hat. Seit wir auf der Hochzeit angekommen sind, versucht er, Zayn festzuhalten, und der Junge ist kurz davor, durchzudrehen.

Noah hat ihm Snacks und Wasser gegeben. Er hat ihn zweimal auf die Toilette gebracht. Ich bin mir sicher, dass der Kleine frei herumlaufen will, und hoffentlich lässt Noah ihn das tun, wenn die Gäste aufstehen, um zu tanzen.

Abseits des Trubels und der Aufregung ruht Zayns Kopf auf meiner Schulter und er schließt die Augen. Ich streiche mit meiner Hand über seinen Rücken, während er sich für ein paar Minuten beruhigt.

Ich schätze die Ruhe und Stille der Nacht. Abseits der anderen Gäste ist es ruhig und still.

„Babysitter-Dienst?", scherzt Amber, als sie sich zu mir in die Nähe der geschmückten Bäume setzt. Sie trägt ein ärmelloses Kleid und schlingt die Arme um sich, weil ihr sichtlich kalt ist.

Ich trage ein langärmeliges Kleid mit Spitzenbesatz, das für den Winter gedacht ist.

„Ich versuche, jemanden bis zur Tanzzeit abzulenken", sage ich.

„Oder Schlafenszeit", fügt Amber hinzu.

„Kein Nickerchen." Zayn hebt seinen Kopf und macht große Augen.

„Warum hassen Kinder Mittagsschlaf?", frage ich

Amber zuckt mit den Schultern und sagt: „Du willst, was du nicht haben kannst?"

Noah räuspert sich von hinten. Ich habe nicht gehört, wie er kam. „Was ist es, dass du willst, aber nicht haben kannst?", fragt er mich. Seine Stimme trieft nur so vor Lust, dass es mir kalt den Rücken runterläuft. Hitze durchflutet meinen Körper und ich bin mir sicher, dass ich rot werde, aber vielleicht schiebt Noah das auch auf die Kälte.

Wir haben es langsam angehen lassen, seit ich vor ein paar Wochen nach dem Spiel bei ihm zu Hause übernachtet habe. Wir teilten uns platonisch ein Bett. Noah schlief auf seiner Seite, ich auf der gegenüberliegenden Seite. Irgendwann in der Nacht legte er seinen Arm um meine Taille und wir kuschelten. Es war das beste Gefühl, aufzuwachen, bis Zayn auf das Bett sprang und sich zwischen uns drängte.

Amber grinst und winkt uns zu, als sie zurück in das Zelt geht, wo es warm ist. „Wir sehen uns auf der Tanzfläche."

„Wir haben über ein Nickerchen gesprochen", sage ich mit einem schiefen Lächeln.

„Klar, wenn du das sagst." Noah bietet an, Zayn

zurückzubringen, und ich übergebe ihn seinem Vater.

Zayn ist ein Wackelkandidat.

„Ich glaube, wir können ihn noch eine Weile auf der Tanzfläche herumlaufen lassen. Sie haben die Torte weggestellt, also wird er ihnen wenigstens nicht die Hochzeit ruinieren." Noah lässt Zayn runter, als wir die Tanzfläche erreichen. Er ist nicht der Einzige, der wie ein Verrückter herumrennt. Bristol wirbelt auf dem Boden herum und wischt ihn mit ihrem Kleid auf.

„Ich glaube nicht, dass eine umgekippte Torte ihre Hochzeit ruinieren würde." Nicht, dass ich dieses Desaster sehen möchte, aber ich bin mir ziemlich sicher, dass sie darüber lachen und es mit einem Achselzucken abtun würden.

„Nun, ich bin froh, dass ich das nicht herausfinden muss."

———

„Tanz mit mir", sagt Noah, nimmt meine Hand und zieht mich aus meinem Sitz.

Ich habe ein paar Gläser Wein getrunken. Ich habe nicht nachgezählt, was Noah getrunken hat, aber er war ein paar Mal an der Bar.

Zayn ist bereits nach einer Stunde Tanzen eingeschlafen und schläft jetzt auf dem Sofa in Kylers Haus. Vielleicht war es genial, die Hochzeit im Hinterhof abzuhalten, vor allem, wenn Kinder dabei sind.

Bristol kämpft gegen den Schlaf an, tanzt und singt zur Musik, obwohl ich nicht glaube, dass sie den Text richtig verstanden hat. Das stört niemanden, denn alle amüsieren sich.

Noah schlendert mit mir auf die Tanzfläche, und das Lied ist perfekt für einen langsamen Tanz. „Also, ich habe nachgedacht", sagt er und ich kichere.

„Tu dir keinen Zwang an."

Er grinst spielerisch, beugt sich vor und küsst mich.

So hat er gelernt, mich zum Schweigen zu bringen, und es macht mir nichts aus. Wären wir nicht auf einer Hochzeit mitten auf der Tanzfläche, würde ich den Kuss noch vertiefen. Aber ich versuche, höflich zu bleiben, vor allem in Gegenwart eines Kindes, wie Bristol, die noch wach ist und uns beim Tanzen zusieht.

Ich schlinge meine Arme um seinen Nacken, meine Finger spielen in seinem Haar, während wir uns gemeinsam zur Musik wiegen. „Wir würden wunderschöne Kinder haben", flüstert Noah mir ins Ohr.

Ich lache. „Ist das deine Art mir zu sagen, dass du mich magst?"

„Das ist meine Art, dir zu sagen, dass ich ein Baby mit dir haben will."

Seine Worte lassen meine Haut brennen. Ich beiße mir auf die Unterlippe und schaue weg. „Du bist frech." Für einen Mann, der es mit mir langsam angehen lässt, sind diese Worte ziemlich unerwartet.

„Und ich möchte Zayn mit einem kleinen Bruder oder einer kleinen Schwester sehen", flüstert Noah. Seine Augen bleiben an meinen hängen.

Er meint es ernst.

Mein Magen macht eine kleine Bauchlandung. „Da hat jemand Babyfieber", sage ich und drücke ihm einen Kuss auf die Nase. „Das ist süß."

„Niedlich?" Er lacht. „Sag den Jungs nicht, dass du mich süß genannt hast. Du würdest das harte Image, das ich habe, ruinieren."

Ich beuge mich zu seinem Ohr, als wollte ich ihm ein Geheimnis ins Ohr flüstern, als ich spielerisch in sein Ohrläppchen kneife und an seiner Haut sauge und züngle.

Er stöhnt und ich bin dankbar, dass die Musik das Geräusch seines Verlangens überdeckt.

„Willst du mich anmachen?" Noahs Stimme ist rau und grob. Er zieht sich ein wenig zurück und grinst. „Bist du sicher, dass du das willst? Denn ich kann dich dazu bringen, meinen Namen zu schreien, ohne dass wir die Tanzfläche verlassen."

„Ich will sehen, wie du es versuchst."

SECHSUNDZWANZIG

NOAH

Charlotte heute Abend mit Zayn zu sehen, hat die süßen Gefühle, die ich für sie habe, ins Unermessliche gesteigert.

Es ist schwer, ihren sexy Hüftschwung nicht zu bemerken, wenn sie über die Tanzfläche geht. Wenn sich mein Körper an ihren schmiegt, fühlt sich die Hitze brennend an.

Ich will sie so sehr, wie ich schon lange niemanden mehr gewollt habe.

Sie ist nicht einfach ein Mädchen wie jedes andere. Ich will sie nicht für eine Affäre oder ein kurzes Abenteuer.

Charlotte Grace hat den Schlüssel zu meinem

Herzen. Das war mir bis heute Abend nicht klar. Alles an ihr ist perfekt.

Sie hat mich in Bezug auf mein Kind verarscht, als sie es kennenlernte, aber ich sehe ein, dass sie ihn nur schützen wollte. Das war ein Fehler, und wir sind beide schuld daran. Ich habe ihn vor ihr geheim gehalten. Hätte ich das nicht getan, wären die Verhaftung, und die Tatsache, dass er zu seiner Mutter zurückgebracht wurde, und auch der Sorgerechtsstreit vielleicht nie passiert.

Die Vergangenheit ist einfach so. Sie kann nicht rückgängig gemacht werden.

Es ist an der Zeit, nach vorn zu schauen, und das habe ich mir mit Charlotte vorgenommen. Ich habe sie so weit wie möglich in die Freundschaftszone gedrängt, nach allem, was zwischen uns passiert ist.

Aber bei jeder Gelegenheit, wenn sie schnippisch oder frech ist, ertappe ich mich dabei, wie ich sie küsse, um sie zum Schweigen zu bringen. Ob es nun mein Herz ist oder mein Schwanz, der nach ihr bettelt, beides ist ein und dasselbe: Ich will Charlotte Grace.

Ich war einfach blind, um es zu sehen, und zu sehr auf Zayn konzentriert. Mein Sohn steht in meinem Leben an erster Stelle, noch vor meiner Karriere. Das war eine erschütternde Realität, aber ich habe die Unterstützung des Kindermädchens, das mich bei meiner Arbeit entlastet hat. Ich bin pünktlich bei den Spielen und beim Training.

Wenn ich Charlotte mit Zayn beobachte, wie süß sie mit ihm umgeht und mit seinen kleinen Ausbrüchen fertig wird, werde ich neidisch. Für eine Frau, die schwört, dass sie keine Kinder will, wird mir immer klarer, dass sie einfach nur Angst hat, je mehr ich sie darüber reden höre.

Angst vor dem, was als Nächstes kommt.

Angst vor dem körperlichen Akt der Geburt.

Angst vor dem Unbekannten.

Es gibt keine Garantien. Diese Lektion habe ich auf meinem Weg gelernt, und einige der besten Überraschungen sind die, die man am wenigsten erwartet, wie Zayn. Er war definitiv nicht geplant.

Mit Charlotte zu tanzen, ist schön. Meine Hand an ihrem unteren Rücken fühlt sich gut an. Wir beide flirten, bis sie mit ihrer Zunge an meinem Ohr herumfummelt, und verdammt, ich spüre, wie mein Schwanz auf ihre Berührungen reagiert.

Zum Glück drücke ich mich fest an sie. Ich bin mir sicher, dass sie spürt, wie sich mein Schwanz an sie schmiegt und gegen meine Hose drückt, aber sie schaut nicht einmal hinunter oder kommentiert es.

Und dann sage und tue ich das Undenkbare. Sie

bringt mich zum Stöhnen und ich fordere sie auf, meinen Namen auf der Tanzfläche zu schreien, ohne unseren Platz zu verlassen.

Charlotte sagt mir nicht, dass ich verrückt bin, was ich wahrscheinlich auch bin.

Sie schlägt mir nicht vor, wegzugehen und mich noch mehr zu blamieren, wenn jeder meiner Teamkollegen meinen Schwanz in voller Größe sehen kann.

Nein. Charlotte Grace sagt, dass sie sehen will, wie ich versuche, sie zu erregen.

Fick mich.

Ich muss das tun, ohne dass jemand weiß, was passiert, bis zu ihrem letzten Moment der Ekstase. Und es sind nicht genug Paare auf der Tanzfläche, damit ich sie körperlich befummeln und anmachen kann.

Ich muss kreativ werden.

Ich ziehe sie näher und fester an mich. Mein Knie gleitet zwischen ihre Schenkel und sie gibt ein scharfes Keuchen von sich, als ich Druck auf ihre Mitte ausübe. „Braves Mädchen", sage ich und freue mich über ihren Atem und ihr leises Stöhnen.

Ihre Zunge schießt heraus und fährt über ihre Mundwinkel, während sie versucht, sich wieder einigermaßen unter Kontrolle zu bringen.

Viel Glück, *mein Schatz*.

Meine linke Hand liegt auf ihrem Rücken und ich streichle sie weiter auf ihrem Kleid. Meine Finger bewegen sich so hin und her, wie sie es tun würden, wenn sie zwischen ihren Schenkeln vergraben wären. Meine Finger wandern weiter nach unten, aber sie reizen sie immer noch, auf ihrem Rücken, bis sie immer tiefer zu ihrem Hintern hinunterwandern.

Charlotte gibt ein leises Brummen aus ihrer Kehle von sich. Ihre Wangen sind rot und ihre Augen leicht glasig.

Mein Atem kitzelt ihr Ohr und ihren Hals. Wenn ich sie nicht mit dem Finger ficken oder meinen Schwanz in sie hineinschieben kann, muss ich kreativ werden, um sie auf andere Weise anzuregen.

„Ich will dir das Kleid vom Leib reißen", flüstere ich ihr ins Ohr.

Sie atmet tief ein und zieht eine Augenbraue hoch. Es folgt Stille. Sie spricht nicht, also nehme ich das als Zeichen, weiterzumachen.

„Ich habe darüber nachgedacht, wie du auf meiner Zunge schmecken würdest. Ich möchte deine Hand zwischen deine Schamlippen führen und dich spüren lassen, wie deine Nässe deine

Finger bedeckt. Dann würde ich sie zu meinen Lippen führen."

Sie seufzt leise, während wir uns zur Musik wiegen. Mein Schwanz stupst sie an, als ich spüre, wie ihre Hüften gegen mich wippen. Sie verheddert ihre Finger in meinen Haaren, zieht mich näher und fester an sich heran und küsst mich leidenschaftlich.

Ich öffne meine Lippen, lasse sie mich schmecken, aber alles, was sie bekommt, ist ein Kuss auf der Tanzfläche.

Wir sind auf der Hochzeit meines Mannschaftskameraden. Wir können hier nicht ficken, wenn jeder uns sehen kann. Ihre Berührung, als sie mit ihren Fingern über meine Kopfhaut fährt, ist verlockend.

Ich habe mir geschworen, dass ich sie dazu bringe, meinen Namen zu schreien, und ich bin mir ziemlich sicher, dass sie mir den Gefallen tun, wird. Ich bin mir nicht sicher, ob ich mich freuen oder ärgern soll, dass sie versucht, meine Herausforderung anzunehmen

Charlotte lenkt mich zweifellos ab, aber ich glaube nicht, dass das Absicht ist, je mehr ich ihre rosigen Lippen, ihre feurigen Wangen und ihre Augen betrachte. Ich sollte sie von ihrem Elend erlösen, sie kommen und ihren Höhepunkt erreichen lassen, während sie ihrem Orgasmus nachjagt.

„Ich will dich ficken, Charlotte", flüstere ich ihr ins Ohr, und sie stöhnt und stößt ihre Hüften gegen mich. Ich nehme das als Ermutigung und reize sie, indem ich mit meinen Fingern ihr Kleid höher ziehe.

Ihre Lippen öffnen sich und ihre Augenlider kämpfen darum, offen zu bleiben. Sie steht schon kurz vor dem Höhepunkt und es ist bestenfalls ein mittelmäßiger Orgasmus.

Wenn ich sie ficke, schreit sie noch viel lauter. Ich habe die glückseligen Geräusche gehört, die sie im Bett mit mir gemacht hat. Das leichte Wimmern und Stöhnen, das sie jetzt von sich gibt, ist im Vergleich dazu blass, aber ich weigere mich, diese kleine Herausforderung zu verlieren.

Sie ergreift meine Hand und zieht mich von der Tanzfläche, durch den Hinterhof und ins Haus, wo es ruhiger ist.

Mein Mund ist auf ihrem, während ich an dem Reißverschluss ihres Kleides herumfummle, und sie rückwärts den Flur entlangführe.

Die Gästezimmer im Obergeschoss sind zu weit weg, um das Angefangene zu beenden. Ich ziehe sie an die nächstgelegene Tür. In der Mitte des Raums steht ein Schreibtisch mit einem Computer und mehreren Bildschirmen, die an der Wand befestigt sind.

Ich schiebe Charlottes Kleid hoch, während ihre Finger meine Gürtelschnalle öffnen.

„Kondom?", fragt sie.

Ich ziehe es aus meiner Brieftasche und reiße die Folienverpackung auf. Innerhalb von Sekunden habe ich sie über den Schreibtisch gebeugt.

Charlotte spreizt ihre Beine und ich fahre mit meinen Fingern über ihre Wärme, verteile ihre Nässe und vergewissere mich, dass sie bereit ist, bevor ich in sie eindringe.

Mit einer Hand greife ich nach ihrer Haarspange, löse sie und fummele an ihren Locken herum. Mit der anderen Hand positioniere ich meinen Schwanz an ihrem Eingang und reize sie.

„Fuck, Noah. Tiefer." Sie wackelt mit den Hüften und versucht, meine langsamen Stöße mit ihrem intensiven Bedürfnis in Einklang zu bringen.

Meine Hände bewegen sich zu ihren Hüften und stützen sie, während ich meinen Schwanz in sie stoße und genau das tue, worum sie bettelt.

Ihr Stöhnen ist kein bisschen leise, aber es wird von der lauten, pulsierenden Musik der Band vor dem Haus übertönt.

„Scheiße", fluche ich. Schon jetzt klammert sie sich an meinen Schwanz und macht es mir schwer, noch länger durchzuhalten. „Wage es ja nicht, deinen Orgasmus noch weiter hinauszuzögern", knurre ich sie an.

Charlotte wimmert und ich gleite aus ihr heraus und drehe sie zu mir herum. Sie schnappt nach Luft. Ihre Wangen sind gerötet, und ich finde den Reißverschluss ihres Kleides, das ich mit einem Grinsen zu Boden werfe.

Es ist etwas viel Intimeres, die Person zu sehen, die du fickst. Ich will sie beherrschen, ich will sehen, wie sie mich anblickt, während ich sie nackt und zitternd unter mir zum Kommen bringe.

Jeder könnte hereinspazieren. Keiner von uns hat sich die Mühe gemacht, die Tür abzuschließen, aber die Party ist draußen und hoffentlich bleibt das auch so.

„Klettere auf den Tisch", befehle ich.

Sie hebt ihre Hüften und setzt sich auf die Kante des Holztisches. Charlotte spreizt ihre Beine und zeigt mir ihre Muschi. „Siehst du etwas, das dir gefällt?"

Ich werfe ihre Beine über meine Schultern und beuge mich hinunter, um mit meiner Zunge über sie zu streichen. Ihre Finger verheddern sich in meinen Haaren, als sie mich wieder auf ihren Körper zieht.

„Das können wir ein anderes Mal machen", sagt Charlotte. „Im Moment will ich, dass du mich hart fickst."

Wenn ich sie so schmutzig reden höre, zuckt mein Schwanz vor Erregung. Sie schlingt ihre Beine um mich, während ich meinen Schwanz in sie stoße. Bei jedem Stoß bewegt sie ihre Hüften und fleht mich an, ihr die süße Erlösung zu schenken.

Ich greife zwischen uns nach unten und umkreise ihre Klitoris. Ich spüre, wie sie zittert und höre, wie sie nach Luft schnappt. Sie ist nicht die Einzige, die kurz vor der Vergessenheit steht.

„Komm für mich", flüstere ich ihr ins Ohr und knabbere an ihrem Hals, während sie in meinen Armen zittert. Die Wände ihrer Muschi krampfen sich um meinen Schwanz und bringen mich mit ihr zum Höhepunkt.

Keuchend und nach Luft ringend, schlägt mein Herz wie wild gegen meine Brust, als ich mich zurückziehe und das Kondom in den Papierkorb werfe.

Ich hebe Charlottes Kleid vom Boden auf und helfe ihr, es wieder anzuziehen, bevor wir leise aus dem Büro schleichen, nur um von Jasper erwischt zu werden, der ein breites Grinsen im Gesicht hat.

„Was?", knurre ich ihn an.

Er zeigt mir sein Handy und ich schwöre, dass ich ihn umbringe, wenn er ein Video von uns gemacht hat. *Grant Brass wurde wegen Körperverletzung und Vergewaltigung verhaftet.*

„Jasmine?"

Jasper schüttelt den Kopf. „Ein College-Mädchen, jemand von der NYU. Angeblich hat er eine Rothaarige an der Bar angemacht, die kein Interesse hatte, und er ließ sich nicht abwimmeln."

„Krankes Arschloch", murmele ich. Hatte er gedacht, die Rothaarige sei Charlotte, oder war das nur ein Zufall?

„Die Liga hat bereits eine Pressekonferenz für morgen angesetzt. Glaubst du, er wird aus der NHL rausgeworfen?"

„Ja. Er kann nicht spielen, wenn er im Gefängnis ist."

EPILOG

CHARLOTTE

Noah und ich sind seit ein paar Wochen zusammen. Alles ist perfekt, und das macht mich nervös.

Ich werde es sicher vermasseln. Ich habe es schon einmal getan, aber dieses Mal habe ich viel mehr zu verlieren.

Ich liebe ihn wirklich, auch wenn ich diese drei Worte noch nicht ausgesprochen habe. Ich habe zu viel Angst, sie als Erste auszusprechen.

Was ist, wenn ich ihn damit wegstoße?

Was ist, wenn er denkt, dass ich zu schnell bin?

Tausend Gedanken schießen mir durch den Kopf, wenn ich auch nur daran denke, *dir* zu sagen, dass *ich dich liebe*, und sie alle ersticken mich in lähmender Angst.

Verabredungen und Kontakte waren viel einfacher. Aber Liebe zu finden und sie zu halten, das ist der schwierige Teil. Aber die Wahrheit ist, dass ich niemanden anderes will.

Mein Vater hat angerufen und gefragt, ob ich noch mit Noah Reece zusammen bin. Er wollte mir einen Olivenzweig anbieten und lud ihn und Zayn zum Weihnachtsessen mit der Familie ein. Es wird peinlich sein, wenn Noah die Einladung annimmt, aber offen gesagt, will ich das Fest nur mit Noah und Zayn verbringen.

Ich nehme meine Schlittschuhe mit zur Eisbahn des Parkbezirks. Die Vorlesungen an der NYU sind für das Wintersemester beendet und heute ist der letzte Schlittschuhkurs mit den Kindern bis nach dem neuen Jahr.

„Charlotte!" Abbi winkt mir aufgeregt zu, als hätte ich nicht gewusst, dass sie in meinem nächsten Eishockeykurs ist. Sie nimmt bei mir Eislaufunterricht, seit sie vier Jahre alt ist. Damals habe ich ihr in meinem Anfängerkurs das Schlittschuhlaufen beigebracht.

„Hast du deine Übungen gemacht?", frage ich. Sie ist ein Naturtalent auf dem Eis. Deshalb haben ihre Pflegeeltern darüber nachgedacht, sie aus dem Parkbezirk herauszuholen und sie in ein intensiveres Programm zu stecken.

Ich respektiere ihre Entscheidung, aber ich werde sie vermissen.

„Ja", sagt Abbi und läuft zur Wand hinüber, während sie darauf wartet, dass ich meine Schlittschuhe schnüre und mich zu ihr und den anderen Kindern setze. „Wir haben eine Überraschung für dich, Frau Grace."

Es ist diese süße Sing-Song-Stimme und die Verwendung meines Nachnamens, die mich eine Augenbraue hochziehen lässt. „Was habt ihr Kinder vor?", frage ich.

Abbi und die anderen Kinder pfeifen und verbreiten eine seltsame Stimmung.

Es stellt sich heraus, dass sie dem Weihnachtsmann ein Zeichen geben.

Ich lache, als ich einen Mann im Weihnachtsmannkostüm auf die Eisbahn treten sehe. „Der Weihnachtsmann kann Schlittschuh laufen?", sage ich lachend.

Gehörte das zu den Plänen des Parkbezirks, von denen man vergessen hatte, mir zu erzählen, oder war das ein Streich, den sich die Eltern der Kinder ausgedacht hatten?

Als der Weihnachtsmann näherkommt, kann ich ihn besser sehen und er ist definitiv nicht der *echte* Weihnachtsmann.

Ich kann es nicht glauben, als ich sehe, wer sich hinter dem Bart und der Kapuze verbirgt.

Noah Reece.

„Vergiss deinen Schlitten nicht!", schreit Abbi.

„Oder die Geschenke!", jubelt Lotti und erntet dafür viel Gelächter von den anderen Kindern.

Noah zieht einen Schlitten auf das Eis. Vorn sitzt Zayn, der ein Elfenkostüm trägt, während hinten viele Geschenke liegen. „Ich dachte, ich bringe euch ein bisschen Weihnachtsstimmung."

Ich bin begeistert und überrascht von der großen Geste. „Wow, das hättest du nicht tun sollen."

„Sag so etwas nicht. Er hat uns Geschenke mitgebracht!" Georgia läuft zu dem Schlitten hinüber, wobei sich ihre blonden Zöpfe leicht lösen. Sie mustert den Weihnachtsmann und verschränkt die Arme vor der Brust. „Oh mein Gott!", schreit sie mit schriller Stimme.

Noah wartet, bis sie fertig ist, denn wir sind sicher, dass Georgia noch etwas hinzufügen möchte.

„Du bist nicht der Weihnachtsmann! Ich heiße Noah Reece." Ihr Mund verzieht sich und sie starrt staunend zu ihm hoch. „Du spielst Hockey."

Er beugt sich hinunter und legt den Finger an seine Lippen. „Du darfst es niemandem erzählen. Es muss unser Geheimnis bleiben."

Die anderen Kinder kichern und laufen nach vorne, auf Noah und den riesigen Schlitten mit den Geschenken zu, die er für die Kinder mitgebracht hat.

„Ich kann nicht glauben, dass du das getan hast", sage ich und bin sprachlos vor Überraschung. Ich habe es nicht gewusst.

„Ich liebe dich. Natürlich möchte ich, dass ihre Ferien etwas ganz Besonderes werden", sagt Noah.

„Ich liebe dich", flüstere ich, ziehe an seinem Weihnachtsmann-Mantel und zupfe seinen Bart aus dem Weg, während ich ihn zu einem Kuss herunterziehe.

„Du stehst nicht auf Bärte?"

„Der weiße, struppige Flaum? Nein, danke."

EXKLUSIVE BUCHBOXEN & MERCHANDISE KAUFEN

Vielen Dank, dass Sie *Verhaftung des Eishockeyspielers* gelesen haben! Ich hoffe, der Roman hat Ihnen gefallen. Ich habe ihn sehr gerne geschrieben.

Wenn Sie signierte Taschenbücher und exklusive Inhalte lieben, sollten Sie auf jeden Fall meine Webseite besuchen: https://shopwillowfox.com

ÜBER DIE AUTORIN

Willow Fox liebt das Schreiben seit ihrer Highschoolzeit (vor vielen Jahren). Ihre Kleinstadtromane spiegeln das Leben in einer Kleinstadt im ländlichen Amerika wider.

Egal, ob sie Liebesromane schreibt oder draußen am Lagerfeuer sitzt und ein gutes Buch liest, Willow liebt die Magie des geschriebenen Wortes.

Sie träumt davon, von den Füßen gerissen zu werden und hofft, dass sie das auch bei ihren Lesern erreichen kann!

Besuche ihre Website unter:

https://shopwillowfox.com

AUCH VON WILLOW FOX

Eagle Tactical Serie
  Enthüllt: Jaxson
  Verheimlicht: Mason
  Versteckt: Lincoln
  Verborgen: Jayden

Mafia-Ehen
  Geheimes Gelübde
  Gefangenschafts Gelübde
  Wildes Gelübde
  Widerwilliges Gelübde
  Rücksichtsloses Gelübde

Gebrüder Bratva
  Brutaler Boss

Böser Boss

Besitzergreifender Boss

Zwanghafter Boss

Ruppige Single Papas

Milliardär Muffel

Berg Muffel

Bachelor Muffel

Eisige Romantik auf dem Spielfeld

Schwindel mit dem Milliardär

Wagnis mit dem Eishockeyspieler

Verhaftung des Eishockeyspielers